HEYNE
BÜCHER

Von Heather Graham sind
als Heyne-Taschenbücher erschienen:

Die Geliebte des Freibeuters · Band 04/37
Die Wildkatze · Band 04/61
Die Gefangene des Wikingers · Band 04/71
Die Liebe der Rebellen · Band 04/77
Geliebter Rebell · Band 04/97
Tochter des Feuers · Band 04/106
Irrwege der Liebe · Band 04/116
Spiegel der Liebe · Band 04/118
Triumph der Liebe · Band 04/120
Irrwege der Liebe / Spiegel der Liebe · Band 23/124
Die Normannenbraut · Band 04/128
Der Herr der Wölfe · Band 04/138
Kreuzzug des Herzens · Band 04/143
Die Braut des Windes · Band 04/146
Dornen im Herzen · Band 04/157
Ondine · Band 04/164
Rebell der Leidenschaft · Band 04/182
Hafen der Sehnsucht · Band 04/188

HEYNE ROMANE FÜR »SIE«
Nr. 04/194

Titel der Originalausgabe
NO OTHER MAN

Aus dem Amerikanischen
von Eva Malsch

3. Auflage

Printed in France 1998
Umschlagillustration: Donald Case / Agentur Schlück
Umschlaggestaltung: Atelier Ingrid Schütz, München
Satz: Fotosatz Prechtl, Passau
Druck und Bindung: Brodard & Taupin

ISBN 3-453-12409-X

HEATHER GRAHAM

DER INDIANERLORD

Roman

Deutsche Erstausgabe

WILHELM HEYNE VERLAG
MÜNCHEN

1

Spätsommer, 1875

Der Allmächtige bestrafte sie. So einfach war das. Und so schrecklich.

Ruckartig hielt die Kutsche, und Skylar fragte sich, ob sie die Todesart wirklich verdiente, die ihr nun drohte. Nein, niemand verdiente ein solches Schicksal. Und was sie getan hatte, war gewiß nicht so schlimm ...

Sie hatte die Indianer mit der bunten Kriegsbemalung auf den schnellen Ponys heransprengen sehen, den ungeheuerlichen Schlachtruf gehört und gebetet, die Postkutsche möge ihnen irgendwie entrinnen. Aber wie konnte der liebe Gott ihr Gebet erhören, nachdem sie jenen Betrug begangen hatte?

Plötzlich wurde der Wagenschlag aufgerissen. Ein eiskalter Schauer fuhr ihr durch die Glieder, und das Sonnenlicht blendete sie. Aber was sie sah, genügte vollauf, um ihre Furcht in wilde Panik zu verwandeln.

Ein riesiger Schatten füllte die Tür. Gewaltig, grauenhaft ...

Dies war das Land der Sioux. Natürlich wußte sie, daß Wilde im Westen lebten und von der US-Army bekämpft wurden, die den Siedlern zu Hilfe geeilt war. Immer mehr Weiße zogen in die Badlands, wo man Gold gefunden hatte. Sie kannte auch all die Indianergeschichten. Im Osten erschienen zahllose Zeitungsartikel über die Komantschen, die Cheyennes, die Pawnees, die Crow, die Assiniboins ...

Und die Sioux. Unentwegt drangen sie nach Westen vor und kämpften sich mit anderen Stämmen um die Jagdgründe. Den alten Traditionen treu, hetzten sie auf ihren Ponys hinter den Büffeln her, bemalten sich mit grellen Farben und erwarben sich in kühnen Schlachten höchste Ehre. Skylar hatte auch gehört, daß es gute Indianer gab, die sich nicht gegen die Weißen erhoben und in ihren Reservaten blieben. Doch die feindlich Gesinnten erkannten die vertraglich festgelegten Grenzen nicht an, überfielen die Siedlungen der Weißen und ermordeten sie, wann immer sich eine Gelegenheit bot. Und sie griffen Postkutschen an.

O Gott, obwohl sie das alles wußte, war sie hierhergekommen.

Sie hatte sich nicht gestattet, an die Indianer zu denken oder Angst zu empfinden. Sie hatte sich einfach nur an das Leben geklammert und was sie dazu getan hatte, war falsch gewesen. Um der Gefahr im Osten zu entfliehen, war sie zwei Wochen lang auf Umwegen nach Westen gereist, während eine Zugfahrt nur die halbe Zeit gekostet hätte.

Und jetzt ... Sie blinzelte, versuchte die gigantische Gestalt in der Kutschentür klarer zu sehen. Unglaublich muskulös, bronzebraun. Ein bemaltes Gesicht, rot und schwarz. Glattes schwarzes Haar fiel auf die breiten Schultern, eine Rehlederhose umspannte die Schenkel, die Waden steckten in perlenbestickten Stiefeln. Auf der nackten Brust prangten schwarzrote Ornamente.

Und ein Blick in seine glitzernden Augen erweckte in ihr eisige Todesangst. Nur zu deutlich erinnerte sie sich an all die Schauergeschichten über die Indianer, die mit Frauen und Kindern ebenso grausam verfuhren wie mit weißen Soldaten.

Hatten sie vielleicht ein Recht dazu? Angeblich attackierte das Heer der United States die Indianerlager ebenso brutal. Überall rühmte man den jungen General Custer, der während des Krieges zwischen den Nord- und den Südstaaten solche glorreichen Taten begangen hatte. 1868 griff er am Washita River ein Cheyenne-Lager an und erzielte einen weiteren ›grandiosen Sieg‹ für die Weißen — man hatte im Camp einige Habseligkeiten von massakrierten Weißen gefunden. Aber es existierten auch Berichte über unschuldige, während des Angriffs skrupellos niedergemetzelte Indianerfrauen und -kinder.

Aber *sie* hatte niemanden ermordet!

Trotzdem stand nun ein roter Mann vor ihr, verdunkelte das Sonnenlicht und jagte ihr Todesangst ein. Aber es gelang ihr, einen hysterischen Schrei zu unterdrücken. Sie würde nicht kampflos sterben — und auch nicht versuchen, Mitleid zu erregen. Nach allem, was sie gehört hatte, würde dieser Indianer ihren Tod um so mehr genießen, wenn sie um Gnade flehte.

Als er sie aus dem Wagen zerren wollte, erinnerte sie sich an ihre Hutnadel, zog sie blitzschnell heraus und zielte damit auf sein Auge. Bevor sie zustechen konnte, packte er ihr Handgelenk und drückte es so fest zusammen, daß ihre Knochen zu brechen drohten. Als sie einen Schmerzensschrei ausstieß, lockerte er seinen Griff ein wenig.

Doch sie konnte sich nicht befreien. So verbissen sie sich auch wehrte, er zog sie aus der Kutsche. Durch Skylars heftigen Widerstand landeten beide auf dem staubigen Boden. In seinem Gürtel steckte ein Messer, was sie ihm aus der Scheide riß. Wieder rettete er sich rechtzeitig von ihrem Angriff und hielt ihr Handgelenk fest. Mit seinem ganzen Gewicht warf er sich auf sie und preßte ihre Hand auf den harten Boden, bis die Waffe ihren Fingern entglitt. Dann saß er rittlings auf ihren Hüften, hielt sie mit seinen Schenkeln fest und umklammerte auch ihren anderen Unterarm. Erbost wand sie sich umher. »Bastard, elender Heide, Barbar, widerwärtiger Dämon aus dem Höllenfeuer — lassen Sie mich los!«

Und wenn er sie wirklich losließ, was dann? Drei seiner Gefährten warteten nur wenige Schritte entfernt auf ihren bemalten Ponys und beobachteten Skylars verbissenen Kampf mit unbewegten Mienen. Falls sie den einen Krieger abwehren konnte, würden sich die anderen auf sie stürzen. »Feiglinge!« zischte sie, während sie sich mit aller Kraft gegen ihren Angreifer stemmte. »Über eine alleinstehende Frau herzufallen! Und den armen alten Kutscher zu ermorden!« Hatten sie ihn tatsächlich getötet? Offensichtlich, denn ihr Blick suchte ihn vergeblich, und er kam ihr nicht zu Hilfe. Vielleicht mußte sie sogar dankbar sein, weil sie nirgendwo seine verstümmelte Leiche sah. »Verdammte Bestien! Dafür sollt ihr büßen! Sobald die Kavallerie hierherkommt, werdet ihr alle sterben — ganz langsam ...«

Würden die Soldaten rechtzeitig eintreffen, um sie zu retten? Daran zweifelte sie. Nun, solche Drohungen erhielten sie am Leben. Aber wie lange noch? Wenn sie ein bißchen Zeit gewann, würde sie eben einige Minuten später einen grausamen Tod erleiden. »Oh, ich werde zurückkehren, aus dem Himmel oder aus der Hölle, und mich rächen ...« Sie verstummte, rang nach Atem. Und in diesem Moment sah sie seine Augen.

Seltsame Augen für einen Indianer, dunkelgrün wie die Wälder der Black Hills. In seinen Adern mußte weißes Blut fließen. Würde das ihr Leben retten? Wohl kaum. Mühsam schluckte sie ihre Tränen hinunter. »Schurke! Lassen Sie mich los — oder töten Sie mich!«

Sonderbar — als sie verwirrt in seine Augen gestarrt hatte, war sein harter Griff lockerer geworden. Sie konnte sogar ihre Arme befreien. Mit beiden Fäusten trommelte sie gegen seine Brust, ihre Nägel zerkratzten seine Haut. Da stieß er einen Wutschrei aus, hielt ihre Handgelenke wieder fest, sprang geschmeidig auf und zog sie mit sich hoch. Sie versuchte ihn erneut anzugreifen, aber er war schneller, warf sie über seine Schulter und trug sie zu seinem Pony. Ihr staubiger Hut blieb am Boden liegen, und ihr langes, honigblondes Haar löste sich aus den letzten Nadeln. Wild zerzaust fielen die Locken in ihr Gesicht, ihre Fäuste schlugen wirkungslos auf den Rücken des Indianers.

Dann wurde sie bäuchlings über die Flanken des Ponys geschleudert, und er stieg hinter ihr auf. Als sie sich zu erheben versuchte, spornte er das Tier mit einem kräftigen Schenkeldruck an und versetzte ihrem Hinterteil einen demütigenden Schlag, der sie trotz der üppigen Tournüre aus schwarzem Taft heftig schmerzte.

Unter den schnellen Hufschlägen wirbelte Staub auf. Skylar hustete und würgte. Lächerlicherweise klammerte sie sich am Knie des Indianers fest, damit sie nicht abgeworfen und zertrampelt wurde.

Wie weit oder wie lange sie ritten, wußte sie nicht. Raum und Zeit verloren jede Bedeutung während des rasenden Galopps gegen den Wind. Endlich, in der Abenddämmerung zügelte der Indianer sein Pony. Sie hatten das felsige Flachland verlassen und die Berge erreicht. Als er abstieg und ihren mittlerweile gefühllosen Körper vom Pferd zerrte, sah sie den rötlichen Schein des Sonnenuntergangs über den hohen Bäumen, die eine kleine Hütte umgaben.

Er stellte sie auf den Boden, und sie starrte die Hütte an und fragte sich, wann er die einstigen Bewohner ermordet hatte. Denn dies war zweifellos das Heim weißer Menschen gewesen, vielleicht eines Trappers und seiner Familie oder einer Lehrerin, die den Kindern der weit verstreut lebenden Goldsucher, Banker, Farmer und Rancher Unterricht erteilt hatte. Aus der Hütte drang schwaches Licht. Brannte ein Feuer im Herd, um müde Heimkehrer willkommen zu heißen?

Plötzlich merkte Skylar, daß sie frei war. Der Indianer führte sein Pony in ein Gehege neben der Hütte und nahm ihm das Zaumzeug ab, damit es ungehindert das Heu aus der Futterkrippe fressen konnte. Seine drei Gefährten waren davongeritten. Blitzschnell drehte sie sich um, wollte in den Wald fliehen, ins Dunkel.

Aber wohin? Das spielte keine Rolle. Schon nach drei Schritten schrie sie gequält auf. Der Indianer packte ihr Haar und zerrte sie zurück. »Oh, zum Teufel mit Ihnen!« kreischte sie und wehrte sich vergeblich. Sie wurde wieder über seine Schulter geworfen, und er trug sie mühelos in die Hütte. Dort drückte er sie auf ein Bett mit einer dicken Pelzdecke, nahm einen Lederstreifen aus seinem Gürtel und fesselte ihre Handgelenke.

»Nein, nein, nein!« protestierte sie — jedoch ohne Erfolg. Er kniete nieder und verknotete den Riemen so fest, daß sie die Hände kaum bewegen konnte. Dann stand er auf und wärmte sich am Herdfeuer. »Sie haben diese armen Leute ermordet, nicht wahr? Die früheren Bewohner dieser Hütte ...« Warum forderte sie ihn heraus? Sie würde so oder so sterben. Worauf wartete er? Und doch — solange sie lebte, durfte sie hoffen. Sie sollte schweigen, ihn besänftigen ... Besänftigen? Einen Wilden, der ihre Worte nicht verstand? Nein. Sie mußte reden, Zeit gewinnen und beten, seine Wachsamkeit würde irgendwann nachlassen.

»Gemütlich haben Sie's hier, Sie primitiver Affe!«

Aber er schien nichts zu hören und starrte reglos in die Flammen. Sie schaute sich um, entdeckte ein Laken aus Baumwolle unter der Pelzdecke, und ein sauber bezogenes Kissen. Vor dem Herd standen ein Tisch und eine Sitzbadewanne, an den vier Fenstern hingen schlichte Gardinen. Neben einer Holztheke, auf der offenbar das Essen vorbereitet werden sollte, entdeckte sie eine Pumpe, vermutlich mit einem Brunnen außerhalb der Hütte verbunden. An mehreren Nägeln über der Theke hingen Schinkenkeulen und Käsestücke, einige Regale enthielten Konserven und Weinflaschen. Ein Schrank und eine Truhe hinter dem Bett vervollständigten die Einrichtung. Alles in allem wirkte der Raum erstaunlich sauber und komfortabel.

Als sie etwas plätschern hörte, wandte sie sich wieder

zu dem Indianer. Er hatte einen großen Kessel vom Herd genommen und goß dampfendes Wasser in die Wanne. Dann schlüpfte er aus seiner Hose und stand splitternackt da, den Rücken zu Skylar gewandt. Ihr Atem stockte, und ihr Herz schlug rasend schnell. Aber sie konnte den Blick nicht von ihm losreißen. Fasziniert betrachtete sie seine breiten Schultern, die schmalen Hüften, die muskulösen Glieder.

Er stieg in die Wanne, lehnte sich seufzend zurück, und sie beobachtete ihn ungläubig. Ein wilder Krieger, der ein Bad nahm, ehe er seine Gefangene tötete, das paßte nicht ganz zu all den schaurigen Indianergeschichten. Viel mehr als die kraftvollen Schultern und das nasse glatte Haar konnte sie nicht sehen.

Offenbar schrubbte er seinen Körper. Wusch er die schwarzroten Ornamente weg? Warum? Würde er sich anders bemalen, bevor er sie umbrachte?

Gab es für die Gefangennahme einer weißen Frau und ihre Ermordung verschiedene Farben? Sollte sie auf besondere Art und Weise sterben, eine Opfergabe für heidnische Götzen? O Gott ...

Sie stand auf und streckte die gebundenen Hände aus, um sich gegen die Tür zu werfen. Wie sollte sie sich da draußen, hilflos und gefesselt, vor wilden Tieren schützen? Würde ihr ein noch schlimmeres Schicksal drohen als in der Hütte?

Auch diese Überlegung spielte keine Rolle. Ehe sie die Tür erreichte, sprang er aus der Wanne, packte sie und drehte sie zu sich herum. Wütend starrte sie in seine Augen, weil sie nicht wagte, ihren Blick über seinen Körper wandern zu lassen. »Sie können mich hier nicht festhalten! Glauben Sie, ich sehe tatenlos zu, wie ein Wilder, der mich niedermetzeln will, seelenruhig badet? *Ich* bin es, die ein Bad braucht, um den Schmutz Ihrer Hände wegzuspülen ...«

Und dann verstummte sie entsetzt. Er umfaßte ihre

Schultern und schüttelte sie so heftig, daß die feine schwarze Seide ihres Trauerkleids am Rücken zerriß. Sie rang nach Luft, schaute in seine sonderbaren grünen Augen und nahm zum erstenmal sein Gesicht richtig wahr.

Sein Alter konnte sie nicht schätzen. Vielleicht war er Ende zwanzig. Sie musterte sein kantiges Kinn, die hohen Wangenknochen, die breite Stirn. Leuchtend hoben sich die ungewöhnlichen Augen von der bronzebraunen Haut ab. Sie wurden von schön geschwungenen, blauschwarzen Brauen überwölbt. Die Nase war lang und gerade, der Mund voll und wohlgeformt. Ein faszinierendes Gesicht — hätte es nicht so bedrohlich gewirkt ...

Und nun verzogen sich die Lippen zu einem spöttischen Lächeln, das einen Schauer über Skylars Rücken jagte. Sicher hatten viele schöne junge Indianerinnen diesem skrupellosen Krieger ihr Herz geschenkt. Und doch — irgend etwas in seinen höhnischen Augen schien auf eine tödliche, dunkle Vergangenheit hinzuweisen, die ihn vielleicht bewog, seinesgleichen ebenso grausam zu behandeln wie die weißen Feinde.

»Verdammter Bastard!« schrie sie und trat mit aller Kraft gegen sein Schienbein. Aber er zuckte nicht einmal mit der Wimper, hob sie hoch und warf sie aufs Bett.

Trotz ihres verzweifelten Widerstands zog er ihr die schwarzen Schuhe aus. Dann holte er ein Messer unter dem Bett hervor und hielt es an ihre Brust, direkt über dem Herzen. Würde er zustechen?

In ihren Augen brannten heiße Tränen. »Die weißen Soldaten werden Sie töten und in Stücke reißen — oder skalpieren und verbluten lassen ...«

Obwohl sie glaubte, seine Lippen zucken zu sehen, verriet sein Blick nicht, was er dachte. Als sie die Messerspitze auf der Brust spürte, senkte sie schreiend die Lider, wartete auf den tödlichen Stich. Statt dessen hörte sie Seide reißen und öffnete verblüfft die Augen. Säuberlich hatte er ihr Trauerkleid vom Kragen bis zum Saum aufgeschnitten.

»Nein!« stöhnte sie und versuchte sich einzureden, das ruinierte Kleid sei dem Tod vorzuziehen. Trotzdem schlug sie mit ihren gefesselten Händen nach dem Indianer. Aber er drehte sie ungerührt auf den Bauch. Während er sie mit einer Hand festhielt, riß er ihr mit der anderen die schwarze Seide und Spitze vom Leib, das Hemd, den Unterrock, das weiße Leinen des Korsetts, die Unterhose, die rosaroten Strumpfbänder. Dann rollte er sie wieder auf den Rücken und musterte ihren nackten, von Stoffetzen umgebenen Körper.

»Die Soldaten werden Ihnen das Herz aus der Brust schneiden und an die Schweine verfüttern, Sie Schurke!« fauchte sie und kämpfte immer noch mit den Tränen. »Nein, das mache ich selber, sobald ich ein Messer zwischen die Finger kriege ...«

Erschrocken unterbrach sie sich, als er sie auf die Arme nahm und zur Wanne trug. Wollte er sie ertränken? Er setzte sie ins Wasser, packte ihr Haar — wahrscheinlich, um ihren Kopf unterzutauchen. Nein, er hob es im Nacken hoch und ließ es über den Wannenrand fallen. Dann holte er den dampfenden Kessel.

Also würde er sie verbrühen ... Aber er goß nur ein bißchen heißes Wasser ins Bad, um es zu erwärmen, stellte den Kessel auf den Herd zurück und warf ihr ein Stück Seife zu.

»Töten Sie lieber saubere Frauen?« fragte sie ihn bitter. »Nein ...« Sie schrie angstvoll auf, denn er kniete neben der Wanne nieder.

Plötzlich blitzte wieder das Messer in seiner Hand. Doch er benutzte es nur, um ihre Fesseln zu durchschneiden. »Nun, dann werde ich mich eben waschen, bevor Sie mich ermorden«, spottete sie und versuchte, das Zittern in ihrer Stimme zu unterdrücken.

Er stand auf, ging zum Herd, und seine Nacktheit

schien ihn nicht im mindesten zu stören. Um so mehr wurde sie durch die Tatsache, daß sie beide nackt waren, gequält. Nun, wenigstens würde sie Zeit gewinnen. Sie spülte den Schmutz von ihrem Gesicht, seifte ihre Arme ein und überlegte verzweifelt, wie sie fliehen könnte.

Und dann roch sie köstlichen, verlockenden Kaffeeduft. Sie schaute zum Herd hinüber. Erstaunt runzelte sie die Stirn. Der Indianer hatte sich angezogen. In einem langen Schlafrock lehnte er an der Wand, die Arme vor der Brust verschränkt. Seine grünen Augen gaben nicht einen seiner Gedanken preis.

Sein prüfender Blick trieb ihr das Blut in die Wangen, weckte Gefühle, die sie selber nicht verstand. Denn sie empfand nicht nur Angst ... Ohne ihre Nacktheit zu beachten, sprang sie impulsiv aus der Wanne und rannte zur Tür.

Natürlich schaffte sie es nicht. Als er sie diesmal einfing, schlug sie schluchzend gegen seine Brust. Sein Schlafrock öffnete sich, und sie spürte seine warme Haut, roch seinen Seifenduft. Zu ihrer Bestürzung fürchtete sie sich zwar vor ihm, fand ihn aber nicht abstoßend.

Er legte sie wieder aufs Bett. Verbissen rangen sie miteinander. Als er in ihrem Haar und sie in seinem Schlafrock verwickelt war, sank er auf sie herab, und sie spürte seine Kraft. Ein seltsames Feuer erhitzte ihren Körper. Beklommen hielt sie den Atem an, wand sich umher und versuchte verzweifelt, ihn wegzustoßen.

Aber er umklammerte ihre Handgelenke, hielt sie hinter ihrem Kopf fest, schlang ein Bein um ihre Hüften. Erschöpft von ihrem vergeblichen Kampf, gab sie den Widerstand auf und fauchte: »Ich werde Sie töten, Sie niederträchtiger Barbar!«

Seine Augen verengten sich. Wenn er ihre Worte auch nicht verstand, so erriet er doch, daß sie ihm drohte. Und das brachte ihn in Wut.

»Ja, ich werde Sie töten ...« Verwirrt unterbrach sie sich.

Diese grünen Augen ... Irgendwie erschienen sie ihr vertraut — sie mußte sie schon einmal gesehen haben. »Oh, ich werde sie zerstückeln, Arme und Beine abhacken und Ihnen bei lebendigem Leib die Haut abziehen. Ihre Hände verfüttere ich an die Hunde, und ich schneide Ihren ...«

Endlich beendete er sein Schweigen. »Madam, noch eine einzige Drohung gegen meine Anatomie«, begann er in perfektem Englisch, »und ich sehe mich gezwungen, sie zu nutzen, bevor sie zu existieren aufhört.«

»Was?« rief sie entgeistert. O Gott, er beherrschte ihre Sprache. »Sie — Sie elender ...«

»Vorsicht«, mahnte er.

»Bastard! Wer zum Teufel sind Sie?«

Die seltsam vertrauten Augen starrten sie an — kalt und gnadenlos. Und seine Stimme wirkte ebenso gefährlich. »Eigentlich müßte die Frage lauten: Wer zum Teufel sind *Sie*?«

2

Nein, sie durfte nicht zittern, sie mußte tapfer sein ...

»Wer ich bin? Was für einen Unterschied macht das schon? Sie haben den Fahrer der Postkutsche ermordet und mich entführt. Also werden Sie hängen und wenn Sie noch so gut Englisch sprechen.« Aber vielleicht war eine solche Drohung die falsche Taktik. Da er ihre Sprache verstand, konnte sie versuchen, vernünftig mit ihm zu reden. »Andererseits — wenn Sie mich gehen lassen, würde ich ein gutes Wort für Sie einlegen ...«

»Haben Sie mir nicht zugehört?« unterbrach er sie ungeduldig. »Wer sind Sie?«

Obwohl sie beschlossen hatte, keine Angst zu zeigen, fing sie wieder zu zittern an. »Skylar Douglas.«

»Lügnerin!«

Seine Stimme klang so wütend und überzeugt, daß sie ihn erschreckt anstarrte. Was interessierte es diesen Indianer, wie sie hieß?

Dann wurde ihr die hoffnungslose Situation wieder bewußt, und sie fragte leise: »Werden Sie mich töten?«

Sein Blick wanderte über ihren nackten Körper, und sie glaubte zu brennen. »Das habe ich noch nicht entschieden. Erst mal will ich wissen, wer Sie wirklich sind und was Sie hier draußen machen.«

»Und wer zum Teufel sind *Sie*?« Helle Empörung verdrängte ihre Angst.

»Ein Mann, der viel größer und stärker ist als Sie und außerdem ein Messer besitzt. Das sollte vorläufig genügen. *Ich* stelle hier die Fragen.«

Immer noch verwirrt und von neuer Furcht erfaßt, schloß sie die Augen. Nein, sie ertrug es nicht mehr, seine Nähe zu spüren, seine lebensgefährliche Kraft, die Hitze seines Zorns. Sie zwang sich, in möglichst ruhigem Ton zu sprechen. »Wenn Sie mich töten wollen, bringen wir's hinter uns.«

»Beantworten Sie meine Frage.«

»Das habe ich schon getan.«

Er fluchte, dann sprang er plötzlich auf, und sie seufzte erleichtert. Während er zum Herd zurückkehrte, verknotete er den Gürtel seines Schlafrocks. »Sie sind nicht Lady Douglas.«

»Doch.« Großer Gott, warum nahm er das so wichtig?

»Nein!«

»Wie können Sie da so sicher sein?« Sie richtete sich auf, dann wurde ihr bewußt, daß sie völlig nackt war. Hastig zerrte sie das Kissen unter der Pelzdecke hervor und preßte es an ihre Brust. Als er zu ihr zurückkam, zuckte sie erschrocken zusammen. Aber er blieb am Fußende des Betts stehen, öffnete die Truhe und zog einen Schlafrock hervor, den er ihr zuwarf. Zitternd schlüpfte sie hinein. Der Indianer schlenderte wieder zum Herd, füllte zwei Steingut-Becher mit heißem Kaffee und goß etwas Whiskey dazu.

Als er ihr einen Becher hinhielt, rührte sie sich nicht. »Falls ich beschließe, Sie zu töten, werde ich Sie bestimmt nicht vergiften«, versicherte er. Doch sie saß reglos da, und er zuckte die Achseln. »Können Sie keinen Drink gebrauchen?« fragte er höflich. »Ich schon ...«

Plötzlich änderte sich der Klang seiner Stimme. »Lassen Sie das Theater und kommen Sie her! Sie müssen sich stärken.«

Zögernd stand sie auf, ging zu ihm und nahm den Becher entgegen. Der Kaffee schmeckte wundervoll, und der Whiskey erwärmte sie.

Kaffee — ein Hauch von Normalität inmitten des Wahnsinns.

Oder war es vielleicht der Alkohol, der ihr die Sinne trübte? Skylar spürte den forschenden Blick des Indianers und wich unbehaglich zurück, bis sie die Kante des Betts an den Waden spürte. Obwohl sie sich nicht setzen wollte, sank sie auf die Bettkante, da ihre Beine sie einfach nicht mehr tragen wollten. »Ich begreife nicht, was hier geschieht. Wenn Sie mir erklären würden ...«

»Haben Sie's vergessen? *Ich* stelle hier die Fragen.«

»Verraten Sie mir doch wenigstens, *was* Sie sind. Sie geben vor, Sie wären ein wilder Indianer ...«

»Oh, ich bin ein Indianer«, fiel er ihr täuschend sanft ins Wort. »Ein Sioux. Und das sollten Sie stets bedenken. Was meine Wildheit betrifft — manche Menschen sind von Natur aus wild, andere nicht. Die Rasse hängt nicht damit zusammen.«

»Dann sollten Sie Ihr Verhalten vielleicht ändern«, schlug sie in honigsüßem Ton vor und nahm noch einen Kaffee. »Bis jetzt haben Sie sich abscheulich benommen, wie ein barbarischer Heide.«

»Tatsächlich? Soweit ich mich entsinne, habe ich nicht

bestritten, daß ich zu den Wilden gehöre.« Er lächelte sarkastisch. »Eigentlich wollte ich nur auf die Neigung der Weißen hinweisen, eine Gesellschaft, die sich von ihrer unterscheidet, ›wild‹ zu nennen — obwohl sie sich oft viel schrecklicher und grausamer aufführen. Und ehrlich gesagt, es ist mir völlig egal, ob Sie mich für einen Wilden halten oder nicht. Aber zurück zu meiner Frage. Wer sind Sie, und warum geben Sie sich als Lady Douglas aus?«

Skylar holte tief Atem. »Weil ich Lady Douglas bin.«

»Verheiratet mit . . .?«

»Natürlich mit Lord Douglas.«

»Natürlich?«

Sie trank den Becher aus, dankbar für die belebende Wärme, die ihr neue Kraft spendete. »Genaugenommen bin ich seine Witwe. Lord Douglas ist gestorben.«

»Nach der Hochzeit?«

»Offensichtlich!« fauchte sie. »Auf diese Weise wird man Witwe.«

»Wann und wo haben Sie ihn geheiratet?«

»Das geht Sie nichts an«, erwiderte sie kühl.

»Antworten Sie!« befahl er.

Skylar seufzte resigniert. Was spielte es schon für eine Rolle, wenn er eine Information erhielt, die ohnehin amtlich registriert war. »Vor gut zwei Wochen, in Maryland.«

»Und dann starb er. Sehr angenehm für Sie!«

»Wie können Sie es wagen . . .«

»Und wie hieß ihr Mann mit dem Vornamen?« unterbrach er sie.

»Andrew.«

»Sind Sie sicher?«

»So steht es zumindest auf der Heiratsurkunde.«

»Und Sie wissen ganz genau, daß er gestorben ist?«

»Ich war dabei.«

»Ah!« Dieser Ausruf klang seltsam bedrohlich. Glaubte der Indianer, sie hätte etwas mit dem Tod ihres Mannes tun?

»Starren Sie mich nicht so an! Ich war dabei ...«

»Zweifellos«, stimmte er höhnisch zu.

»Sie haben kein Recht, mir irgend etwas vorzuwerfen!« rief sie entrüstet. »Wer immer Sie auch sein mögen — *ich* bin eine amerikanische Staatsbürgerin und hab's nicht nötig, mir diesen Unsinn anzuhören.« Entschlossen erhob sie sich und stellte den Becher auf den Tisch. Nur der Whiskey verlieh ihr den Mut, den sie brauchte, um mit erhobenen Schultern zur Tür zu gehen.

»Bleiben Sie lieber hier, Lady Douglas.« Kaum hatte sie die Tür geöffnet, als sie auch schon wieder zugeworfen wurde. Sie fuhr herum, und der Indianer stemmte seine Hände gegen die Tür, zu beiden Seiten ihres Kopfes.

»Allmählich habe ich dieses Spiel satt«, zischte sie.

»Oh, Sie glauben, es ist ein Spiel?«

»Sie müssen mich freilassen!«

»Keineswegs.« Er packte ihren Arm und zerrte sie zum Bett zurück. Dabei öffnete sich ihr Schlafrock, und sie band hastig den Gürtel zusammen.

»Da draußen ist die Army stationiert. Und sobald man Sie findet, wird man Sie hängen.«

»Wohl eher *Sie*.«

Da verlor sie den letzten Rest ihrer Beherrschung. Schreiend stürzte sie sich auf ihn und riß ihre rechte Hand hoch, um ihn zu ohrfeigen. Als er ihr Handgelenk festhielt, versuchte sie es mit der linken. Auch das nützte ihr nichts. Sie spürte, wie sie hochgehoben wurde. Mit aller Kraft wehrte sie sich. Ein krampfhaftes Schluchzen erschütterte ihren ganzen Körper, ein heftiges Schwindelgefühl stieg ihr zu Kopf. Zuviel Whiskey im Kaffee ... Nun mußte sie für die Tollkühnheit büßen, die ihr der Alkohol verliehen hatte.

»Lassen Sie den Unsinn!«

Wie aus weiter Ferne hörte sie seine Stimme. Doch sie konnte nicht aufhören, hysterisch zu schluchzen und mit beiden Fäusten auf ihn einzuschlagen.

Plötzlich lag sie wieder auf dem Bett. Der Indianer saß rittlings auf ihren Hüften und umklammerte ihre Handgelenke. Atemlos bäumte sie sich auf. Ihr Schlafrock fiel auseinander, seiner ebenso, und sie spürte, wie sich seine warme, muskulöse Brust an ihre weiche Haut preßte. Immer lauter pochte ihr Herz, während sie auf der zerknüllten Pelzdecke miteinander kämpften.

Das Pochen ... Nein, es war nicht ihr Herz. Jemand klopfte an die Hüttentür. Und dann flog sie auf.

»Hawk?« rief eine sorgenvolle Stimme, und der Indianer drehte sich um.

Als Skylar an ihm vorbeispähte, sah sie zwei Männer auf der Schwelle stehen — in Uniform! Der eine war jung und blond, das Gesicht glattrasiert, der andere älter, mit gepflegtem grauen Schnurrbart.

O Gott, die Kavallerie war gekommen! Skylar schrie auf.

»Tut mir leid, Hawk«, entschuldigte sich der ältere Soldat und stieß den jüngeren an. »Er ist — beschäftigt. Mit einer Lady.«

Beschäftigt? Mit einer Lady? Glaubten sie etwa ...? »Nein!« würgte sie hervor. Das Gewicht des Indianers schnürte ihr den Atem ab. Deshalb konnte sie nicht erklären, warum sie halbnackt auf dem Bett lag, unter diesem Wilden.

Natürlich. Die Situation mußte einen völlig falschen Eindruck erwecken. Entsetzt starrte sie in seine spöttischen grünen Augen.

»Beruhige dich, meine Liebe«, bat er in zärtlichem Ton. »Diese galanten Gentlemen werden Stillschweigen bewahren.«

»Aber ...«

»Reg dich doch nicht so auf, Liebling«, flüsterte er dicht an ihrem Mund. Dann schob sich seine warme Zunge zwischen ihre Lippen. Seine Finger, mit ihren verschlungen, hielten ihren Kopf fest. Und so vermochte sie dem Kuß nicht auszuweichen, der ihr den Atem nahm. Plötzlich begann sich der Raum zu drehen ... Endlich richtete er sich auf, und sie rang mühsam nach Luft.

»Alles in Ordnung, meine Liebe, du brauchst dich nicht zu genieren.«

»Verdammt!«

»Bitte, Ma'am, verzeihen Sie ...« Der ältere Mann räusperte sich verlegen. »Hawk, wir hatten keine Ahnung, daß Sie weibliche Gesellschaft genießen ...«

»Wirklich, Captain, Sie müssen sich nicht entschuldigen«, fiel ihm der erstaunlich beredsame Indianer ins Wort. »Es war *mein* Fehler, daß ich Sie nicht kommen hörte.«

»Das ist es ja, was mir Sorgen bereitet. Normalerweise hören Sie, wenn ein Pony in weiter Ferne schnaubt.«

»Gewiß, aber soeben war ich tatsächlich sehr beschäftigt.«

Der Captain lachte. »Gerade die Sioux wissen doch, wie gefährlich die Frauen sind, die den Männern den Kopf verdrehen und ihre Sinne betören können.«

»Allerdings, und ich schäme mich, weil ich so unachtsam war.«

»Nun, das beweist wenigstens, daß auch Sie ein Mensch sind.«

»Ein Mensch?« fragte Skylar erbost.

Sofort preßte sich das Gewicht des Indianers noch schwerer auf ihren Körper, so daß sie nicht mehr weitersprechen konnte.

»Vielen Dank, Captain«, entgegnete er. »Vielleicht habe ich eine einleuchtende und durchaus respektable Erklärung für mein Verhalten. Dies ist Lady Douglas.« Belustigt schaute er in ihre Augen.

»Lady Douglas!« rief der Captain. »Ich wußte doch nicht ...«

»Ja!« stieß sie hervor. Jetzt würde sie ihm endlich klarmachen, was hier vorging und daß sie gerettet werden mußte. Triumphierend erwiderte sie den spöttischen

Blick des Indianers. »Ich bin Skylar Douglas, und ich bitte Sie, Sir ...«

»Davon hatten wir nichts gehört. Bitte, Ma'am, verzeihen Sie. Hawk, die Angelegenheit ist zwar wichtig, aber ich werde Sie in ein paar Tagen noch einmal aufsuchen. Tut mir leid. Nun wollen wir Sie nicht länger stören.«

»Schon gut, mein Freund. Natürlich wären wir vorerst lieber allein.« Der ältere Kavallerieoffizier zog den jüngeren aus der Hütte und schloß die Tür.

»Nein, warten Sie!« schrie Skylar und versuchte den Indianer wegzuschieben. Als ihr das mißlang, biß sie in seine Schulter.

Heftig zog er sie an den Haaren. »Tun Sie das nie wieder, Lady!«

»Dann lassen Sie mich gehen!«

Zu ihrer Verblüffung rückte er beiseite. Sie sprang aus dem Bett, rannte zur Tür und riß sie auf. »Warten Sie, Gentlemen! Bitte, Sie müssen mich anhören. Hilft mir denn niemand? Ich schwöre, ich bin Lady Douglas ...«

Bronzebraune Finger umfaßten ihr Handgelenk und zerrten sie ins Zimmer zurück.

»Mein Gott, warum retten sie mich nicht?« kreischte sie. »Das sind Kavalleristen von der US-Army — und Sie sind ein Indianer. Ist denn die ganze Welt verrückt geworden?« Vergeblich wehrte sie sich gegen den harten Griff, während Hufschläge in der Nacht verklangen. »Ich muß den Soldaten nachlaufen — und ihnen begreiflich machen ...«

»Aber sie würden Ihnen nicht helfen.«

»Oh doch, wenn sie erfahren, daß Sie mich entführt und beinahe — vergewaltigt haben. Dann werden sie mich vor Ihnen retten.«

»Nein — auch wenn Sie Lady Douglas sind. Und schon gar nicht, *weil* Sie Lady Douglas sind.«

Skylar holte tief Atem.« Und warum nicht, verdammt noch mal?«

»Weil Andrew Douglas nicht tot ist, meine schöne klei-

Warum war er nur auf den Gedanken gekommen, sie zu entkleiden und in die Wanne zu setzen? Weil sie erklärt hatte, sie müsse baden? Oder er wollte ihr einen Denkzettel verpassen, nachdem sie in ihrer Habgier so leichtsinnig gewesen war, in die Sioux-Region zu reisen? Hier lauerten immer noch tödliche Gefahren, trotz der allgegenwärtigen US-Army und der zahlreichen weißen Emigranten. Und deshalb verdiente es die Lady, am eigenen Leib zu spüren, was den unvorsichtigen Goldsuchern in diesem Land drohte. Oft genug wurden die Weißen überfallen, ausgeraubt, vergewaltigt, entführt, ermordet und skalpiert.

Während ihre Postkutsche repariert worden war, hatte er sich mit seinen Vettern im Riley's aufgehalten — und bei ihrem Anblick die Beherrschung verloren. Sie behauptete, sie wäre Lady Douglas, obwohl er sie nie zuvor gesehen und nie von ihr gehört hatte. Dieser Hochstaplerin mußte er zeigen, was sie mit ihrem Betrug riskierte und sie zwingen, die Wahrheit zu gestehen. Welch eine Ironie ... War er so sicher gewesen, daß er den Reizen einer leichtfertigen Abenteurerin widerstehen würde?

Der Schlafrock hatte sich über ihren Brüsten geöffnet, und Hawk schloß ihn hastig. Doch die dünne Seide glitt sofort wieder beiseite. Fluchend wandte er sich vom Bett ab und sah das zerfetzte schwarze Kleid am Boden liegen. Er durchwühlte die Fetzen, entdeckte in einer Tasche ein paar Goldmünzen, einen Spiegel und eine Haarbürste. Ungeduldig warf er die Sachen auf die Truhe. In einer zweiten Tasche fand er, was er suchte. Papiere. Aufmerksam studierte er eine Heiratsurkunde, ein offensichtlich legales Dokument, aus dem hervorging, daß Skylar Connor und Lord Andrew Douglas vom Friedensrichter Timothy Carone in Baltimore vor gut zwei Wochen ferngetraut worden waren.

Das exakte Todesdatum seines Vaters.

Verblüfft starrte Hawk seine eigene Unterschrift an. Er

entsann sich nicht, daß er jemals ein solches Papier unterzeichnet hätte. Aber es war zweifellos seine Handschrift.

Kurz bevor sein Vater die Rückreise nach Osten angetreten hatte, war Hawk ungeduldig und reizbar gewesen. Was die Ländereien in Schottland und Maryland betraf, forderte er David immer wieder auf, nach eigenem Gutdünken zu verfahren, da er der Besitzer sei. Doch der alte Lord hatte ihn zum Miteigentümer vieler Liegenschaften ernannt, um jeden Zweifel zu zerstreuen, daß der Sioux-Sohn sein rechtmäßiger Erbe war. Und David hatte ihm auch beigebracht, jeden Vertrag Wort für Wort zu lesen, ehe er ihn unterzeichnete ... Trotzdem unterschrieb Hawk viele Dokumente, die der Vater ihm vorlegte, ohne sie vorher zu studieren.

War das ein Fehler gewesen? Hatte er infolge irgendwelcher seltsamer Verwicklungen die Frau geheiratet, die jetzt auf seinem Bett lag?

Er stöhnte leise. In letzter Zeit hatte der Vater ihn oft bedrängt, wieder zu heiraten — eine *weiße* Frau. Leidenschaftlich diskutierten sie über die Zukunft des roten Mannes im Westen. Und mochte Hawk auch noch so heftig gegen Davids Argumente protestieren — er wußte, daß der alte Lord recht behalten würde. Denn der Strom der weißen Siedler und Soldaten ließ sich nicht aufhalten. David übte in Washington einen gewissen Einfluß aus, und vor seiner letzten Reise hatte er dem Sohn resignierend erklärt, die Regierung würde die Verträge nicht einhalten. In absehbarer Zeit würden die Indianer das Land, das man ihnen gegeben hatte, wieder an die Weißen verlieren. Die Amerikaner hielten es für ihr gottgewolltes Schicksal, den gesamten nördlichen Kontinent zu besiedeln, von einem Meer bis zum anderen. Wenn es möglich wäre, würden sie sogar die Mexikaner vertreiben — und die Briten aus Kanada. Natürlich könnten sie das nicht vor der restlichen Welt rechtfertigen. Aber primitive Rothäute auszurotten ...

Gewiß, diese Gefahr rückte immer näher. Deshalb hatte David seinen Sohn inständig gebeten, eine weiße Frau zu heiraten und das Leben eines Weißen zu führen. War das der Sinn dieser seltsamen Ferntrauung? Hatte David einer jungen Goldsucherin weisgemacht, sie würde einen Mann heiraten, der in seinen letzten Zügen lag — nur um ihr zum Opfer zu fallen, ehe er sie nach Westen brachte? Wollte er seinen Sohn auf diese Weise retten?

Aber vor seiner letzten Abreise hatte David Douglas nicht in seinen letzten Zügen gelegen, sondern so ausgesehen wie eh und je — ein hochgewachsener, schlanker, weißhaariger Mann, immer noch attraktiv. Sein Leben lang war er gesund und kräftig gewesen, abgehärtet von beschwerlichen Reisen und den Mutproben, die er im Kreis der Sioux-Krieger bestanden hatte.

Warum habe ich ihn nicht begleitet, fragte sich Hawk schuldbewußt. Weil ich es nicht wagen durfte, die Black Hills zu verlassen, während sich die Situation zwischen der Army und den Indianern zuspitzte ...

War diese Ehe legal? Gequält schloß er die Augen. Er war ein tapferer Sioux-Krieger und während des Sezessionskrieges ein ebenso tüchtiger Union Army-Soldat gewesen. Aber gegen die Zukunft konnte er nicht kämpfen. Das wußte er. Und sein Vater hatte es ebenfalls gewußt.

Seine Gedanken kehrten in die fernen Zeiten zurück, wo die Black Hills noch im Besitz der Indianer gewesen waren. Damals hatten die Sioux noch nicht hier gelebt und nur im Notfall in diesen heiligen Jagdgründen Zuflucht gesucht. Sie waren Nomaden und durch den ständig wachsenden Ansturm weißer Siedler bereits vom Mississippi nach Westen gedrängt worden. Unter den vielen Stämmen — den Sans Arc, Brule, Oglala, Two Kettles, Hunkpapa, Blackfeet Sioux — gab es noch mehr unterschiedliche Gruppen. Von diesen konnte sich jede Familie nach Belieben trennen. Bei den Sioux, einem freien Volk, galt das individuelle Leben als Tugend.

Aber im Kampf gegen die Weißen entwickelte sich das Unabhängigkeitsstreben zur Gefahr, denn es schob einen Keil zwischen die einzelnen Sioux-Gruppen und machte sie verletzlich.

Hawk war in der Welt seiner Mutter aufgewachsen. Zu seinen ersten Erinnerungen zählten die Büffelfelle an den Wänden ihres Zeltes. So wie alle Sioux-Kinder wurde er liebevoll umsorgt — nicht nur von seiner Mutter Flying Sparrow, sondern auch von ihren Brüdern und seinem Großvater, dem Friedenshäuptling Sitting Bull. Kein einziges Mal hatte man ihn geschlagen. Alle Männer des Stammes nannte er ›Vater‹, alle Frauen ›Mutter‹. In jedem Zelt fühlte er sich willkommen. Ein Sioux-Junge mußte zweierlei lernen: jagen und kämpfen. Von diesen beiden Fähigkeiten hing das Leben seines ganzen Volkes ab.

Bis zu seinem elften Geburtstag hatte er nur wenig von den Weißen gehört. Jetzt wußte er, daß die Amerikaner das Gebiet zwischen dem Mississippi und den Rocky Mountains bis zum mexikanisch-amerikanischen Krieg 1846-1848 als Grenze zur Indianerregion betrachtet hatten. Aber infolge des Landgewinns nach dem Krieg verschob sich die amerikanische Westgrenze immer weiter in die Richtung des Pazifik. 1851 folgte Hawk den Verwandten seiner Mutter, einer kleinen Oglala-Gruppe, nach Fort Laramie am North Platte River. Dort fand die größte Indianerversammlung statt, die er jemals beobachtet hatte. Viele Sioux-Stämme fanden sich ein, auch Cheyennes, Arapahoes, Shoshones, Crows, Assiniboines, Arikaras und andere — sowie zahlreiche weiße Siedler. Man vereinbarte, daß die Indianer jedes Jahr bezahlt werden sollten, wenn sie mit den weißen Emigranten — viele zogen nach Kalifornien zu den neuen Goldquellen — und untereinander Frieden hielten. Dann beschlossen die Weißen, gewisse ›Oberhäuptlinge‹ zu ernennen. Und sie schärften den Indianern ein, sie dürften keine Kriege gegeneinander führen. Doch das war ein sinnloses Unterfangen, denn der Kampf gehörte zur indianischen Lebensform. Bereits in jenem Augenblick, wo die Weißen ihre Oberhäuptlinge veranlaßten, ›den Federkiel zu berühren‹ und dann deren Namen unter den Friedensvertrag schrieben, drohte er zu scheitern.

Seit jenem Tag zogen immer mehr Weiße nach Westen. Aber sie beeinflußten Hawks Leben nicht. Noch nicht.

Bis zu seinem dreizehnten Lebensjahr hieß er Little Sparrow. Dann schlug er einen seiner Crow-Feinde ins Gesicht, tötete ihn im Messerkampf und erwarb die Kriegerwürde. Daß ein Mensch durch seine Hand gestorben war, lastete schwer auf Hawks Seele, obwohl er voller Haß und Zorn gegen den Crow gefochten hatte.

Während er mit seinen Gefährten auf der Jagd gewesen war, hatte ein Crow-Krieger mit seiner Bande das Sioux-Dorf überfallen und drei Mädchen geraubt, zwei für sich selbst und eins für seinen Freund Snake-in-the-Tree. Dieser mißhandelte die junge Frau, und seine Grausamkeit trieb sie zum Selbstmord. Da Dancing Cloud eine Urenkelin seines Großvaters gewesen war, mußte Hawk Rache üben, so wie es seine Ehre verlangte.

Beim Siegestanz an jenem Abend wurde ihm der Name Thunder Hawk verliehen, denn er war schnell und stark wie der Falke und bedrohlich wie der Donner, der das Land immer wieder erschütterte.

Ein weiteres Jahr verstrich, und er tanzte den Sonnentanz. Alljährlich trafen sich die Sioux zu diesem Ritual, das ihnen die weiße Büffelfrau vorgeschrieben hatte. Ihr verdankten sie ihre Sitten und ihren Lebensstil. Die Zeremonie fand im Juni statt, im Monat der Vogelkirschen, dauerte zwölf Tage und stellte hohe Ansprüche an körperliche und geistige Kräfte.

Mit vierzehn war Thunder Hawk ein hochgewachsener Junge, fast einsachtzig, größer als die meisten erwachsenen Krieger. Doch er strebte nicht nur kämpferische Stärke an, sondern auch Klugheit. Wakantanka, das große Geheimnis, sollte ihn lenken und leiten. Und so tanzte er mit Spießen in den Rippenmuskeln, betete für sein Volk und um Beistand im Kampf gegen alle Feinde, bis er zusammenbrach. Tief beeindruckt rühmten die Sioux den vielversprechenden jungen Krieger.

Dann kehrte plötzlich der Vater in sein Leben zurück. Er kannte den blonden Fremden mit den grünen Augen nicht, spürte aber, daß ihm eine Veränderung bevorstand, die er hassen und fürchten würde. Doch ein Junge, der eben erst zum Krieger geworden war, durfte keine Angst zeigen.

Die älteren Sioux hießen den Fremden willkommen, einen alten Freund, der früher bei ihnen gelebt, den Sonnentanz getanzt und die Crow bekämpft hatte. Nun kehrte er zurück, weil seine weiße Gemahlin gestorben war. Flying Sparrow sollte seine Frau werden, nicht nur bei den Indianern, sondern auch in der Welt seiner weißen Mitbürger. Die Sioux fanden es nicht schlimm, daß er mit zwei Frauen gelebt hatte.

In Indianerkreisen war dies durchaus üblich.

Von allen Kriegern wurde der Fremde, der die Sioux-Sprache fehlerfrei beherrschte, ›Bruder‹ genannt. Thunder Hawk erfuhr, der Mann sei vor Jahren als Vertreter der amerikanischen Regierung und Landvermesser in den Westen gereist. Bei einem tapferen Kampf war der jüngere Sohn eines reichen britischen Häuptlings verwundet und gefangengenommen worden. Flying Sparrow hatte ihn gesund gepflegt. Inzwischen war sein Bruder gestorben, und nun wollte er dem Sohn, den Flying Sparrow ihm geschenkt hatte, das Erbe sichern. Den älteren Sohn, von der weißen Ehefrau geboren, beunruhigte die Existenz des Bruders nicht.

Um so heftiger fühlte sich Hawk gestört. Er mochte sich nicht von seinem Stamm trennen, von seinen Freunden, die gerade ihre ersten Feinde getötet und ihre ersten Büffel erlegt hatten, so wie er selbst. Vor allem wollte er bei Dark Mountain bleiben, seinem liebsten Gefährten, einem ausgezeichneten Jäger.

Am Fuß eines Berges hatte er dann seine Vision erblickt, das Wichtigste im Leben eines Sioux-Jungen. Diese heilige Vision zeigte ihm den Lebensweg, dem er folgen mußte.

Auf einem schwarzen Pony ritt er zwischen einer Büffelherde und eine Adlerschar dahin. Die Tiere riefen seinen Namen, versuchten ihm etwas mitzuteilen, aber er verstand sie nicht. In immer schnellerem Galopp raste er über die Prärie. Dann ergründete er den Ruf der Adler, aber nicht die Worte der Büffel. Und was die Adler sagten, blieb rätselhaft, während er die Büffelsprache erlernte. Pfeile regneten auf ihn herab, doch er wußte, daß er weiterreiten mußte, bis zum blendenden Sonnenlicht. Als er dieses Ziel erreichte, griff er in den Himmel hinauf und sammelte die Pfeile ein, damit sie nicht mehr herabfallen konnten.

Dieser Traum verwirrte ihn, aber Mile-High-Man, ein angesehener heiliger Mann, versicherte ihm, er sei zum Krieger bestimmt und die anderen würden sich seiner Weisheit anvertrauen. Wenn er diese Aufgabe erfüllen mußte, wie konnte er seinen Stamm verlassen und dem weißen Mann folgen?

Vielleicht müsse er sich dazu aufraffen, hatte Mile-High-Man erklärt, und lernen, sich mit den Adlern ebenso zu verständigen wie mit den Büffeln ...

Plötzlich drang ein leises Stöhnen vom Bett herüber und riß ihn aus seinen Gedanken. Er drehte sich um, starrte die schöne blonde Frau an, die ihre Arme hob, als wollte sie einen Angriff abwehren. Sollte er sie aus ihrem Alptraum wecken? Doch dann sanken ihre Arme wieder hinab, und sie lag reglos da.

Kämpfte sie gegen ihn? Oder gab es jemand anderen,

der sie im Schlaf quälte? Jetzt wirkte ihr Gesicht so sanft und friedlich, von goldenen Locken umrahmt. Abrupt kehrte er ihr den Rücken zu, blickte ins Herdfeuer und ballte die Hände. Nun würde er sie bald wecken.

4

Einen halben Kontinent entfernt, eilte eine junge Frau durch einen Korridor. Sie trug mehrere Badetücher und zwei Salbentiegel in den Händen. Sie war klein und zierlich, bewegte sich aber so würdevoll, daß sie größer wirkte. In ihrem dunkelbraunen Haar schimmerten rötliche Lichter, und ihre Augen strahlten in lebhaftem Türkisblau.

Bis zum Tod ihrer Mutter hatte sie ein glückliches Leben geführt, trotz der düsteren, geheimnisvollen Vergangenheit, die ihre Familie belastete.

Aber jetzt ... In den letzten drei Wochen war sie von einer Tragödie heimgesucht worden, und erstaunlicherweise hatte sie die Kraft gefunden, dies alles zu überstehen. Diese Kraft verdankte sie Skylar. Stets war Skylar für sie dagewesen. Und sie hoffte, nun könnten sie einander retten.

Vor einer Tür blieb sie stehen und straffte die Schultern. Was immer man auch besprechen würde, sie wollte ihre Rolle spielen und nichts verraten.

Sie öffnete die Tür. Da saß er in seinem geschnitzten Rollstuhl, eine Wolldecke über den gelähmten Beinen. Trotzdem verdiente er kein Mitleid, denn wann immer er sie anschaute, glühten die Dämonen der Grausamkeit, des Zorns und der Rachsucht in seinem Blick.

Der Doktor stand hinter dem Stuhl. »Ah, Sie bringen mir die Salben und die Tücher, meine Liebe. Sehr gut. Bitte, holen Sie einen Cognac für den Senator. Den braucht er, um seine Muskeln zu entspannen.«

Traurig schüttelte der Senator den Kopf. »Cognac, Salben, entspannte Muskeln . . . Was bedeutet das schon, wenn ich nie wieder gehen kann?«

»Nur Mut, Senator!« erwiderte der Arzt, ein bärtiger alter Mann.

Sabrina hielt ihn für senil und verstand nicht, warum sich der Senator von ihm behandeln ließ. Vielleicht, weil dieser Doktor keine Fragen stellte?

Anfangs war sie überrascht gewesen, weil der Senator die Polizei nicht verständigt hatte. Aber falls er sie anklagen sollte, würde sie ihm das mit gleicher Münze heimzahlen.

Er sah sie an, und sein Lächeln wirkte nicht freundlich, sondern wie eine Drohung. *Ich werde mich rächen,* schien es zu geloben. *Wann und wie es mir beliebt. Und zweifle nicht an meiner Macht . . .*

Sie erwiderte das Lächeln nicht. Wäre der Arzt nicht hier gewesen, hätte sie vielleicht gelacht und den Patienten herausgefordert. *Jetzt kannst du mir nichts mehr antun, du Narr. Als du's versucht hast, hat Skylar dich daran gehindert.*

Immer noch attraktiv und würdevoll, sprach er mit leiser, sanfter Stimme. Seine Wähler hielten ihn für einen gütigen Wohltäter, einen starken Kämpfer. Aber sie ahnten nicht, wie entschlossen er kämpfte. Um seine Ziele zu erreichen, schreckte er vor nichts zurück, nicht einmal vor einem Mord.

Während sie ihm den Cognac-Schwenker reichte, schaute sie ihm direkt in die Augen und gestattete ihm nicht, ihre Finger zu berühren. Hoffentlich würde ihr der Allmächtige verzeihen, daß sie so inständig betete, dieser Mann möge bis zu seinem Lebensende ein Krüppel bleiben und dann im Höllenfeuer schmoren.

Würde ihr der liebe Gott auch den Plan verzeihen, den Senator zu vergiften? Skylar hatte ihr erklärt, darauf müßten sie verzichten — nicht aus Angst vor dem Henker, sondern um ihres Seelenheils willen. »Nein, wir dürfen nicht so werden wie er ...«

Der Doktor wandte sich zum Tisch, inspizierte die Salben und Badetücher. »Am besten fangen wir sofort an«, meinte er mit erzwungener Fröhlichkeit.

Lächelnd hob der Senator den Cognac-Schwenker an die Lippen. »Was für ein gutes Mädchen du bist, Sabrina! Welch ein Trost in meinem Elend ...«

»Wenn du doch endlich sterben würdest!« wisperte sie.

»Das habe ich nicht vor. Ich werde noch lange leben, meine Pflicht erfüllen und für dich sorgen, sogar mit dem größten Vergnügen.«

»Nie wieder wirst du mich anfassen, du Bastard«, fauchte sie und trat einen Schritt zurück.

Jetzt lächelte er nicht mehr. In seinen Augen schienen dunkle Flammen zu lodern. »Und was die andere betrifft — auch sie wird die Quittung kriegen. Ihr glaubt, ihr wärt frei, ihr kleinen Närrinnen. Aber das seid ihr nicht. Sie ist so gut wie tot, obwohl du die Ereignisse sehr überzeugend erklärt hast ...«

»Auf Wiedersehen, Doktor. Nun will ich Sie mit Ihrem Patienten allein lassen.« Ehe sie aus dem Zimmer eilte, wandte sie sich noch einmal an den Senator und flüsterte: »Du wirst sie niemals finden.«

Wütend starrte er ihr nach, dann betrachtete er seine Füße. Die Zehen zuckten und bewegten sich. Noch ein paar Wochen und er würde wieder gehen können. Aber niemand sollte es erfahren. Vielleicht würde *sie* die erste sein, die seine Freude über die Genesung teilte. Wenn sie davonlief und wenn er ihr folgte.

Das Herdfeuer warf ein sanftes, flackerndes Licht auf Hawks Gesicht. Und die Geister der Vergangenheit umtanzten ihn immer noch. Der Vater hatte die Mutter zu sich geholt. Damals nahm Flying Sparrow den christlichen Namen Kathryn an.

Im Lauf der Jahre hatten viele Krieger die schöne junge Frau begehrt. Doch sie zog es vor, bei ihrem Vater zu bleiben und zu warten. Sie war der felsenfesten Überzeugung, der tapfere weiße Mann würde zu ihr zurückkehren. Nur für diesen Tag lebte sie — und für ihren geliebten Sohn.

Dann verließ sie das Dorf. Hawk war alt genug, um seine eigenen Entscheidungen zu treffen.

Auch ihm gab der weiße Krieger einen christlichen Namen, Andrew David Douglas. Aber er versuchte ihn nicht zu beeinflussen und versicherte nur, er würde ihn immer lieben und willkommen heißen. Als Thunder Hawk zögerte, erinnerte ihn Mile-High-Man an die Pflicht, viele Sprachen zu lernen und der Botschaft seiner Vision zu gehorchen. Der Großvater und die Mutter baten ihn, David Douglas eine Chance zu geben.

Eines Tages saß er bei seinem Großvater, immer noch im Zwiespalt, und fragte, warum er das tun sollte.

»In seiner schottischen Heimat ist David Douglas ein Häuptling, ein sogenannter Lord und hoch angesehen, so wie zuvor sein Vater.«

»Aber wir sind nicht in Schottland. Hier bedrängen uns die Amerikaner.«

Lächelnd nickte der Großvater. »Als Krieger kam er zu uns. Vielleicht fließt Nomadenblut in seinen Adern. Nachdem er Berichte über die Prärie, grenzenlose Landschaften und fremde Völker gelesen hatte, reiste er hierher, um dies alles zu erforschen. Wir nahmen ihn gefangen. Doch wir töteten ihn nicht. Obwohl er dem Tod ins Auge blickte, wollte er uns nicht hassen, sondern kennenlernen. Er strebte nach Wissen und Weisheit, so wie wir. Und er bemühte sich, unsere Religion und Lebensart zu verstehen.«

»Dann verließ er uns.«

»Sein Vater und sein Bruder starben, seine weiße Frau war sehr krank. Wenn er auch beide Frauen liebte — vorerst mußte er für jene sorgen, die sich ihm zuerst anvertraut hatte. In seinem Land hätte er ein angenehmes Leben führen können. Trotzdem kehrte er hierher zurück. Seine Heimat liegt woanders, sein Herz gehört uns. Am Anfang war er unser Gefangener, dann unser Verwandter und Freund.« Der Großvater holte tief Atem. »Den Strom der Weißen, die in unser Gebiet ziehen, können wir nicht aufhalten, wenn wir auch noch so tapfer kämpfen und die Prärie mit unserem Blut tränken. Deshalb müssen sich einige Indianer mit den Weißen anfreunden. Manche müssen kämpfen, manche müssen sterben, manche müssen überleben.. Sonst hätte unser Volk umsonst gefochten und geblutet. Verstehst du das?«

»Nur eins verstehe ich — daß ich kämpfen sollte.«

»Oft finden die schwierigsten Schlachten in unseren Seelen statt. Sag mir doch, Thunder Hawk, was muß ein Sioux-Krieger tun, wenn er zwei Ponys besitzt und sein Nachbar keines?«

Thunder Hawk runzelte die Stirn. »Natürlich muß er dem Nachbarn sein zweites Pony geben. Stets soll einer für den anderen sorgen und sich großzügig zeigen. Das haben wir von Geburt an gelernt.«

»Dann mußt auch du diesem Mann, der dein Vater ist, großzügig begegnen. Du wirst immer ein Sioux bleiben — und ebenso ein Weißer. Sei nicht selbstsüchtig. Liebe deine Mutter, dein Volk — und deinen weißen Vater.«

Diese Worte beeinflußten Hawk ebenso nachhaltig wie seine Vision und der Rat des heiligen Mannes. Aber was ihn letzten Endes veranlaßte, Lord David Douglas zu begleiten, war Kathryns Krankheit. Sie magerte ab, konnte nicht mehr nähen, weder Zelte aus Büffelhäuten noch Kleider. Und sie vertrug den Rauch nicht, der im Winter den Wigwam erfüllte. Wenn die Weißen, die Crow oder andere Feinde das Dorf angegriffen hätten, wäre sie zu schwach gewesen, um zu fliehen. Deshalb brauchte sie die Fürsorge, die David ihr bot.

Und obwohl Hawk ihm grollte, erkannte er, wie innig der weiße Mann die Mutter seines Sohnes liebte.

Und so akzeptierte er das Blut der Weißen in seinen eigenen Adern. Er zog in ein großes Haus mit vielen Räumen, lernte auf Stühlen zu sitzen statt auf dem Boden und begegnete seinem weißen Bruder, der David hieß, wie der Vater. Da er zum künftigen Lord Douglas erzogen wurde, ging er in England zur Schule und verbrachte nur einen Teil seiner Zeit in dem schönen Haus, das der schottische Aristokrat nahe den Black Hills erbaut hatte.

So sehr Hawk sich auch bemühte, den älteren Bruder zu hassen — er konnte es nicht. Viel zu sehr glich der jüngere David dem älteren, interessierte sich brennend für die Indianerkultur und hörte begierig zu, wenn Hawk von seinem früheren Leben bei den Sioux erzählte. Hawk besuchte regelmäßig seine Verwandten, und manchmal ritt David mit ihm. Im Dorf gewann er sofort alle Herzen, denn er besaß ein Lächeln, das den bittersten Groll zu schmelzen vermochte.

Während sie heranwuchsen, kamen sie einander immer näher. Kurz nach Hawks siebzehntem Geburtstag starb Kathryn. Der Bruder trauerte mit ihm und kniete die ganze Nacht neben ihrem Sarg. Ausnahmsweise war Hawk dankbar für sein weißes Erbe, das ihm erlaubte, Tränen zu vergießen. Und der Bruder weinte mit ihm.

In den nächsten Jahren diskutierten sie über den amerikanischen Freiheitskrieg und den Krieg von 1812, über die amerikanische und britische Politik. David studierte in Oxford, und Hawk wurde nach West Point geschickt, wo man nur mit größter Mühe Aufnahme fand. Als Sohn eines britischen Aristokraten hatte Lord David Douglas in der US-Army gedient. Und Hawk, ein halber Brite und ein halber amerikanischer Indianer, war ein ungewöhnlicher Kandidat für die Akademie. Aber einer von Davids Freunden, General Winfield Scotts Adjutant, verschaffte ihm einen Ausbildungsplatz. David freute sich über die

Ehre, die seinem Sohn zuteil wurde. Und Hawk, der damals noch nicht erkannt hatte, wie sehr er seinen Vater liebte, war bestrebt, ihn zufriedenzustellen. Außerdem wollte er seinem Sioux-Häuptling zuliebe möglichst viel über die Funktionsweise der amerikanischen Army lernen.

Weder Hawk noch sein Vater ahnten, warum ihn die Militärakademie so bereitwillig akzeptierte.

Die US-Regierung hatte nichts gegen Indianer einzuwenden, die Indianer bekämpften. Immer wieder setzten die Army-Patrouillen Crow-Späher gegen die Sioux ein. Und in den Florida-Kriegen kämpften ›zivilisierte‹ Cherokees und Creeks gegen die Seminolen.

Für Hawk eröffnete sich in West Point eine neue Welt. Zunächst wurde er wegen seines Indianerbluts gehänselt. Um so eifriger absolvierte er seine Studien, entwickelte sich zu einem erstklassigen Schützen und Schwertfechter, brillierte ebenso in den Fächern Taktik, Strategie und Militärgeschichte. Die Feldzüge Napoleons faszinierten ihn ebenso wie die Taten Alexanders des Großen und Jacksons siegreiche Schlacht von New Orleans.

Bald fand er gute Freunde. Er besuchte Tanzveranstaltungen und Dinnerparties und genoß seine ersten Liebesaffären mit der Höflichkeit eines künftigen Offiziers. Dabei registrierte er beträchtliche Unterschiede zwischen weißen Frauen und Indianerinnen. Viele dieser Ladys interessierten sich in erster Linie für materiellen Besitz, und nur wenige waren bereit, ihr Eigentum mit anderen zu teilen. Nach außen hin gaben sie sich sittsam, unschuldig und unnahbar. Aber insgeheim frönten sie ihrer Sinneslust. Und die jungen Damen, die man besonders eindringlich vor seiner indianischen Herkunft gewarnt hatte, flirteten am heftigsten mit ihm. Allmählich begegnete er ihrer unverhohlenen Neugier mit kühler Höflichkeit und Verachtung. Er war nicht unempfänglich für die Reize dieser oder jener Witwe, aber stets diskret und bemüht, weder seinem Vater noch seinem Sioux-Erbe Schande zu machen.

Nachdem er sein Studium mit Auszeichnung abgeschlossen hatte, konnte er es kaum erwarten, seinem Bruder triumphierend gegenüberzutreten. Einen Monat später besuchte er zum erstenmal die schottischen Ländereien seines Vaters. Bei der Ankunft erkannte er, wie schmerzlich er seinen Bruder vermißt hatte, wie nahe sie sich standen. Er lernte die alten Familientraditionen kennen, ritt über den großen Landsitz und fühlte sich in dem hochherrschaftlichen Schloß genauso heimisch wie in seinem Sioux-Wigwam. »Dieses Haus mußt du liebgewinnen«, bemerkte sein Bruder eines Tages.

»Aber es gehört dir«, erwiderte Hawk. »Das ist deine Welt.«

»Vielleicht mußt du diese Welt irgendwann einmal schützen, im Namen unserer Familie.«

»Ich werde ein Häuptling sein, und du wirst den Lord beerben.«

»Und wir werden immer Brüder bleiben.«

In Amerika begann eine neue Ära. Lincoln war zum Präsident gewählt worden, South Carolina von der Union abgefallen, die ersten Schüsse fielen.

Leidenschaftlich verteidigten die Südstaaten ihr Recht, Sklaven zu halten. Obwohl Hawk auf ihrer Seite stand, kämpfte er für die Nordstaaten. Als Absolvent von West Point erhielt er die Position eines Second Lieutenant. Nach vier Jahren wurde er zum Colonel und schließlich zum Brigadegeneral befördert. Als der Krieg vorbei war, quittierte er den Dienst. Sonst hätte man ihn nach Westen geschickt, in den Kampf gegen die Indianer. Und das wollte er vermeiden.

Müde vom jahrelangen Blutvergießen, reiste er nach Schottland. Aber er fühlte sich rastlos, und bald entschied David, es sei an der Zeit, gemeinsam nach Amerika zurückzukehren. Er wollte seinen jüngeren Bruder in dessen angestammte Heimat zurückbringen. David selbst fuhr bald wieder nach Schottland, zum Schloß seiner Ahnen.

In Dakota, im Haus seines Vaters, kam Hawk allmählich zur Ruhe. Er ritt über die Prärie und die heiligen Black Hills, besuchte seinen Großvater, lauschte den weisen Ratschlägen des alten Mannes.

Während seiner Abwesenheit war viel geschehen. Die Minnesota-Sioux hatten sich auf den Kriegspfad begeben, weiße Siedler getötet und ganze Dörfer vernichtet. Von der Army verfolgt, zogen sie nach Westen, um die Hilfe ihrer Verwandten zu erbitten. Inzwischen hatte die amerikanische Regierung beschlossen, die Indianer in Reservaten unterzubringen.

Aber sie wehrten sich dagegen. Im Norden war die Army noch zu schwach, um solche Bestimmungen in Kraft zu setzen und die indianische Bevölkerung zu unterdrücken. Aber immer mehr Emigranten kamen ins Land. Eine Bahnlinie wurde vermessen. Und nachdem der Krieg im Osten beendet war, konnte die Army nach Westen ziehen, um die Indianer zu bekämpfen.

Hawk genoß nicht nur das Wiedersehen mit den Verwandten seiner Mutter. Inzwischen bekannte er sich voller Stolz zu seinem weißen Vater, der eine große Rinderranch aufgebaut hatte. Dort arbeitete er gemeinsam mit Lord David Douglas, und wenn die Sioux in ihren Jagdgründen zuwenig Wild erlegten, versorgte er sie mit Rindfleisch. Bald eskalierten die Kämpfe zwischen den Weißen und den Indianern, und Hawk fungierte als Vermittler.

Dann erfuhr er, sein Bruder sei bei einem Brand ums Leben gekommen. Er reiste mit dem Vater nach Schottland und starrte wie betäubt auf den Sarg in der alten Familiengruft.

Gemeinsam mit dem Vater nahm er an der gerichtlichen Untersuchung der Todesursache teil und verlangte genaue Informationen. Doch sein Schmerz und sein Zorn konnten nichts ändern. Die Stallungen hatten Feuer gefangen, und David war in den Flammen ums Leben gekommen. Zu verzweifelt, um in Schottland zu bleiben, übergab Lord Douglas die Ländereien einem Vetter und kehrte mit seinem Sohn ins Sioux-Gebiet zurück.

Nur die Liebe half Hawk über den Verlust des Bruders hinweg. Das Mädchen hieß Sea-of-Stars. Diesen Namen verdankte sie ihren schönen blauen Augen. Ihre Mutter war eine Weiße, die in jungen Jahren von den Indianern gefangengenommen wurde, ihr Vater war der Kriegerhäuptling Burnt Arrow. Ihr Bruder, Black Eagle, war ein alter Freund und Gefährte, der Hawk erklärt hatte, was während seiner Abwesenheit zwischen den Weißen und den Sioux geschehen war.

Nachdem Hawk und Sea-of-Stars geheiratet hatten, lebte er abwechselnd im Haus seines Vaters und im Zelt seiner Frau. Sie bekamen einen kleinen Sohn, Little Hawk. Dessen überglücklicher weißer Großvater bestand darauf, auch diesem künftigen Lord Douglas den Namen Andrew zu geben.

Wenig später starben Sea-of-Stars, ihr Vater und der kleine Junge, erst einen Monat alt, an den Pocken. Und so mußte Hawk erneut trauern. In seinem Schmerz war er blind gegenüber allem, sogar gegenüber der Anteilnahme seines Vaters. Als er sich im Dorf seiner Frau aufhielt, erfuhr er, die Army würde es demnächst angreifen.

Erbittert kämpfte er gegen die weißen Soldaten, stürzte sich mit wahrer Todesverachtung in die Schlacht. Und die Sioux-Krieger schlugen den Feind zurück. Schwer verwundet brach Hawk zusammen. Im Haus seines Vaters kam er wieder zu sich. David saß an seinem Bett. »Mein Sohn, du kennst den Kummer eines Vaters, der ein Kind verloren hat. Warum wolltest du mir dieses Leid noch einmal zumuten? Warum bist du so leichtfertig in den Kampf gezogen?«

Und Hawk gab ihm recht. Durch diese Erfahrung geläutert, verbrachte er viele Stunden mit Lord Douglas und lernte, die Trauer um seine junge Frau und Little Hawk zu bewältigen. Die Zeit verstrich, und allmählich verebbte der Kummer — nicht zuletzt, weil er endlich erkannte, wie sehr er seinen Vater liebte.

In den Black Hills wurde Gold gefunden, und David Douglas erwarb eine der ertragreichsten Adern.

Immer mehr Siedler — Goldsucher, Kaufleute, Ladenbesitzer, Ehefrauen und Kinder, Marketenderinnen und Bardamen — ließen sich im einstigen Sioux-Land nieder.

Während sich die Lage zuspitzte, geriet Hawk in eine schwierige Position. Viele seiner Jugendfreunde zählten zu den unversöhnlichsten Feinden der Weißen. Und er verstand, was in ihren Herzen vorging.

So hatte die Situation ausgesehen, als sein Vater zuletzt nach Osten gereist war.

Bald würde man nun seine Leiche nach Hause bringen. An diesem Nachmittag war Hawk mit drei seiner Lakota-Vettern zum Handelsposten Riley's geritten, um zu erfahren, wann der Sarg eintreffen würde. Und da sah er *sie* zum erstenmal. Eigentlich hätte die Postkutsche schon am Morgen weiterfahren sollen. Doch sie wurde durch einen Radbruch aufgehalten. Verwundert hörte er, wie die strahlende blonde Schönheit im schwarzen Trauerkleid sein Erbe beanspruchte.

Sie hatte die Nacht in der Station verbracht und kam in die Küche herunter, während Hawk und seine Vettern an einem hinteren Tisch saßen und mit Riley die bedrohlichen Truppenbewegungen der Army erörterten. Wenig später erschien Sam Haggerty, der Kutscher, und nannte die junge Frau ›Lady Douglas‹. Sie fragte, wie lange sie brauchen würde, um Mayfair zu erreichen — das Douglas-Haus in einem Tal hinter den Black Hills. Mit sanfter

Stimme kündigte sie an, sie würde in das Haus ziehen und die Mine weiterhin betreiben. Nein, sie fürchte sich nicht vor den Indianern. Lord Douglas habe ihr versichert, dazu bestehe kein Grund.

Als der alte Riley aufspringen und ihr empfehlen wollte, sich doch mal nach Lord Douglas umzusehen, zog Hawk ihn auf die Bank zurück und brachte ihn zum Schweigen.

Er hatte bereits beschlossen, herauszufinden, was für ein falsches Spiel sie plante und warum sie sich Lady Douglas nannte.

Und mit welchem Trick hatte sie sich an seinen Vater herangemacht? Sie könnte Davids Enkelin sein. Aber sein Vater war gewiß kein Narr gewesen. Hatte sie ihn umgarnt, vor den Traualtar gelockt und dann — ermordet? Nicht mit einer Schußwaffe oder einem Messer, aber vielleicht mit diesen silberblauen Augen, mit den ebenmäßigen Zügen, den rubinroten Lippen, mit ihrem bezaubernden Lächeln, den perfekt gerundeten Brüsten und ihrer verlockenden Anmut ...

O ja, sie könnte einen Herzanfall verursacht haben. Allein schon ihr Anblick mußte jedem Mann den Atem rauben und seinen Puls beschleunigen. Aber wenn sie nun behaupten sollte, sie wäre Hawks Stiefmutter, würde er sie eines Besseren belehren. Und wenn sie David in den Tod getrieben hatte, möge ihr der Allmächtige beistehen.

Unbemerkt verließen Hawk und seine Vettern die Handelsstation. Nachdem sie den alten Sam bestochen hatten, schlüpften sie in Rehlederhosen, bemalten ihre Körper und ihre Ponys — und folgten der Postkutsche.

Was konnte eine junge weiße Dame grausamer erschrecken als ein vorgetäuschter Indianerangriff?

Allzu glücklich war der alte Sam Haggerty nicht über die Idee ›diesem süßen jungen Ding‹ Angst einzujagen. Andererseits staunte auch er über die Behauptung, sie sei

Lady Douglas. Und so half er Hawk und den Lakotas, den Überfall zu inszenieren.

Es war ein Kinderspiel gewesen — abgesehen von ›Lady Douglas'‹ heftiger Gegenwehr. Aber Hawk hatte auch dieses Problem gemeistert.

Nun trat er wieder neben das Bett. Sie schlief schon viel zu lange — und viel zu friedlich. Als er behutsam ihre Wange tätschelte, rührte sie sich nicht. Er goß etwas Whiskey in einen Becher, hob ihren Kopf und flößte ihr einen Schluck ein. Da hustete sie, würgte heftig und öffnete die Augen.

Bei seinem Anblick schrie sie auf, attackierte ihn sofort wieder mit ihren Fäusten. Fluchend umklammerte er ihre Handgelenke. »Verdammt, ich habe dieses Spiel endgültig satt.«

Erst jetzt schien sie vollends zu erwachen. Sie hatte vielleicht geträumt, die Indianer würden sie erneut überfallen. Kühl und verächtlich starrte sie ihn an. »Ich glaube noch immer nicht, daß Sie Lord Douglas sind.« Aber sie mußte es wissen, da er die grünen Augen seines Vaters geerbt hatte.

»Doch, das haben Sie längst erkannt. Nun müssen wir nur noch feststellen, wer *Sie* sind. Woher haben Sie dieses Papier?«

»Welches Papier?«

»Die Heiratsurkunde«, erwiderte er und setzte sich auf den Bettrand.

»Haben Sie meine Sachen durchsucht?« fragte sie ärgerlich.

»Allerdings. Wo haben Sie das Dokument erhalten?«

»In Baltimore.«

»Als Sie Lord Douglas geheiratet haben?«

Zwischen zusammengebissenen Zähnen stieß sie hervor: »Ja! Als ich Lord Douglas geheiratet habe!«

»Also fand diese Zeremonie tatsächlich statt?«

Sie zögerte nur kurz. »Ja.«

»Aber es war eine Ferntrauung.«

»Er ließ mir ausrichten, er würde sich nicht gut fühlen. Mr. Pike, der Besitzer des Pike's Inn, vertrat ihn. Und der Friedensrichter teilte mir mit, die Trauung sei legal, da Andrew Douglas die Urkunde bereits unterzeichnet habe.«

»Und wie haben Sie ihn dazu verleitet?«

»Fahren Sie doch zur Hölle! Ich habe niemanden zu irgend etwas verleitet. Und Sie können nicht wissen ...«

»Ich weiß, daß Ihr vermeintlicher alter Ehemann an seinem Hochzeitstag einem Herzanfall erlegen ist.«

»Dafür können Sie mich nicht verantwortlich machen.«

»Diese Urkunde sieht legal aus.«

»Das ist sie auch. Aber ...«

»Sie dachten, Sie hätten einen alten Mann geheiratet, nicht wahr?«

»Ja!«

»Mein Vater hieß David.«

»Und diese Männer nannten Sie Hawk.«

»Allerdings. Aber mein christlicher Name lautet Andrew.« Sie starrte ihn an, als wäre er der Teufel persönlich, und er lachte leise. »Meine liebe, liebe Lady Douglas! Sie haben einen alten Mann verführt und so erregt, daß er gestorben ist. Nun spielen Sie die schöne, trauernde Witwe und versuchen, sein Erbe zu übernehmen. Aber mein Vater hat Ihnen offensichtlich einen Streich gespielt. Sie sind keine reiche Witwe, sondern die Gemahlin eines wilden und sehr lebendigen Indianers, dem alles gehört, was Sie in Ihren Besitz bringen wollen.«

»Oh, Sie arroganter Bastard! Ich wollte niemandem irgend etwas antun, und ich habe dieser Heirat nur zugestimmt ...«

»Also beabsichtigen Sie gar nicht, Mayfair und die Goldmine zu beanspruchen? Und Sie waren mit der Hochzeit einverstanden, weil Sie Lord Douglas so innig liebten?« Skeptisch hob er die Brauen.

»Verdammt, ich mochte ihn.«
»Bevor Sie ihn ins Grab brachten?«
»Sie Hurensohn ...«
»Wie können Sie Ihren Ehemann so niederträchtig beschimpfen?« fragte er spöttisch.
Erbost richtete sie sich auf und rückte soweit wie möglich von ihm weg. »Mit Ihnen will ich nichts zu tun haben.«
»Aber ich mit Ihnen. Sie werden büßen, was Sie meinem Vater angetan haben. Sie sind meine Frau.«
»Nur, weil hier ein Mißverständnis vorliegt, das ich bald beseitigen werde. Ich wollte nicht *Sie* heiraten, sondern Lord Douglas.«
»Trotzdem haben Sie mich geheiratet. Und ich werde den Tod meines Vaters rächen. Das schwöre ich Ihnen.«

5

»Drohen Sie mir nicht!« rief Skylar.
»Oh, ich habe noch viel mehr vor, als Ihnen zu drohen, Lady Douglas«, erwiderte er, lächelte spöttisch und stand vom Bett auf. »Seien Sie vernünftig und versuchen Sie nicht zu fliehen, wenn ich Sie allein lasse. Hier in der Hütte sind Sie sicher.«
»Sie — gehen weg?« fragte sie verblüfft und hoffnungsvoll.
»Ja, aber ich komme zurück.«
»Wohin gehen Sie?«
»Das braucht Sie nicht zu kümmern.«
»Oh, doch! Sie haben mich hierher verschleppt und ...«
»Ist diese Heiratsurkunde gültig?«
»Ja ...«
»Dann wurden Sie von Ihrem rechtmäßig angetrauten Ehemann in sein Heim gebracht.«

»Tatsächlich? Und was haben Sie dem Kutscher angetan?«

»Meinen Sie den alten Sam?«

»Mr. Haggerty.«

»Ich nehme an, der wird inzwischen zu Rileys Station zurückgefahren sein.«

»Sie — Sie Schurke!« zischte sie.

»Nun, Ma'am, ich höre nicht allzuoft eine wildfremde Frau erklären, sie sei Lady Douglas und unterwegs, um mein Eigentum zu übernehmen.«

»Sie hätten sich vorstellen und mich befragen können.«

»Natürlich wurde mein Verhalten ein wenig von der Tatsache beeinflußt, daß mein Vater Sie geheiratet hat und bald danach gestorben ist. Und nun will ich Sie noch einmal warnen. Da draußen laufen alle möglichen wilden Bestien herum. Bären, Wölfe — feindselige, blutrünstige Indianer ...«

»Sie erwarten, ich würde während Ihrer Abwesenheit hierbleiben?«

»Allerdings.«

»Ich will aber nach ...«

»Nach Mayfair?«

»Im Augenblick möchte ich nur in die Zivilisation zurückkehren.«

»Hier gibt's keine Zivilisation, Lady Douglas.«

»Vielleicht dort, wo Sie *nicht* sind!« fauchte Skylar.

Ironisch hob er die Brauen. »Sie waren auf dem Weg zu Lord Douglas' Land. Nun, da sind Sie bereits. Diese Jagdhütte gehört mir. Fühlen Sie sich wie zu Hause. Bald bin ich wieder da.«

Voller Haß beobachtete sie, wie er Kleider aus der Truhe nahm. Dann wandte sie sich rasch ab, als er den Schlafrock auszog und in eine Rehlederhose schlüpfte. »Wie lange soll ich hier warten?«

»Bis mir ein Anwalt bestätigt hat, daß diese Heiratsurkunde legal ist.«

»Oh, sie ist legal«, erwiderte sie und drehte sich wieder zu ihm um. Nun trug er zu seiner Hose ein Lederhemd mit Fransen und hohe schwarze Stiefel. Sein Haar war im Nacken zusammengebunden. Beinahe sah er wie ein Weißer aus. Wäre nicht dieses wilde Funkeln in seinen Augen gewesen ...

»Das werden wir ja sehen. Hier finden Sie genug zu essen, Kaffee und Whiskey. Wolf wird Sie bewachen ...«

»Wolf? Einer Ihrer Spießgesellen, die Ihnen geholfen haben, die Postkutsche zu überfallen?«

»Er ist mein Hund. In seinen Adern fließt Wolfsblut, und er wird Sie beschützen — oder in Stücke reißen, wenn Sie versuchen, die Hütte zu verlassen. Vielleicht sollten Sie schlafen. Spätestens morgen abend komme ich zurück.«

»Warten Sie ...« Doch die Tür hatte sich bereits hinter ihm geschlossen. Skylar sprang auf, wollte sie öffnen. Da hörte sie seine Stimme.

»Braver Junge! Bleib hier sitzen und paß auf sie auf. Sie ist gefährlich.«

Nun erklang aufgeregtes Gebell, und sie wich zurück. Vielleicht war es doch besser, wenn die Tür geschlossen blieb. Seufzend begann sie umherzuwandern. Sie hatte niemanden hintergehen wollen und nicht geheiratet, um sich zu bereichern — nur um zu entkommen.

Aber nun war sie nicht mit dem Mann verheiratet, den sie im Pike's Inn getroffen hatte, sondern mit seinem Sohn.

Was sollte sie jetzt tun? Welch einen grausamen Streich hatte man ihr gespielt?

Das kleine Gasthaus, zur Zeit des Freiheitskrieges von Pikes Urgroßvater gegründet, war stets ihr Zufluchtsort und der jetzige Besitzer ein guter Freund ihres Vaters gewesen. Da das Etablissement als respektabel galt und viele Damen aus Baltimore mit ihren Töchtern regelmäßig zum Lunch erschienen, hatte Skylar ihrer Mutter glaubhaft versichern können, sie sei dort mit Freundinnen verabredet.

Auch Lord Douglas besuchte den Gasthof hin und wieder. Pike hatte ihr den exzentrischen Engländer vorgestellt, der in der westlichen Wildnis lebte und gelegentlich nach Osten kam, um seine Bankgeschäfte zu erledigen. Ein paarmal hatte sie sich höflich mit ihm unterhalten.

Und eines Tages brach er zusammen. Sie bestand darauf, einen Arzt zu rufen. Nach der Untersuchung erklärte ihr der alte Lord, man könne nicht viel für ihn tun und dies müsse ihr Geheimnis bleiben.

Welch ein sanftmütiger, würdevoller, gütiger Mann ... Und sie war die einzige, die von seiner schweren Krankheit wußte. Auch sie schüttete ihm ihr Herz aus und erzählte Dinge, die sie noch niemandem anvertraut hatte. Bald gewann sie den Eindruck, er wäre ihr bester Freund. Er verstand den Ernst ihrer Lage, die Gefahr, die ihr drohte, und schlug ihr vor, ihn nach Westen zu begleiten. Doch das wagte sie nicht.

Dann kam er wieder ins Pike's — an jenem Abend, wo sie nicht wagte, nach Hause zurückzukehren. Und er hatte ihr seine Hilfe angeboten ...

Nun mußte die Ehe annulliert werden — falls sie tatsächlich mit diesem Indianer verheiratet war. Und dann würde sie in den Osten zurückreisen müssen — nein, das würde sie niemals tun.

Das Herdfeuer war fast herabgebrannt, dunkle Schatten erfüllten den Raum. Bedrückt schaute sie sich um. Sie war allein in der Wildnis — allein mit einem blutrünstigen Hund, der vor der Tür Wache hielt. Und da draußen in der Nacht trieben sich sicher noch schlimmere Kreaturen herum.

Müde sank sie aufs Bett und streckte sich aus. Nein, sie konnte nicht nach Osten zurückkehren. Aber was sollte sie tun?

Und wenn *er* nicht wiederkam? Wer würde zuerst sterben? Sie oder der Wolfshund?

Beinahe hätte sie über diesen Gedanken gelacht. Aber dafür war sie viel zu erschöpft. Die Augen fielen ihr zu, und wenig später schlief sie ein.

Gold Town, eine Goldgräberstadt, war in den letzten Jahren rasch gewachsen und wurde von wohlhabenden Bürgern bewohnt. An der Main Street lag Henry Pierponts profitable Anwaltskanzlei, die mit hübschen Ledersesseln, Sofas und Kirschbaumregalen aus dem Osten eingerichtet war. Jim Higgins, sein Sekretär, war als Goldsucher in den Westen gekommen. Dann hatte er die Goldgräberschaufel mit Feder und Tinte vertauscht. Sobald Hawk das Vorzimmer betrat, sprang der junge Mann auf. »Hawk — eh, Lord Douglas, Henry erwartet Sie schon.«

»Jim, mein Vater wurde in England geboren«, bemerkte Hawk auf dem Weg zur Bürotür. »Und deshalb hat die Anrede ›Lord Douglas‹ zu ihm gepaßt. Aber ich lasse mich lieber ›Hawk‹ nennen.«

»Danke«, erwiderte Jim grinsend. »Dabei fühle ich mich auch viel wohler.«

Hawk ging ins Büro, und der hagere, kahlköpfige Anwalt mit der Nickelbrille erhob sich hinter seinem Schreibtisch. Vor lauter Nervosität stieß er seine Kaffeetasse um und begann die braune Flüssigkeit mit seinem Taschentuch wegzuwischen. »Heute abend soll der Sarg deines Vaters im Riley's eintreffen, Hawk. Er wurde soweit wie möglich mit dem Zug befördert. Danach hatte die Bahngesellschaft gewisse Transportschwierigkeiten. Hier leben wir immer noch in der Wildnis. Und da ist was mit der Post gekommen ...« Bedrückt verstummte er und schüttelte den Kopf.

Hawk warf die Heiratsurkunde auf den Tisch und sank in einen Ledersessel. »Hängt's vielleicht mit der Frau zusammen, die behauptet, sie sei Lady Douglas?«

»Ja«, stimmte Henry Pierpont zögernd zu und setzte sich wieder. »Du mußt verstehen — dein Vater war mein Klient. Und ich habe ihn gewarnt. Es war gefährlich, dieses Papier mit sich herumzutragen ...«

»Hast du's aufgesetzt?«

Der Anwalt nickte unbehaglich.

»Verdammt, Henry ...«

»Und du hast es unterschrieben.«

»Ungelesen — weil mich die Geschäfte meines Vaters nicht interessierten!« entgegnete Hawk. »Darum kümmerte er sich ausschließlich selber. Er war gesund, im Vollbesitz seiner geistigen Kräfte ...«

»Und ein alter Mann«, fiel Henry ihm leise ins Wort. »Eigentlich wollte ich dir mitteilen, daß er fest entschlossen war, dich zu verheiraten. Aber — er war mein Klient, bis zu seinem Tod. Und jetzt bist du's.«

»Kannte er diese Frau schon vor seiner Abreise?«

»Ich habe keine Ahnung, wo und wie er sie kennengelernt hat ...« Henry unterbrach sich verwirrt. »Aber wieso weißt du davon? Ich habe den letzten Brief deines Vaters und die Kopien der Dokumente eben erst erhalten. Und die junge Lady ist noch nicht angekommen.«

»Oh, doch.« Hawk beugte sich vor. »Sag mir bitte nur eins — ist diese Ehe legal?«

»Natürlich könntest du um eine Annullierung ansuchen, wenn beide Parteien einverstanden sind.«

»Ist diese Ehe legal?« wiederholte Hawk ungeduldig.

»Eh — ja.«

»Ich kann einfach nicht glauben, daß mein Vater das getan hat!«

Henry räusperte sich. »Leider kommt's noch schlimmer. Wenn sie die Ehe annullieren läßt, wird sie enterbt, abgesehen von einer kleinen Summe, die sie auch erhalten soll, falls sie in den Osten zurückkehrt. Aber wenn sie deine Frau bleibt, geht die Hälfte des Hauses an sie.« Seufzend lockerte er seinen Hemdkragen.

»Weiter.«

»Wenn du die Ehe annullieren läßt ...«

Hawk sprang ungläubig auf. »Dann werde ich enterbt?«

»Nicht ganz. Du verlierst nur Mayfair.«

Tausend Morgen Land in den Black Hills. Sioux Land, das David niemals hatte roden lassen, weil es dem Volk seiner Frau und seines Sohnes gehörte. Und Hawk mußte dieses Gebiet behalten.

Da er bei den Sioux aufgewachsen war, glaubte er, ein Ehrenmann müßte alles teilen und würde keine Reichtümer benötigen. Aber er brauchte das Land. Vor allem wegen der drohenden Konfrontationen.

Ärgerlich sank er in den Sessel zurück. O ja, David hatte gewußt, wie er ihn manipulieren mußte und daß die schottischen Ländereien seinem Sohn nichts bedeuteten. Wie gern würde Hawk darauf verzichten, um eine unerwünschte Ehefrau loszuwerden! Aber das Sioux-Land ...

»Ich – ich habe ihn geliebt«, flüsterte er und hob hilflos die Hände.«

»Und er hat dich auch geliebt. Er meinte es nur gut mit dir.« Nach einer kurzen Pause fügte der Anwalt hinzu. »Natürlich muß ihn diese junge Frau beeindruckt haben. Sonst wäre sie nicht in seinem Testament bedacht worden. Hast du sie schon kennengelernt?«

»Ja, zufällig. Im Riley's. Da war ich hingeritten, um mich zu erkundigen, wann die Leiche meines Vaters eintreffen würde.«

»Und? Stimmt was nicht mit ihr?«

Hawk lächelte freudlos. »Nun, sie ist sehr charmant. Bin ich wirklich rechtmäßig mit ihr verheiratet? Immerhin war's nur eine Ferntrauung.«

»In den westlichen Goldgräberstädten werden die meisten Ehen per Ferntrauung geschlossen. Wie sonst sollen die Jungs hier draußen Familien gründen? Welche anständige junge Frau würde in diese Wildnis ziehen, wenn sie keinen Ehemann hätte?«

»Welche anständige junge Frau ...«, murmelte Hawk. »Selbstverständlich würde ich dir gern helfen. Aber dein Vater hat hieb- und stichfeste Arrangements getroffen. Deshalb sind mir die Hände gebunden.«

Und wenn er verführt und umgarnt und getötet wurde? Diese Worte sprach Hawk nicht aus. Wahrscheinlich konnte er Skylar Connors Schuld am Tod seines Vaters niemals beweisen und Henry nicht einmal klarmachen, daß sie glaubte, sie hätte David geheiratet und wäre nun dessen Witwe. Eine Witwe, die seinen Besitz übernehmen wollte.

»Wie immer du dich entscheidest ...«, begann Henry.

»Jedenfalls wird sie mein Land nicht kriegen. Darauf kannst du wetten.« Erbost stürmte Hawk aus dem Büro und eilte zu seinem Pferd.

Als er aufsteigen wollte, wurde sein Name gerufen. Black Feather schlenderte zu ihm, ein alter Hunkpapa-Freund, der in der Stadt Pelze verkaufte, obwohl die Regierung diesen Handel verboten hatte. Sofort bezähmte Hawk seine Wut und umarmte dem hochgewachsenen, kräftig gebauten Mann mit dem wettergegerbten Gesicht. »Wie geht's dir, Black Feather? Ist dir das Jagdglück treu geblieben?«

»Bedauerlicherweise nicht. Die Weißen haben unsere Büffel zu Tausenden niedergeschossen, aus den Fenstern ihrer Züge heraus. Hawk, du müßtest das Dorf deines Großvaters bald aufsuchen. Viele Freunde wollen den weißen Siedlern ausweichen und nach Norden ziehen. Und vorher möchten sie sich noch von dir verabschieden.«

»Werden sie sich Sitting Bull anschließen?«

Black Feather nickte ernsthaft. »Nun bleiben uns nur mehr zwei Möglichkeiten. Entweder lassen wir uns einzäunen wie Viehherden oder wir kämpfen bis zum letzten Blutstropfen, um unsere Lebensart zu erhalten.«

»Gut, ich reite demnächst zu den Sioux.«

»Darüber wird sich dein Großvater freuen. Soeben haben wir vom Tod deines Vaters erfahren, und mein Herz leidet mit dir. Er war ein anständiger Mann.«

»Danke.«

»Wir alle werden ihn vermissen.«

»Sehr schmerzlich ...« Hawk schwang sich aufs Pferd, winkte seinem alten Freund zu und galoppierte aus der Stadt. Sein Innerstes wurde durch widersprüchliche Gefühle aufgewühlt. Er grollte seinem Vater, trauerte um ihn, und es bekümmerte ihn, daß er nie mehr mit ihm sprechen und nach den Gründen jenes seltsamen Entschlusses fragen konnte. Was mochte David am Ende seines Lebens gequält haben? Warum war er auf Skylar Connors Machenschaften hereingefallen? Und jetzt, inmitten seiner persönlichen Tragödie und Verwirrung, mußte Hawk auch noch mit ansehen, wie sein Volk grausam unterdrückt wurde.

Je länger er dahinritt, desto heißer brannte der Zorn in seiner Brust. Er war bereit zum Kampf.

Träume von der fernen Vergangenheit hatten sie zeit ihres Lebens verfolgt. Nicht unablässig, nur gelegentlich.

Stets begannen diese Träume auf die gleiche Weise. Vor ihren Augen stiegen düstere Schwaden empor. So wie damals.

Tiefhängender Nebel hatte die Nachtluft erfüllt. Auf der Straße hallten Schritte. Aber man sah keine Gestalten. Genau die richtige Nacht für heimliche Begegnungen. Für dunkle Geheimnisse.

In Maryland gab es so viele Geheimnisse. Dieser Grenzstaat wimmelte von Spionen und Verschwörern. Während viele Leute mit den Südstaaten sympathisierten, setzten sich andere für die Union ein. Und manche gaben vor, den Süden zu unterstützen, spionierten aber für den Norden. Oder die vermeintlichen Unionsanhänger arbeiteten insgeheim als Südstaatenagenten.

Gewisse Personen standen zwischen den beiden Seiten.

Vor dem Krieg hatte der junge Anwalt Robert Connor in Williamsburg gelebt. Als die Kämpfe begannen, ging er zur Army. Nach der Schlacht bei Gettysburg landete er in einem Unionsgefängnis in D.C., aus dem er jedoch fliehen konnte. Connor schickte seinem Bruder Richard eine Nachricht und bat ihn um Hilfe.

Richard Connor bewohnte mit seiner Frau Jill und den beiden Töchtern Skylar und Sabrina ein schönes Haus in Baltimore. 1882 wurde er verwundet und nach Hause geschickt, mit einem Beinleiden, das niemals geheilt wurde. Nur zu gern kehrte er aus dem Krieg zurück. Er hatte zwar an die Unantastbarkeit der Union geglaubt, aber nicht an ihr Recht, die Mitbürger im Süden zu töten. Und nun zögerte er nicht, seinem Bruder zu helfen und ihn in seinem Haus aufzunehmen.

Während sich Robert auf dem Dachboden versteckte, spielte er mit den beiden Mädchen. Skylar gewann ihn fast so lieb wie ihren Vater. Eines Tages erhielt er die Information, er solle von Südstaatenspionen in die Konföderation zurückgeschmuggelt werden, wo er in Sicherheit wäre.

Über der Stadt hing grauer Nebel. Skylar war ins Bett verfrachtet worden. Aber sie wußte, was in dieser Nacht geschehen sollte.

Vater und sein bester Freund, Brad Dillman, würden Robert zu den Südstaatlern führen. Zunächst wollten sie im Hafen wie Betrunkene randalieren, um jeden Verdacht zu zerstreuen und Robert wenig später wegbringen. Und schließlich würde Richard mit Brad nach Hause wanken, Jill und die Mädchen um Verzeihung für sein gräßliches Benehmen bitten und versprechen, sich zu bessern.

Was Skylar in jener Nacht bewog, aus ihrem Bett zu schleichen, ein Hemd und eine Hose anzuziehen und den Männern zu folgen, konnte sie sich nicht erklären. Vielleicht war es einfach nur Abenteuerlust — oder eine sonderbare Angst.

Einen Schal um die untere Gesichtshälfte geschlungen, eine Kappe tief in die Stirn gezogen, eilte sie hinter den Männern durch eine Hafengasse. Am Kai wartete ein kleines Schiff.

Der Nebel verdichtete sich. Plötzlich hörte sie einen Schrei. Sie sah das Schiff auslaufen, rannte zum Wasserrand, stolperte über einen Körper und stürzte. »Vater?« flüsterte sie, berührte seinen Rücken, spürte warmes, klebriges Blut. »Vater ...«

»O Skylar!« würgte er hervor und drückte ihre Hand. »Sei vorsichtig — und tapfer, Baby ... Verrat mich nicht ...«

»Niemals!«

»Ich wollte ...«

»Sei still, Vater, ich hole Hilfe. Bitte, stirb nicht, verlaß mich nicht ...«

Da brach sein Blick, und als sie erkannte, daß er tot war, begann sie zu schreien. Ein Unionssoldat, der im Hafen patrouillierte, fand sie und brachte sie in ein Army-Büro. Dort wurde sie mit Fragen bestürmt, aber sie schwieg und erfüllte den letzten Wunsch ihres Vaters — nichts zu verraten.

Die ganze Nacht wurde sie festgehalten. Am Morgen erschien ihre Mutter im Army-Büro, leichenblaß vor Verzweiflung, und verlangte die sofortige Freilassung ihrer elfjährigen Tochter. Niemand konnte Richard Connors Spionagetätigkeit für den Süden nachweisen, und Jill machte den Offizieren eine so heftige Szene, daß sie ihr das Mädchen notgedrungen übergaben.

Abends wurde dann der Vater im Salon aufgebahrt, und Skylar belauschte ein leises Gespräch, das aus der Küche drang. Mit zitternder Stimme erklärte Brad Dillman ihrer Mutter, die elenden Rebellen hätten Richards Güte mit einem niederträchtigen Mord vergolten, und

Jill schluchzte leise. Wieder einmal lag dichter Nebel über Baltimore.

Trotzdem rannte Skylar in die Nacht hinaus, wollte niemanden sehen und mit ihren Gedanken allein sein.

Bei der Rückkehr schaute sie zufällig in den Stall. Und da sah sie Brad Dillman — groß, breitschultrig und attraktiv. Sorgfältig wischte er Blut von einem langen Kavalleriemesser. Als er den Kopf hob, entdeckte er sie, kam zum Tor und griff nach ihr. »Skylar, süße kleine Skylar . . .«

Warme Finger berührten ihre Wange, und sie fuhr schreiend hoch.

In der Hütte ballten sich schwarze Schatten, das Herdfeuer war zu schwacher Aschenglut herabgebrannt. Trotzdem sah sie die Umrisse der hochgewachsenen Gestalt, die sich nun herabneigte und ihre erhobenen Fäuste festhielt.

»Attackieren Sie nur mich, Lady Douglas? Oder jeden, der sich in Ihre Nähe wagt?«

Der Indianer war zurückgekommen. Und er verspottete sie wieder.

»Warum mußten Sie mich so erschrecken? Bitte, Sie tun mir weh . . .«

Da ließ er sie los und richtete sich auf. »Auch Sie haben mich erschreckt«, erwiderte er, schürte das Feuer und warf ein Holzscheit hinein. Funken flogen umher, neue Flammen loderten empor. Seufzend griff er nach der Whiskeyflasche und nahm einen großen Schluck. »Sie sind tatsächlich meine Frau.«

»Tut mir leid.« Sie setzte sich auf, strich ihr Haar aus der Stirn und hielt den Schlafrock über der Brust zusammen.

Welch eine unerträgliche Situation . . . Es mußte einen Ausweg geben. Aber sie konnte nicht in den Osten zurückkehren. Was auch immer geschehen mochte, sie mußte in Dakota bleiben — als Lady Douglas. Zumindest vorläufig.

Langsam schlenderte Hawk zum Bett zurück. »Wenn Sie um eine Annullierung unserer Ehe ansuchen, lasse ich Sie nach Osten zurückbringen ...«

»Nein!«

»Was?« Viel zu nahe stand er vor ihr, berührte fast ihre Knie.

Sie sprang auf, rannte hinter den Tisch und rief verzweifelt: »Unmöglich — ich kann nicht um eine Annullierung ansuchen.«

Ärgerlich hob er die Brauen. »Hören Sie, mein Vater wollte Sie nicht heiraten. Statt dessen suchte er eine Frau für *mich*. Soeben war ich bei meinem Anwalt, und er hat mir alles erklärt. Ja, Sie sind tatsächlich Lady Douglas. Aber das werden wir ändern. Ich gebe Ihnen genug Geld, Sie reisen nach Hause und ...«

»Nein.«

»Verdammt noch mal, was soll das heißen?«

»Ich fahre nicht zurück.«

»Aber ich will keine Ehefrau«, stieß er hervor.

»Nun, das ist *Ihr* Pech«, entgegnete sie kühl.

Wütend schlug er mit einer Faust gegen die Wand, und die ganze Hütte erzitterte. »Wollen Sie etwa hierbleiben?«

»Ich *muß* hierbleiben. Aber ich werde Ihnen nicht im Weg stehen.«

Er trat an den Tisch, stellte die Whiskeyflasche darauf und beugte sich zu Skylar hinüber. »Und wenn es andere Frauen in meinem Leben gibt?«

»Das stört mich nicht«, entgegnete sie und hielt seinem Blick tapfer stand.

»Und wenn ich eine richtige Ehe mit Ihnen führen will?«

»Oh — ich ...«

»Falls Sie mir die ehelichen Rechte verweigern, kann ich mich scheiden lassen.«

Sein Lächeln zerrte an ihren Nerven. Unsicher wich sie zum Herd zurück. Trotz der Feuerhitze rann ihr ein Schauer über den Rücken. Nicht weil sie sich fürchtete. Irgend etwas an diesem Mann faszinierte sie. Vielleicht seine geschmeidigen Bewegungen, die bezwingenden grünen Augen ... Nein, sie würde sich nicht betören lassen.

Entschlossen hob sie das Kinn. »Wenn Sie eine Frau wollen — Sie haben eine.«

Eine Zeitlang schwieg er, griff wieder nach der Whiskeyflasche und nahm einen großen Schluck. »Was für eine geldgierige, kleine Hure Sie sind ...«

»Und Sie sind ein egoistischer, selbstgerechter Bastard ohne Manieren. Sie haben kein Recht ...«

»Oh, Sie geben mir jedes Recht dieser Welt, nicht wahr, Lady Douglas?«

Empört starrte sie die Flasche an. »Sie sind betrunken. Und ich erlaube Ihnen nicht, mich dermaßen zu beleidigen.«

»Zumindest versuche ich, mich zu betrinken. Und was die Beleidigung betrifft — die haben Sie sich selber zuzuschreiben.«

»Soviel ich weiß, hat der Whiskey schon mehrere Indianerstämme ins Verderben geführt.«

»Allerdings«, bestätigte er lächelnd. »Aber ich bin kein Stamm, nur ein einzelner Indianer — und zufällig auch der Sohn eines törichten englischen Lords, der mich gegen meinen Willen verheiratet hat. Trinken Sie mit mir, meine Liebe! Feiern wir unsere Hochzeit!« Plötzlich sprang er um den Tisch herum, und ehe sie flüchten konnte, packte er ihr Handgelenk und zog sie an sich. »Sie stammen also aus Baltimore. Sagen Sie doch, Lady Douglas, hat Ihre Familie gegen die Union gekämpft? Bin ich mit einer vornehmen Südstaatenschönheit verheiratet, der es nicht einmal im Traum einfallen würde, unverdünnten Whiskey zu trinken? Das bezweifle ich. Gönnen Sie sich einen Schluck.«

Gequält schloß sie die Augen. Warum sollte sie das alles ertragen? Wenn sie der Annullierung dieser lächerlichen Ehe zustimmte, hätte er keinen Grund mehr, sie zu verhöhnen.

Sie nahm ihm die Flasche aus der Hand, setzte sie an die Lippen und trank. Weil sie nicht an Whiskey gewöhnt war, hustete und würgte sie. Doch sie hatte sich sofort wieder in der Gewalt und stellte die Flasche auf den Tisch. »So, jetzt haben wir gefeiert.«

»Tatsächlich?« Er legte einen Finger unter ihr Kinn, hob ihr Gesicht hoch, und sein warmer Atem streifte ihr Gesicht. Dann küßte er sie.

Aufreizend erforschte seine Zunge ihren Mund. Seine Hand glitt unter den Schlafrock, umfaßte eine ihrer vollen Brüste.

Zu ihrer Verwirrung spürte sie ein seltsames Feuer. Sie wollte protestieren und diesen schrecklichen Mann wegstoßen. Aber sie war wie gelähmt.

Seine Lippen glitten über ihre Wange, zu ihrem Ohr. »Wenn ich mir eine Frau wünsche, dann habe ich eine«, flüsterte er und schlang seine Finger in ihr seidiges Haar. »Das hast du doch gesagt, oder?«

Ihr Herz schlug rasend schnell. Sie haßte ihn, haßte sich selbst. Leise stöhnte sie, entsetzt über ihre eigenen Gefühle. O Gott, warum konnte sie sich nicht von ihm losreißen?

Doch das war gar nicht nötig. Plötzlich schob er sie von sich. »Verkaufst du dich an den Mann, der dir am meisten bietet?«

Mit zitternden Fingern berührte sie ihre feuchten, geschwollenen Lippen und zog den Schlafrock vor der Brust zusammen. »Die Augen deines Vaters hast du geerbt — sonst gar nichts.«

»Erzähl mir keine Geschichten über meinen Vater!« warnte er sie.

»Vielleicht kannte ich ihn besser als du.«

»Nun, ich nehme an, du hast viele Männer gekannt. Aber da wir dank der Bemühung meines Vaters verheiratet sind, wirst du von jetzt nur mehr einen kennen — *mich*.«

»Du Schurke!« zischte sie.

Wortlos verließ er die Hütte, warf die Tür hinter sich zu, und Skylar war wieder allein.

6

Wolf, ein ausgezeichneter Wachhund, würde jeden Feind in Stücke reißen, der seinem Herrn zu nahe kam. Aber nun rannte er winselnd zu Hawk, der sich auf die Veranda setzte, und schob ihm die feuchte Nase ins Gesicht.

»Ja, schon gut — braver Hund«, flüsterte Hawk und streichelte ihn. Wolf ließ sich neben ihm nieder und legte die Schnauze auf die Knie seines Besitzers.

Geistesabwesend tätschelte Hawk das weiche Fell und lehnte den Kopf an die Hüttenwand. Zuviel Whiskey ...

Er schätzte es keineswegs, daß Skylar ihn darauf hingewiesen und auch noch erinnert hatte, wie oft die Indianer mit Hilfe des Alkohols zu Narren gemacht wurden. Und nicht nur das — allein schon die Existenz dieser Frau störte ihn ganz gewaltig.

O Gott, warum hatte der Vater ihn mit ihr verheiratet?

Natürlich wußte er, wie besorgt David wegen der US-Politik im Westen gewesen war. Er war davon überzeugt, die Generäle würden die Regierung zu stark beeinflussen. Als Präsident befehligte Grant die Army. Um den Krieg zu gewinnen, hatten Sherman und Sheridan die Südstaaten verwüstet. Und nun peinigten sie schon seit einiger Zeit die westliche Wildnis.

Mit jedem Jahr bestärkten die Konflikte eine wachsende Anzahl weißer Siedler in der Absicht, immer weiter nach

Westen vorzudringen. Die Rothäute sollten dort hausen, wo man sie einquartiert hatte oder sie wurden bitter bekämpft. Aber in den Reservaten führten sie ein jämmerliches Leben. Die Weißen beanspruchten das beste Land für sich. Rücksichtslos jagten sie die Büffel, die bereits auszusterben drohten. Wenn die Indianer zuwenig Wild erlegten, würden sie verhungern — es sei denn, sie bebauten Felder. Doch die Prärie-Indianer ernährten sich hauptsächlich von ihrer Jagdbeute. Wären sie von Natur aus Bauern, würde es ihnen auch nichts nützen, denn sie müßten das fruchtbarste Land ohnehin den Weißen überlassen.

In den Reservaten wurden sie dann träge und tranken zuviel — bis der Stolz sie in die Freiheit zurücktrieb, wo sie als Feinde der weißen Siedler galten.

Vor alldem hatte David seinen Sohn oft genug gewarnt und ihn gedrängt, eine weiße Frau zu heiraten, die keine Schwester oder Tochter eines Feindes wäre.

Hätte er doch den Whiskey auf die Veranda mitgenommen! Er wünschte, seine Schläfen würden nicht so schmerzhaft pochen, und er wünschte ...

Verdammt, das war sein Haus. Warum saß er mit seinem Hund hier draußen, während sie sich's da drin gemütlich machte? Noch dazu, wo er die halbe Nacht geritten war, um Gold Town zu erreichen und sofort wieder den Rückweg angetreten hatte ...

Warum wollte sie nicht nach Osten fahren? Vielleicht kannte sie den Inhalt von Davids Testament und glaubte, sie könnte einen größeren Gewinn erzielen, wenn sie hierblieb, als Hawks Ehefrau.

Seine Frau. Er dachte an Henrys Frage, ob irgendwas nicht mit ihr stimme. Beinahe hätte er laut gelacht. Alles an ihr stimmte, ihre Augen strahlten wie bläuliches Silber, das Haar glänzte wie gesponnenes Gold. Und ihre Haut fühlte sich an wie Seide. Ihren Körper zu spüren, ihre Lippen zu kosten, war ein reines sinnliches

Vergnügen. Obwohl sie den Tod seines Vaters verschuldete ...

Fluchend starrte er in die Abenddämmerung. Schon viel zu lange hielt er sich von Mayfair fern, und er mußte wieder in das Flußgebiet jenseits der Berge reiten, zum Stamm seines Großvaters.

Aber nicht in dieser Nacht. Jetzt wollte er sich betrinken, in tiefen Schlaf fallen und träumen, man könnte die Zeit zurückdrehen — oder die Prärie wäre groß genug für rote und weiße Menschen und riesige Büffelherden.

Er tätschelte Wolfs Kopf, dann sprang er auf und kehrte in die Hütte zurück. Nachdenklich stand Skylar vor dem Feuer.

Als er eintrat, wandte sie sich mißtrauisch zu ihm. Auf dem Herd dampfte ein Topf und verströmte köstliche Düfte. »Eine Suppe«, erklärte sie. »Letzte Nacht hast du doch gesagt, ich soll mich wie zu Hause fühlen, nicht wahr? Also habe ich Zwiebeln, Kartoffeln, Schinken und Erbsen gekocht.«

»Ah, was für eine wunderbare Ehegattin! Sie kocht!«

»Und was für ein netter Ehemann! Er trinkt!«

»Auf dein Wohl!« Lächelnd griff er nach der Whiskeyflasche und genehmigte sich einen Schluck. »Er trinkt — und er ist ein Sioux. Stört's dich gar nicht, daß ich eine Rothaut bin? Willst du trotzdem an unserer Ehe festhalten? Laß dich warnen! Viele Weiße behaupten, die Sioux wären die wildesten Indianer in der Prärie.«

Doch sie ignorierte seinen Spott. »Möchtest du essen?«

»O ja. Ich bin halb verhungert.«

Sie füllte eine Schüssel, stellte sie auf den Tisch, und er setzte sich.

»Schmeckt's?« fragte sie.

»Hast du die Suppe vergiftet?«

»Nein.«

»Nun, dann ist sie genießbar.«

»Vielen Dank«, erwiderte Skylar kühl.

Er hielt ihr Handgelenk fest. »Vielleicht solltest du mich vergiften. Da ich ein junger Mann bin, darfst du nicht erwarten, daß ich in absehbarer Zeit an Herzversagen sterben werde.«

Wütend riß sie sich los. »Iß jetzt! Wenn ich das nächste Mal was koche, werde ich dir den Topf vermutlich an den Kopf werfen, ehe du feststellen kannst, ob Gift drin ist.« Sie füllte eine Schüssel für sich selbst und setzte sich auf die andere Seite des Tisches.

Nach der Mahlzeit nahm er wieder einen großen Schluck Whiskey.

»Frönst du diesem Laster regelmäßig?«

»Nur wenn ich eine unwillkommene Ehefrau am Hals habe.«

»Passiert das oft?«

»Glücklicherweise nicht.«

»Warst du noch nie verheiratet?«

»Doch.«

»Und deine Frau ...«

»... ist tot.«

»Tut mir leid.«

»Oh, tatsächlich? Ich bedaure es noch viel mehr.«

»Dann vergrab dich in deinem Selbstmitleid und deiner Bitterkeit!« Sie stand auf, eilte um den Tisch herum und rückte die Whiskeyflasche näher zu Hawk. »Laß dich vollaufen! Wenn du deinen Rausch ausschläfst, habe ich wenigstens meine Ruhe.«

Verächtlich wandte sie sich ab. Er sprang auf und packte den Ärmel ihres Morgenmantels, der ihr von den Schultern glitt und ihre runden Brüste entblößte. Die habe ich schon gesehen, erinnerte er sich. Kein Grund, eine so heftige Begierde zu empfinden ... »Ich könnte die ganze Nacht trinken, ohne meine Sinne zu benebeln. Und vergiß nicht — ich wollte dich gehen lassen. Aber du hast dich unglücklicherweise geweigert.«

»Jetzt bist du wohl kaum in der Verfassung, darüber zu

diskutieren.« Sie versuchte sich von seinem Griff zu befreien. Aber er hielt ihren Ärmel eisern fest, und mit ihrer Gegenwehr erreichte sie nur, daß er ihr den Morgenmantel vom Körper riß. Nackt — und endlich verunsichert stand sie vor ihm. Mit einem zitternden Finger zeigte sie auf den Schlafrock, der zu Hawks Füßen lag. »Würdest du mir das bitte geben?«

Er bückte sich, hob das Kleidungsstück auf und ließ es wieder fallen. »Nein. Vielleicht solltest du mich besser kennenlernen als meinen Vater.«

Ehe sie die Gefahr erkannte und zurückweichen konnte, umschlang er ihre Taille und warf sie aufs Bett. Wie Sonnenstrahlen breiteten sich ihre Haare über der Pelzdecke aus. Skylar wollte aufstehen, aber da lag er bereits auf ihr.

Verzweifelt wand sie sich umher, schlug und trat nach ihm, aber er wehrte sie mühelos ab. »Lady Douglas, ich will keine Ehefrau«, erklärte er ironisch. »Und das habe ich schon mehrmals betont. Also mußt du mir nur versprechen, die Heirat annullieren zu lassen und nach Hause zu reisen . . .«

»Wir — wir müssen miteinander reden«, unterbrach sie ihn atemlos.

»Da gibt's nun wirklich nicht viel zu sagen. Entweder sind wir ein Ehepaar. Oder wir sind's nicht.«

»Solange du betrunken bist, können wir das nicht erörtern.«

»Ich bin nicht betrunken — und ich werde auch keinem Herzanfall erliegen.«

»Nein, aber dem Messer, das ich in deine Brust stechen werde!« fauchte sie.

»Nicht alle Männer sind so leicht zu töten wie mein Vater. Nun, wie entscheidest du dich? Für oder gegen unsere Ehe?«

Herausfordernd starrte sie ihn an. »Ich fahre nicht in den Osten zurück.«

Was er erwartet hatte, wußte er nicht. Dafür wußte er, was er wollte. Das mußte mit dem Whiskey zusammenhängen. Um den schmerzlichen Verlust des Vater zu bewältigen und das Verlangen nach dieser Frau zu betäuben, hatte er getrunken. Und beides war ihm mißlungen. Er begehrte sie so leidenschaftlich, daß er fast den Verstand verlor. »Nun frage ich dich zum letztenmal ...«

»Ich will deine Frau bleiben!« stieß sie hervor und bebte am ganzen Körper.

Doch er achtete nicht darauf, schob ihre Schenkel auseinander und öffnete seine Wildlederhose. Als er über ihre Hüfte strich, schloß sie die Augen und rang stöhnend nach Luft. Er berührte das goldene Haar ihres Venusbergs und spürte, wie sie erschauerte. »Sieh mich an!«

Widerstrebend gehorchte sie und fuhr sich mit der Zunge über die Lippen. Dann wand sie sich wieder umher, versuchte der Gefahr zwischen ihren Beinen zu entrinnen. Aber sobald sie Hawks Blick begegnete, erstarrte sie. »Bitte — tu mir nicht weh ...«

»Weh?« fragte er verständnislos. »Natürlich werde ich dir nicht weh tun.« Er küßte ihren halb geöffneten Mund, seine Zunge spielte mit ihrer, während seine Hände über ihren Körper wanderten, die weichen Arme liebkosten, die Knospen ihrer Brüste, die sich allmählich aufrichteten. Verführerisch glitten seine Lippen über ihren Hals nach unten, umschlossen eine rosige Spitze, und er glaubte vor Begierde zu vergehen.

Skylar rührte sich nicht, protestierte nicht, aber sie zitterte immer noch. Hin und wieder seufzte sie leise. Erst als sein Mund ihren Bauch erreichte, schlang sie die Finger in sein Haar. Doch sie ließ ihn sofort wieder los. Seine Hand zog eine Spur über einen ihrer Innenschenkel, der er mit seiner heißen Zunge folgte.

Was immer er von ihrer Haut kostete, es steigerte sein Verlangen ins Unerträgliche. Leidenschaftlich küßte er die intimste Zone ihres Körpers und spürte, wie sich alle ihre Muskeln anspannten. Seine Finger setzten das aufreizende Spiel fort, und dabei beobachtete er ihr Gesicht. Inzwischen hatte sie die Augen wieder geschlossen, bebend krallten sich ihre Hände ins Bärenfell.

Genug. Noch länger konnte er die süße Qual nicht verkraften. Er richtete sich auf, zog ihre Schenkel auseinander, die sie instinktiv zusammengepreßt hatte, und drang begierig in sie ein, so tief wie nur möglich.

Abrupt hielt er inne. Nicht einmal das wilde Lustgefühl konnte die Erkenntnis verscheuchen, die ihn maßlos überraschte. Die Erkenntnis ihrer Jungfräulichkeit ...

Woran immer sie die Schuld trug — sie hatte nicht mit seinem Vater geschlafen. Auch mit keinem anderen Mann.

Sie schrie nicht, starrte zur Zimmerdecke hinauf, biß sich entschlossen in die Lippen. Da nahm er ihr bleiches Gesicht in beide Hände und zwang sie, ihn anzuschauen.

Nun müßte er zärtliche Worte flüstern. Nicht zum erstenmal nahm er einem Mädchen die Unschuld. Wehmütig dachte er an die Hochzeitsnacht mit der zuvor unberührten Sea-of-Stars, an glückliche Stunden voller Liebe und Gelächter und erotischer Freuden. Damals hatten sie beide gewußt, was sie taten, was sie wollten ...

»Zum Teufel mit dir!« Das waren also die zärtlichen Worte. Aber er konnte sich nicht zurückziehen. Er war bereits zu weit vorgedrungen. Und Skylar hatte freiwillig beschlossen, die Ehe zu vollziehen.

Und er hatte ahnungslos versprochen, ihr nicht weh zu tun.

»Verdammt!« fluchte er, aber er schlang seine Finger in ihre, hielt ihre Hände fest und begann sich langsam zu bewegen. Dabei küßte er ihren Mund, ihren Hals, ihre Brüste.

Bald löste sie ihre Finger von seinen, grub sie in seine Schultern, in seine Rückenmuskeln. Als sie ihm die Hüften entgegenhob, vergaß er alle Vorsicht. Heiße Sehnsucht beschleunigte seinen Rhythmus, und der Feuersturm, der ihn antrieb, erfaßte auch Skylar. Sie schrie leise und klammerte sich an ihn, während er ihre Schenkel noch weiter auseinanderschob, noch tiefer in sie eindrang. Plötzlich spannte sich ihr ganzer Körper an, ihr Atem stockte, bevor sie kraftlos erschlaffte.

Die feuchte Hitze, die ihn umschloß, jagte ihn zur Schwelle der Erfüllung empor. Nur noch ein verzehrender Augenblick — und dann erreichte er einen explosiven Höhepunkt und sank auf Skylar hinab.

Nie zuvor hatte er einen so drängenden Hunger gekannt, eine so vollkommene Erlösung. Und seltsam — allein schon der Gedanke an die Frau, die unter ihm lag, weckte eine neue Lust. Er starrte ihre geschlossenen Augen an.

Ehe sie sprechen konnte, mußte sie mehrmals nach Luft ringen. »Würdest du mich jetzt — loslassen?«

Eine Zeit lang hielt er sie noch fest, erstaunt über seine eigenen intensiven Gefühle. Wie viele Frauen er schon umarmt hatte, wußte er nicht — Indianerinnen und Weiße, respektable und erfahrene, aber alle jenseits der Unschuldsgrenze, abgesehen von Sea-of-Star. Und keine einzige hatte ihn nach dem Liebesakt so höflich gebeten, sich zu entfernen. »Nein«, erwiderte er, »das möchte ich nicht.«

Nun öffnete sie die Augen und blinzelte verwirrt, als hätte sie soeben erstaunliche neue Erkenntnisse gesammelt — was ja auch den Tatsachen entsprach.

»Du hättest mir vorher verraten müssen, daß du noch keine intimen Beziehungen hattest«, bemerkte er vorwurfsvoll.

»Intime Beziehungen!« würgte sie hervor. »O Gott, es klingt so sonderbar, wenn du das sagst ... Aber du hattest dir ohnehin schon eine Meinung über mich gebildet. Warum sollte ich dir irgendwas erzählen?«

Immer wieder schaffte sie es, seinen Zorn zu wecken.

Er lächelte grimmig und strich ihr das zerzauste Haar aus der Stirn. Dann stand er auf, zog seine zerknitterte Kleidung aus, schleuderte einen Stiefel gegen den Herd und den anderen an die Tür, ließ Hemd und Hose zu Boden fallen.

Als er sich wieder zu Skylar wandte, saß sie im Bett, an einen Pfosten gelehnt, in die Pelzdecke gewickelt. Beunruhigt musterte sie seinen nackten Körper. »Ich habe meine ehelichen Pflichten erfüllt, nicht wahr? Und jetzt bin ich müde.«

»Später kannst du lange genug schlafen. Aber vorher . . .«

»Was?«

»Vorher will ich herausfinden, wie lange ich brauche, um dich erneut zu erregen.«

»Erregen? Mich? Oh, du arroganter Kerl, du hast mich niemals . . .«

»O doch.«

»Nein!« schrie sie entrüstet.

Er zerrte an ihren Fußknöcheln, bis sie der Länge nach dalag, ignorierte ihre erhobenen Fäuste und warf sich auf sie. Aber sobald er sie küßte, schlang sie ihre Arme um seinen Hals.

Und er wußte, daß sie diesmal keine Schmerzen empfand — nur Freude.

7

Das Erwachen war eine Qual, und Hawk mußte seiner Frau recht geben — er hatte zuviel getrunken. Nun schämte er sich und wünschte, seine Augen würden nicht so brennen, seine Schläfen nicht so schrecklich pochen. Helles Tageslicht strömte in den Raum und ließ Staubkörnchen über Skylars nackter Schulter tanzen, die seine Brust berührte. Behutsam nahm er sie in die Arme. Ihr Rücken schmiegte sich an ihn, seine Schenkel spürten ihre weichen Hüften, seine bronzebraune Hand lag auf ihrem Bauch. Wie ein altes Ehepaar lagen sie beisammen.

Verheiratet ... Nach dieser Nacht würde er Skylar wohl kaum zu einer Annullierung der Hochzeit bewegen können. Wollte er das überhaupt? Fand er es nicht angenehm, ihre warme, seidige Haut neben sich zu fühlen?

Hastig ließ er sie los und stand auf, fest entschlossen, seine wachsende Lust zu bezähmen. Er ging zur Wanne, wusch seinen Körper mit kaltem Wasser und trocknete sich ab. Dann hob er die Kleidungsstücke auf, die er am Boden verstreut hatte. In der Truhe fand er eine Levi's Jeans mit zugeknöpftem Hosenschlitz und ein Baumwollhemd. Er zog sich an und setzte Kaffeewasser auf. Während er wartete, bis es kochte, sank er auf einen Stuhl und betrachtete seine immer noch schlafende Ehefrau, von der er so wenig wußte. Nur eins stand fest — sie hatte nicht mit seinem Vater geschlafen. Dazu war es vielleicht nicht mehr gekommen. Und womöglich hatte sie den Herzanfall gar nicht verursacht.

Skylar öffnete die Augen und begegnete Hawks Blick, der ihr das Blut in die Wangen trieb und viel zu lebhafte Erinnerungen an die letzte Nacht weckte — an fremdartige, berauschende Gefühle, den Wunsch, seinen Körper zu erforschen und seinem Rhythmus zu folgen.

Was für ein außergewöhnlicher Liebhaber ... Zu nichts hatte er sie gezwungen und nur mit Hilfe der seltsamen Faszination, die er auf sie ausübte, diese starken Emotionen hervorgerufen. Und trotz seiner Leidenschaft war er einigermaßen sanft mit ihr umgegangen.

Irgendwie paßte das nicht zu den Geschichten über die wilden, animalischen Indianer.

Andererseits hatte David Douglas versichert, die Indianer seien ebenso menschliche Wesen wie die Weißen und die Schwarzen und auch zu den gleichen Leistungen fähig, wenn man sie entsprechend unterrichten würde. Er hatte ihr sehr viel von den Prärie-Indianern erzählt — und nur versäumt, seinen Sohn zu erwähnen, in dessen Adern Sioux-Blut floß. Und daß er sie mit ihm vermählen würde ...

Seinen Sohn hatte er ebensowenig informiert. Und dieser Mann beobachtete sie nun mit seinen tiefliegenden, feurig grünen Augen, die zu verkünden schienen, er hätte sie lieber skalpiert als geheiratet.

»Oh, du bist wach«, konstatierte er. »Sehr gut. Steh auf und zieh dich an. Wir reiten in zwanzig Minuten los. Leider habe ich verschlafen. Wir müssen Mayfair noch heute abend erreichen. Vorher holen wir den Sarg meines Vaters aus dem Riley's.«

Während er Kaffee braute, starrte sie ihr ruiniertes Trauerkleid an, das am Boden lag. »Ich kann mich nicht anziehen.«

»Warum nicht?«

»Weil du mein einziges Kleid zerfetzt hast.«

»Ach ja ...« Er ging zur Truhe, wühlte darin und legte ein paar Sachen aufs Bett. »Hoffentlich genügt das vorerst. Ich habe keine Ahnung, was eine modebewußte Lady heutzutage trägt. Aber im Riley's wirst du dein Gepäck finden. Dann kannst du dich umkleiden, wenn du willst.«

Skylar betrachtete das Hemd, die Unterhose, die Bluse und den Rock. Wem hatte das alles gehört? Es waren einfache Sachen, so wie sie in einigen Läden von Baltimore den Frauen verkauft wurden, die das Wagnis einer Reise nach Westen nicht scheuten. Am Stil dieser Kleidung hatte sich jahrelang nichts geändert.

»Natürlich war dein Seidenkleid viel eleganter«, fügte Hawk hinzu.

»Oh, dieses Ensemble gefällt mir wesentlich besser als der Schlafrock. Hätte ich's doch schon früher getragen ...«

Er lächelte kühl. »Meinst du, dann wäre unsere Ehe nicht vollzogen worden? Welche Rolle spielt das für dich, wo du doch ohnehin hierbleiben willst? Außerdem hattest du die Wahl.«

Unbehaglich wich sie seinem Blick aus. »Es ist nur ...«

»Was? Meinst du, nach dieser Nacht hätte sich irgendwas geändert? Du bist immer noch ein Eindringling in meinem Leben. Und wenn du glaubst, du könntest mein Erbe übernehmen, irrst du dich ganz gewaltig. Beeil dich jetzt!«

»Wie grausam du bist ...«

»Ja, offensichtlich hast du einen Pakt mit dem Teufel geschlossen, nicht wahr?«

Wortlos kehrte sie ihm den Rücken und kleidete sich an. Wie gern hätte sie ein heißes Bad genommen — und die Vergangenheit weggewaschen ... Doch darauf kam es jetzt nicht an. Eine andere Frage war wichtiger: Wieviel Zeit blieb ihr noch, um Sabrina zu retten? Mochte dieser Indianer sie auch niederträchtig behandeln, es konnte nicht so gräßlich sein wie die Gefahr, die ihr im Osten drohte.

Sobald sie sich angezogen hatte, stand sie vom Bett auf. Der Rock war etwas zu kurz und zu weit. Aber alles andere paßte ihr. Hawk lehnte am Tisch und trank seinen Kaffee. Zu ihrer Überraschung half er ihr, die Strümpfe zwischen ihrer zerrissenen, zerknüllten Unterwäsche hervorzusuchen.

»Sag mir doch, mein teurer Lord Douglas ... Wenn ich dir die ehelichen Rechte verweigert hätte und die Heiratsurkunde illegal wäre — könnte ich diese Hütte dann unbehelligt verlassen?«

Er hob die Brauen. »Was willst du wissen? Ob ich dich vergewaltigt und skalpiert hätte?«

»Nun, du warst skrupellos genug, meine Sachen zu ruinieren. Hätte ich nackt hinausgehen müssen?«

»Natürlich nicht. Ich hätte dir was zum Anziehen gegeben, deine Kleider ersetzt und deine Heimreise bezahlt. Und das wäre sehr großzügig gewesen, nachdem ich dich der Hochstapelei und Erbschleicherei überführt hätte.«

»Großzügig!« fauchte sie. »Wär's dazu gekommen, würde ich dich wegen Entführung und Vergewaltigung anzeigen ...«

»Gewiß, du hast bereits erklärt, was du mir antun würdest, wenn du's könntest. Zieh jetzt deine Strümpfe und Schuhe an und trink Kaffee. Inzwischen sattle ich Tor und rufe Wolf.«

Wütend starrte sie die Tür an, die er hinter sich geschlossen hatte. Doch da sie unmöglich in den Osten zurückkehren konnte, war sie ihm machtlos ausgeliefert. Sie schlüpfte in die Strümpfe und Schuhe. Während er in die Hütte zurückkehrte und das Feuer löschte, leerte sie einen Becher Kaffee. Das Geschirr vom Abendessen hatte Hawk mittlerweile gespült.

»Bist du bereit?« fragte er.

»Sollen wir nicht aufräumen? Das Badewasser ...«

»Darum wird sich jemand kümmern. Komm jetzt.«

Sie folgte ihm auf die Veranda, wo sie von lautem Gebell begrüßt wurde. Erschrocken wich sie zurück. Aber der große Hund wedelte freundlich mit dem Schwanz und stieß ihre Hand mit seiner feuchten Nase an.

»Er will nur Aufmerksamkeit erregen«, erklärte Hawk und tätschelte Wolfs Kopf. »Schon gut. Braver Junge.«

Inmitten der kleinen, von Eichen umgebenen Lichtung wartete das Pony Tor, diesmal gesattelt — im Gegensatz zu jenem wilden Galopp nach dem Überfall.

Hawk hob Skylar in den Sattel, stieg hinter ihr auf, und dann ritten sie dem Hund nach, der fröhlich vorausrannte. Immer schneller sprengte Tor dahin, und sie klammerte sich angstvoll an seiner Mähne fest. Wenn sie vom Pferd stürzte und sich das Genick brach, wäre Hawk von ihr befreit. Kein besonders tröstlicher Gedanke ... Erst später, als Tor das Tempo verlangsamte, spürte sie den starken Arm ihres Mannes, der ihre Taille umfing. Also war sie die ganze Zeit in Sicherheit gewesen. Er wollte sie nicht töten. Zumindest jetzt noch nicht.

Wenig später erreichten sie ihr Ziel. Auf der langen Bank vor der Handels- und Postkutschenstation saßen Riley und Sam Haggerty, der sofort aufsprang und Skylar aus dem Sattel half. »Guten Tag, Lady Douglas. Oh, ich freue mich so, Sie wiederzusehen ...«

»Das sollten Sie auch!«

Zerknirscht streichelte er Wolfs Kopf, der ihn mit lebhaftem Gekläff begrüßte. »Nun ja, Ma'am, ich muß zugeben — keiner von uns allen wußte, wer Sie wirklich sind.«

»Wie sich inzwischen herausgestellt hat, ist sie Lady Douglas«, erklärte Hawk, der sich inzwischen vom Rükken seines Ponys geschwungen hatte.

Verwundert riß Sam seine großen blauen Augen auf. »Also waren Sie mit David verheiratet, Ma'am?«

»Nein, sie ist mit *mir* verheiratet«, verkündete Hawk. »Offensichtlich hat mein Vater dieses Arrangement getroffen und vergessen, mich darüber zu informieren. Ist der Sarg schon eingetroffen?«

Nun gesellte sich Riley hinzu. »Ihr Pa liegt im Salon, Hawk, und ich habe Mayfair bereits verständigt. Wahrscheinlich waren Sie nicht dort. Ich nehme an, man wird einen Wagen herschicken. Und dann kann Ihr Pa zur letzten Ruhe gebettet werden.« Verwirrt kratzte er sich am Kopf. »Also sind Sie verheiratet, Hawk.«

»Sieht so aus.« Hawk band Tor an einem Verandapfosten fest. »Jetzt möchte ich meinen Vater sehen. Gibt's heute was Gutes zu essen, Riley? Ich habe einen Bärenhunger.«

»O ja, das beste Rehfleisch, das man in diesen Hügeln findet!« beteuerte Riley voller Stolz. »Dazu frisches Brot und Apfelkuchen.«

»Gut, das nehmen wir alles.« Ohne Skylar einen Blick zu gönnen, ging Hawk ins Haus.

»Lady Douglas ...«, begann Sam und wandte sich verlegen zu ihr. »Tut mir wirklich leid. Ich meine, weil ich bei diesem Täuschungsmanöver mitgemacht habe.«

»Ein ganz übler Streich war das!« fiel Riley ihm ins Wort.

»Aber Sie müssen uns verzeihen. Hawk kannte Sie doch nicht. Und irgendwie hatten wir das Gefühl, Sie wollten uns alle hinters Licht führen. Das verstehen Sie doch?« fügte der alte Postkutscher flehend hinzu.

»Du fragst, ob sie *uns* verzeiht?« rief Riley empört. »Moment mal, *ich* hatte doch wirklich nichts damit zu tun . . .«

»Genau soviel wie ich!« protestierte Sam.

»Aber Sie haben auch nichts dagegen unternommen«, warf Skylar ihm vor. »Ich dachte, ich würde allen Ernstes überfallen und ermordet.«

»Inzwischen hat sich ja alles in Wohlgefallen aufgelöst«, meinte Riley fröhlich. »Und Sie sind tatsächlich mit Hawk verheiratet. Wenn das dem Faß nicht den Boden ausschlägt . . .«

»Genauso würde ich's auch ausdrücken«, seufzte sie.

»Da ist Hawk verheiratet – und er weiß es nicht einmal. So was Verrücktes! Nicht wahr, Sam?«

Der Kutscher zuckte die Achseln. »Am besten setzen Sie sich erst mal, Lady Douglas. Möchten Sie was trinken? Kaffee, Wasser oder Wein?«

»Ein Glas Wasser wäre wundervoll.«

»Dann kommen Sie mit mir. Wolf, lauf in die Küche! Der gute Lem wird sicher einen Knochen für dich finden.«

Offenbar hatte der Hund jedes Wort verstanden, denn er bellte und rannte davon. Von den zwei bärtigen, grauhaarigen Männern begleitet, betrat Skylar die Schankstube. Eine junge Halbindianerin, die für Riley arbeitete, schenkte ihr Kaffee ein.

Lächelnd bedankte sich Skylar und nahm Platz. Sie erkannte das hübsche Mädchen wieder, das sie am Abend vor dem vemeintlichen Überfall in ihr Zimmer geführt hatte. Damals war die junge Frau sehr freundlich gewesen. An diesem Morgen begegnete sie der weißen Lady kühl und zurückhaltend. Das verstand Skylar nicht, doch sie mochte sich deshalb nicht den Kopf zerbrechen. Riley befahl seiner Angestellten, frisches Brunnenwasser zu holen, und sie gehorchte sofort. »Waren Sie schon in Mayfair, Lady Douglas?« fragte er.

»Nein.«

»Oder in Gold Town?« erkundigte sich Sam.

Sie schüttelte den Kopf. »Bis jetzt habe ich noch nicht viel gesehen.«

»Vergiß nicht, Sam — die beiden sind jung verheiratet«, betonte Riley, und der alte Kutscher räusperte sich verlegen.

»Ein schönes Haus, Mayfair. Das wird Ihnen gefallen, Lady.«

»Oh, daran zweifle ich nicht.« Sie nippte an ihrem Kaffee und stand auf. »Wo ist der Salon, Gentlemen?«

Sam zeigte ihr eine Tür im Flur, und sie betrat einen Raum, der kleiner, aber viel schöner eingerichtet war als die Schankstube. Auf einem langen Tisch stand der Sarg, den sie für David Douglas in Baltimore gekauft hatte. Er war aus edlem, reichgeschnitztem Holz und mit rotem Samt ausgekleidet. Das konnte sie jetzt sehen, denn Hawk hatte den Deckel entfernt, obwohl sein Vater schon vor mehreren Tagen den Herzanfall erlitten hatte. Glücklicherweise war die Luft kühl gewesen. Doch der Geruch des Todes erfüllte trotzdem den Raum.

Während sie gegen ihre Übelkeit ankämpfte, kam die junge Indianerin herein, umfaßte Hawks Arm und flüsterte ihm etwas zu. Er antwortete in einer Sprache, die Skylar nicht verstand. Hastig wandte sie sich ab und kehrte in die Schankstube zurück. Dort war inzwischen ein Mann eingetroffen, den sie wiedererkannte.

Er hatte langes, tintenschwarzes Haar, das glatt auf seinen Rücken hinabhing, ein bronzebraunes Gesicht und markante Züge. Jetzt sah er zivilisiert aus. Aber er war einer jener drei Indianer gewesen, die Hawk an jenem Tag begleitet hatten, um mit blutrünstigem Kriegsgeschrei über die Postkutsche herzufallen. Wortlos erwiderte er ihren Blick, und sie überlegte, ob sie ihn ansprechen sollte. Verstand er Englisch? Doch da hörte sie Hawks Stimme dicht hinter ihr. »Hast du den Wagen hierhergebracht, Willow?«

Der junge Mann nickte und starrte Skylar immer noch an. Dann wandte er sich zu Hawk und hob fragend die Brauen.

»Das ist Lady Douglas.«

»Oh?«

»Meine Frau.«

»Ah …« Willow musterte sie wieder, ohne sich für seine Missetat zu entschuldigen oder auch nur eine Erklärung abzugeben. »Wo steht die Truhe der Lady, Sam? Ich will sie holen, während Hawk und seine — eh — Frau essen.«

»Später helfe ich dir, den Sarg meines Vaters in den Wagen zu bringen«, versprach Hawk, legte eine Hand auf Skylars Schulter und führte sie zum Tisch. Die Indianerin servierte geschmortes Wildfleisch in schweren Holzschüsseln und eine Platte mit frischgebackenem Brot. Dabei ließ sie Hawk nicht aus den Augen. Aber er beachtete sie nicht und begann, heißhungrig zu essen.

Zunächst glaubte Skylar, der Leichengeruch hätte ihren Appetit verdorben. Aber da sie in den letzten beiden Tagen kaum einen Bissen zu sich genommen hatte, griff sie zu, und das Wildfleisch schmeckte köstlich.

»Wann soll denn die Trauerfeier für Seine Lordschaft stattfinden, Hawk?« fragte Riley.

»Morgen abend.«

»Irgend jemand hat gesagt, eigentlich müßte er in Schottland begraben werden«, warf Sam ein, »in der großen Familiengruft.«

»Aber er wollte neben meiner Mutter bestattet werden«, erwiderte Hawk. »Und ich möchte seinen Wunsch erfüllen. Morgen abend wird Reverend Mathews die Zeremonie vornehmen, ihr seid alle eingeladen.«

»Natürlich kommen wir«, versicherte Riley.

»Ein wunderbarer Mann, Seine Lordschaft ...«, meinte Sam betrübt.

»Haben Sie ihn gut gekannt, Lady Douglas«, erkundigte sich Riley höflich.

Hawk hörte abrupt zu essen auf und schaute sie an, während er seine Kaffeetasse in der Hand hielt. »Hast du ihn gut gekannt, meine Liebe?«

Ruhig und gelassen hielt sie seinem herausfordernden Blick stand. »Nun, jedenfalls gut genug, um über seine Krankheit Bescheid zu wissen, die er allen anderen Leuten verheimlicht hatte.«

»Welch eine tiefe Freundschaft . . .« Nur Skylar hörte den sarkastischen Klang seiner Stimme. »Davon mußt du mir unbedingt erzählen. Ich kann es kaum erwarten.«

»Obwohl es dir so schwer fällt, die Informationen zu akzeptieren, die du erhältst?« konterte sie honigsüß und beobachtete, wie Riley und Sam sich nervös anstarrten.

»Wie auch immer, ich werde herausfinden, was ich erfahren muß. Nun werde ich Willow helfen, den Sarg in den Wagen zu bringen. Danke, daß Sie meinen Pa beherbergt haben, Riley.«

»Für diesen wundervollen Mann hätte ich alles getan«, versicherte Riley wehmütig.

»In ein paar Minuten reisen wir weiter, Skylar. Mach dich bereit.«

Hawks Befehlston mißfiel ihr, und sie würdigte ihn keiner Antwort. Aber er erwartete auch gar keine. Wenig später sah sie ihn mit Willows Hilfe den Sarg aus dem Haus tragen.

»Offensichtlich sprechen alle seine angriffslustigen ›Indianer‹ ganz ausgezeichnet Englisch«, murmelte Skylar.

»Das stimmt nicht ganz, Lady Douglas«, erwiderte Sam. »Sicher, David hat einigen Verwandten seiner verstorbenen Frau Englisch beigebracht. Und ein paar Indianer wollen die Sprache des weißen Mannes lernen, damit sie sich besser verteidigen können. Aber längst nicht alle ... Willow wohnt in der Nähe von Mayfair, und er hat eine süße kleine Tochter — ein Halbblut. Doch die beiden anderen Oglalas, die Hawk an jenem Tag begleitet haben, wollen nichts von den Weißen wissen, weder von ihrer Lebensart noch von der Sprache. Noch was sollten Sie bedenken, Ma'am — viele Sioux finden nichts dabei, wenn sie mit einem weißen Mann Handel treiben und ihm am nächsten Tag den Krieg erklären. Leider leben wir in gefährlichen Zeiten. Passen Sie gut auf sich auf.«

»Danke für die Warnung.«

»Jetzt sollten wir Sie hinausbegleiten, Lady Douglas«, meinte Riley besorgt. »Ich glaube, Hawk wartet schon auf Sie.«

»Und Hawk kann keine Sekunde lang warten, nicht wahr?« entgegnete Skylar ironisch.

»Natürlich möchte er seinen Vater möglichst bald heimbringen.« Sie nickte und bereute, daß sie den beiden alten Männern Unbehagen bereitet hatte. Obwohl sie bei jener grausamen Farce mitgespielt hatten, gefielen sie ihr. Außerdem schienen sie aufrichtig zu bedauern, was ihr widerfahren war, und sie würde in dieser Wildnis nur wenige Freunde finden. »Gut, dann gehe ich jetzt.«

Sie folgten ihr zum Wagen hinaus. Auf der Ladefläche saß Wolf zwischen ihrer Truhe und dem Sarg, den er leise winselnd mit seiner Schnauze berührte. Ungeduldig wartete Hawk neben dem Kutschbock, wo Willow bereits Platz genommen hatte, und hob seine Frau hinauf.

»Ich reite voraus. In zwei Stunden müßten wir Mayfair erreichen. Alles klar, Willow?«

»Ja, sicher.«

»Dann sehen wir uns daheim.« Hawk schlug auf die Kruppen der beiden kräftigen Pferde, Willow hob die Zügel, und der Wagen rollte zur Straße.

Unwillkürlich warf Skylar einen Blick über die Schulter. Hawk war in Tors Sattel gestiegen. Doch er hatte die Handelsstation noch nicht verlassen. Die Indianerin stand neben ihm, eine Hand auf seinem Knie, und er sprach mit ihr.

Den Blick wieder zur Straße gerichtet, fragte Skylar den Mann an ihrer Seite: »Sie wollen sich vermutlich nicht für das erbärmliche Spektakel entschuldigen, an dem Sie teilgenommen haben?«

»Spektakel?« Ein schwaches Lächeln umspielte seine Lippen, aber er schaute sie nicht an. »O nein, Ma'am, das war kein Spektakel. Wir alle sind Sioux-Krieger, und wir haben schon viele Wagen und Pferde — und Frauen gestohlen.«

Endlich wandte er sich zu ihr und musterte sie. »Hawk mußte herausfinden, wer Sie sind. Und um das festzustellen, hat er eine etwas ungewöhnliche Methode gewählt. Jetzt weiß er's. Da Sie inzwischen nicht davongelaufen sind, können wir Sie nicht allzusehr erschreckt haben.«

»O doch! Halb zu Tode! Aber so schnell laufe ich nicht davon.«

»Dann werden Sie auch die Wildnis überleben — und die schlimmen Zeiten, die uns noch bevorstehen.«

»Und Ihre Freunde«, murmelte sie und fragte sich, ob er's gehört hatte. Vermutlich, denn er lachte leise.

Die sinkende Sonne überzog die fernen Berge mit rotgoldenem Glanz. Irgendwo heulte ein Wolf, und der Mond stieg am dämmernden Himmel empor. Skylar fröstelte in der Abendluft, die rasch abkühlte. Plötzlich hörte sie Hufschläge, und wenig später sah sie Hawk neben dem Wagen reiten. Sein Gesicht, von nächtlichen Schatten verdunkelt, erschien ihr ebenso bedrohlich und abweisend wie die karge Landschaft.

»Da vorn liegt Mayfair. Die Flüsse und Berge gehören den Sioux.«

»Nicht dir?«

»Doch. Aber du brauchst dich nur um Mayfair zu kümmern. Dort erwarte ich dich. Und dann wirst du mir endlich die ganze Wahrheit erzählen.«

Ehe sie antworten konnte, spornte er seinen Hengst an. Bald verschwanden Roß und Reiter in der Abenddämmerung.

8

Jenseits der Hügel am Powder River erstreckten sich Indianerzelte bis zum Horizont. Hier lebten etwa dreihundert Krieger mit ihren Frauen und Kindern.

Als Blade und Ice Raven die Siedlung erreichten, gingen sie in den Wigwam ihrer Schwester. Pretty Bird war eine junge Witwe, die ihren Mann vor kurzem bei einem Kampf gegen die Crow verloren hatte.

Jetzt lebte sie allein mit ihren vier kleinen Kindern, und sie war froh, daß ihre Brüder zu ihr zogen. Sie wohnte bei Crazy Horses Verwandtschaft — nicht, weil sie ihr angehörte, sondern weil sie gemeinsam mit ihrem Mann beschlossen hatte, bei diesen Indianern eine Heimat zu suchen. Aber eine junge Mutter mußte einige Schwierigkeiten meistern, selbst wenn die meisten Sioux ihre Pflicht, Großmut zu zeigen, sehr ernst nahmen.

Bald nachdem die Brüder gegessen und nach dem langen Ritt ihren Durst gestillt hatten, erschien ein Indianer und bat sie in Crazy Horses Zelt. Nur zu gern folgten sie der Einladung.

Crazy Horse war ein angesehener Häuptling. Niemals forderte er andere Männer auf, ihm zu folgen oder sich mit ihm zu verfeinden. Er verteidigte seine Führungsposition, indem er mit gutem Beispiel voranging. Und er wurde geachtet, weil er tapfer kämpfte, aber stets mit Bedacht das Leben anderer nicht aufs Spiel setzte und sich nach den Schlachten weigerte, seine verwundeten Krieger zurückzulassen.

Früher war er leichtsinnig gewesen. Als er die schöne Black Shawl geliebt hatte ... Viele Männer begehrten sie, und er umwarb sie ebenso wie seine Rivalen. Regelmäßig kam er mit seiner Decke ins Zelt ihrer Familie. Und er benutzte diese Decke, um dahinter ein paar geheime Worte mit seiner Angebeteten zu wechseln. Aber während er gegen die Crow kämpfte, heiratete sie No Water. Crazy Horse versuchte diese Ehe zu respektieren, ging auf Reisen, verbrachte mehrere Monate bei anderen Stämmen und besuchte auch die Cheyennes im Norden. Doch so bald er Black Shawl wiedersah, besiegte sein Herz den Verstand und das Gewissen. Und so brannte er mit ihr durch.

Bei den Sioux war es durchaus üblich, daß ein Krieger die Frau eines anderen stahl. Meistens wurde das Problem ohne großes Aufheben gelöst. Wenn die Frau eines angesehenen Mannes davonlief, gebot ihm sein Stolz, die Situation gelassen hinzunehmen und vielleicht ein paar Ponys als Entschädigung zu verlangen. Aber No Water fühlte sich zutiefst verletzt, folgte den Flüchtlingen und schoß auf Crazy Horse. Er traf ihn ins Kinn und glaubte, er hätte ihn getötet. Doch Crazy blieb am Leben, behielt jedoch eine Narbe in der unteren Gesichtshälfte zurück. Sein Onkel pflegte ihn gesund.

Einen Krieger aus dem eigenen Stamm beinahe zu töten — dieses Vergehen wog viel schwerer als der Diebstahl einer Ehefrau und konnte ein Blutbad heraufbeschwören. Doch in diesem Fall behielten die Männer einen kühlen Kopf.

Der Onkel nahm ein paar Ponys von No Water an, und Crazy Horse erklärte, er würde die Sache auf sich beruhen lassen, solange Black Shawl nicht für den Zwischenfall büßen müsse. Wenn ein Mann Ehebruch beging, wurde er nicht bestraft. Den Frauen wurden manchmal die Nasen zerschnitten oder sie erlitten andere Verstümmelungen.

Nachdem die Angelegenheit geregelt war, kehrte Black Shawl zu No Water zurück. Crazy Horse hatte seine Schande ertragen und beschlossen, sich als tapferer Krieger auszuzeichnen.

Nun saß er in seinem Wigwam am Feuer und rauchte seine Pfeife. Trotz der Narbe, die sein Kinn entstellte, war er ein attraktiver, kräftig gebauter Mann mit markanten Zügen.

»Willkommen«, begrüßte er Blade und Ice Raven, die sich zu ihm setzten. Er erkundigte sich, was im Territorium der Weißen geschah, und sie erstatteten Bericht. Dann fragte er scherzhaft: »Und wie geht es meinem rotweiß gestreiften Bruder?«

»Hawk trauert um seinen Vater.«

Wehmütig nickte Crazy Horse. David Douglas war in Sioux-Kreisen geliebt und bewundert worden. Niemals hatte er ein Versprechen gebrochen, und das war ungewöhnlich für einen Weißen.

»Wir haben lange miteinander geredet«, erzählte Blade. »Und die Zukunft, die er voraussieht, mißfällt ihm.«

»Daß die Weißen in die Black Hills vordringen wollen?«

Ice Raven zuckte die Achseln. »Ja, aber nicht nur das.«

»Ist Hawk der Meinung, wir dürften uns nicht feindselig verhalten?«

»Nein. Er ist ein Sioux, und er vertritt den Standpunkt, jeder Mann sollte seine eigenen Entscheidungen treffen. Doch er fürchtet, die Weißen würden uns als Hindernis betrachten, das man entfernen muß. Also werden sie uns so ausrotten wie die Büffel.«

»Oh, sie haben unsere Herden schon stark gemindert«, seufzte Crazy Horse. Mittlerweile lebten Tausende von

Sioux auf dem Grund und Boden der amerikanischen Behörden. Sie versuchten ihre feindlich gesinnten Freunde und Verwandten zu beeinflussen und beteuerten, der weiße Vater, Präsident Grant, würde ihnen Rinder schenken, die sie jagen und die ihre Squaws schlachten konnten.

Aber Crazy Horse wollte keine Rinder jagen. Viele zunächst friedfertige Sioux hatten die Reservate wieder verlassen und all die Geschichten vom Überfluß Lügen gestraft. Meistens steckten die Getreiderationen voller Würmer. Die wenigen Rinder waren abgemagert oder krank. Und in den Regierungsstellen nahm die Korruption der Beamten unentwegt zu. Sogar die weißen Soldaten, die sich mit friedliebenden Indianern angefreundet hatten, gaben diese Mißstände zu.

Damit wollte Crazy Horse nichts zu tun haben.

Nun paktierte Red Cloud, einst ein erbitterter Krieger, mit den Weißen. Deshalb hegte Crazy Horse keinen Groll gegen ihn, aber er teilte seine Anschauungen nicht.

Mit Red Clouds Hilfe wollten die Weißen den Sioux die Black Hills abkaufen. In diesem Punkt hatte sich das Lager der Sioux-Häuptlinge gespalten. Ein Teil strebte den Verkauf an, der andere sprach sich dagegen aus. Und niemand wußte, welchen Preis man fordern sollte.

Das alles interessierte Crazy Horse nicht. Solange er die Sonne auf- und untergehen sah, würde er niemals an solchen Verhandlungen teilnehmen.

Obwohl Thunder Hawk seinen Stamm verlassen und sich die Lebensart der Weißen angeeignet hatte, blieb er in seinem Herzen ein Sioux. Stets bemühte er sich, seinen roten Brüdern zu erklären, was die Weißen sagten — und was sie meinten. Ohne ein Blatt vor den Mund zu nehmen, erläuterte Hawk die wahre Bedeutung trügerischer Worte. Wenn er mit Gefahren rechnete, warnte er die Indianer und empfahl ihnen, wann sie nachgeben sollten und wann nicht. Und während er ihnen Ratschläge erteilte, bedachte er immer, daß alle Männer letzten Endes ihren eigenen Visionen folgten, so wie er selbst.

»Bald werden die Regierungsstellen weiße Männer hierherschicken«, berichtete Blade. »Die sollen dich zu Verhandlungen einladen. Und die Army wird Hawk bitten, uns aufzusuchen.«

Crazy Horse nickte lächelnd. »Sicher wird er kommen.«

»Ja«, bestätigte Blade, »zusammen mit Sloan, der auch den Namen Cougar-in-the-Night trägt. Das besprachen wir gerade, als er die Stimme dieser Frau hörte.«

»Welche Frau meinst du?«

»Eine junge Weiße«, entgegnete Ice Raven, »sehr schön. Wir saßen in Rileys Handels- und Postkutschenstation. Da kam sie herein, um zu essen und nannte sich Lady Douglas. Darüber regte sich Hawk ganz furchtbar auf.«

Grinsend fügte Blade hinzu: »Und dann überfielen wir ihre Postkutsche, natürlich nur zum Schein.«

»Diese Frau kämpfte so wild wie ein Crow«, bemerkte Ice Raven, und Crazy Horse hob die Brauen.

Zweifellos waren die Crow tapfere Krieger, wenn sie ihre Feinde auch zu verhöhnen pflegten. Das mußte eine sehr interessante Frau sein. »Nach dem Tod seines Vaters trägt Hawk den Titel ›Lord Douglas‹.«

»Allerdings«, stimmte Blade zu.

»Und wer ist diese Frau?«

»Willow und wir beide begleiteten ihn, um die Kutsche zu überfallen. Alles Weitere wollte Hawk allein regeln. Er ritt mit ihr davon, und wir trennten uns von unserem Bruder Willow. Dann kehrten wir hierher zurück.«

»Nun wird die Leiche des alten Lords nach Mayfair gebracht«, ergänzte Ice Raven. »Dort wird er seine letzte Ruhe finden, nach dem Brauch des weißen Mannes.«

»Ich will Hawk mein Beileid erst aussprechen, wenn er hierherkommt«, verkündete Crazy Horse, »denn ich werde mich niemals zu den Weißen gesellen.«

»Das weiß er«, antwortete Blade, »und er wird dich nicht erwarten.«

»Vielleicht sucht ihn Dark Mountain auf, sein alter Jugendfreund«, meinte Ice Raven.

Crazy Horse lächelte. »Sehr gut! Ich will alles über diese weiße Frau erfahren.« Nach einer kleinen Pause fügte er hinzu: »Was die Frauen betrifft, müssen sich die Männer in acht nehmen.«

»Oh, er war nur wütend, sonst nichts«, versicherte Ice Raven.

»Ist sie sehr schön?«

»Nun, wenn man eine helle Haut und blondes Haar zu schätzen weiß — ja, dann ist sie schön. Augen wie Silber. Und eine wundervolle Gestalt ...«

»Aber falls sie sehr schön und Hawk sehr zornig ist, könnte es gefährlich werden. Hoffentlich wird Dark Mountain ihm helfen, den Leichnam des alten Lords seinem Gott zu übergeben. Und danach wird uns Dark Mountain von dieser Frau erzählen.«

»Möglicherweise bringt Hawk sie hierher — sollte sie tatsächlich Lady Douglas heißen.«

»Welche weiße Frau würde zu uns kommen?« fragte Crazy Horse.

Blade zuckte die Achseln und warf seinem Bruder einen belustigten Blick zu. »Immerhin kennt sie die Indianer schon — nachdem sie von ihnen überfallen wurde.«

»Ja, vielleicht nimmt er sie mit, wenn er uns besucht«, sagte Crazy Horse. »Ich würde gern eine blonde Frau kennenlernen, die wie ein Crow kämpft.«

Dann reichte er seine Pfeife weiter und betonte, die Sioux müßten sich nach der weißen Büffelfrau richten, die ihnen alles beigebracht habe. Nachdem sie vereinbart hatten, am nächsten Tag gemeinsam zu jagen, kehrten Blade und Ice Raven wieder ins Zelt ihrer Schwester zurück.

Crazy Horse trat vor seinen Wigwam, schaute nach

Osten und Westen, Norden und Süden. Was er sah, war seine Welt — der Fluß, die Erde, der Sternenhimmel.

Welch eine schöne Jahreszeit, dachte er. Allmählich kühlten die Nächte ab, Herbst und Winter standen vor der Tür. Sogar im bitterkalten Winter liebte er dieses Land — sein Sioux-Land. Doch es wurde von zahlreichen Weißen bedroht, die nach Gold gierten. Custer hatte den Weg in die Berge von Sa Papa geebnet — Custer, der die Indianer bekämpfte oder als Verbündete gewann, ausnutzte und verhöhnte. O ja, er kannte sie gut und wußte, daß man verfeindete Stämme gegeneinander ausspielen konnte.

Zu viele weiße Soldaten im Westen! Solange die Weißen einander im Osten bekämpft hatten, waren sie schwach gewesen. Aber jetzt, nach dem Ende ihres Kriegs, zogen sie in geballter Formation westwärts, um die Siedler zu schützen. Wie eine gigantische Woge weißer Würmer überschwemmten sie die Prärie.

Crazy Horse schloß die Augen. Niemals würde er sich geschlagen geben. Er würde kämpfen bis zu seinem letzten Atemzug.

Plötzlich rann ein Schauer über seinen Rücken. Er fürchtete sich nicht, er war kein Feigling, und er kannte den Tod, den er oft genug gesehen hatte. So tapfer, wie er gelebt hatte, würde er sterben.

Um sich selbst bangte er nicht, aber um die kleinen Kinder, deren Geschrei aus einigen Zelten drang. Und er hatte Angst vor Dingen, die er nicht sehen konnte, obwohl sie auf ihn zukamen.

So wie er dachten viele — nicht zuletzt Sitting Bull von den Hunkpapas, ein berühmter Krieger und heiliger Mann. Wann immer er sprach, lauschte Crazy Horse aufmerksam. Zusammen mit den anderen, die ihre Ansichten teilten, würden sie sich gegen die Weißen wehren.

Und trotzdem fröstelte er. Wenn die weißen Scharen über die Black Hills herfielen ...

Doch er schüttelte dieses seltsame, beklemmende Gefühl ab, ging wieder in sein Zelt und lenkte seine Gedanken in angenehmere Bahnen, erinnerte sich an den Halbindianer, den er seinen Freund nannte.

Seufzend schürte er das Feuer und streckte sich auf seinem Lager aus. »Hüte dich, Hawk«, flüsterte er, »und glaub einem Mann, der es am eigenen Leib erfahren hat — die Frauen machen nur Ärger.

9

»Oh mein Gott!« flüsterte Skylar.

Das stattliche Haus lag in einem Tal, von sanft gerundeten Hügeln umgeben. In der Ferne erhoben sich die Black Hills. Sogar im Mondlicht leuchteten die Farben der zahllosen wilden Blumen auf dem Rasen. Massive weiße Säulen trugen das Verandadach, das mehrere Schaukelstühle und andere Sessel überschattete. Rechts daneben befand sich ein Stall. Abgesehen von diesen beiden Gebäuden durchbrach nichts die natürliche Harmonie der schönen Landschaft. Mayfair wirkte wie ein Schloß in einem blühenden Paradies.

»Wie herrlich!« seufzte Skylar. »Mitten in der Wildnis — ein so prachtvolles Haus ...«

Willow warf ihr einen Seitenblick zu und nickte. »Falls Sie nach der Mine Ausschau halten — die finden Sie etwas abseits, nahe den Black Hills, dem Gebiet, um das sich die Indianer und die Weißen nun streiten. Als Lord Douglas sein Haus baute, wählte er einen Ort außerhalb des Sioux-Gebiets. Nicht einmal die Goldmine liegt im heiligen Land. Er achtete den Glauben unseres Volkes. Aber jetzt ...«

»Was meinen Sie?« fragte Skylar.

»Jetzt sind die Sioux gespalten. Früher war Red Cloud

ein starker Krieger. Nun dient er den Weißen und versucht ihnen etwas mehr Nahrungsmittel zu entlocken. Viele Indianer leben in Reservaten von den milden Gaben der Amerikaner. Und einige wollen sogar die Black Hills verkaufen, während sich andere entschieden weigern. Manche sagen, der Krieg gegen die fremden Siedler habe einzelne Stämme fast ausgerottet. Deshalb sollten wir uns den Weißen unterordnen, um zu überleben. Das könnte uns gelingen, jedoch zu welchem Preis? Die Gegner dieser Ansicht schließen sich Sitting Bull an und ziehen nach Nordwesten. Dort befinden sich die letzten Jagdgründe, die uns immer noch gehören. Männer wie Sitting Bull und Crazy Horse wollen nicht einmal mit den Regierungsvertretern verhandeln, denn sie glauben, jetzt sollte eine Grenze gezogen werden. Noch mehr Land dürften wir den Weißen nicht abtreten. Im Sommer ritt Red Cloud nach Washington.« Lächelnd zuckte Willow die Achseln. »Wenn er die Macht der amerikanischen Regierung und ihres Präsidenten anerkennt, beginnt sogar er zu verzweifeln. Er bat die Weißen, die Betrügereien der Indianer-Agenten zu unterbinden, damit sie uns gute Rinder geben und kein verfaultes Fleisch sowie Getreide ohne Würmer. Aber die Amerikaner interessieren sich nicht für unsere Schwierigkeiten — nur für das Gold in den Bergen.«

»Seit einiger Zeit leiden die Weißen unter wirtschaftlichen Problemen«, erklärte Skylar. »Eine gewaltige Heuschreckenplage zerstörte vor ein paar Jahren die gesamte Ernte. Deshalb sind die Nahrungsmittel sehr teuer. Der Präsident fürchtet, nun wäre zuviel Geld im Umlauf, das nicht durch Gold abgedeckt würde, während die Farmer den Mangel an Papiergeld beklagten und die Menschen in den Städten ihre Arbeitsplätze verloren.« Zögernd fügte sie hinzu: »Nach dem großen Krieg, in dem Amerikaner gegen Amerikaner kämpften, zogen viele in den Westen, um ein neues Leben zu beginnen. Uns bedeutet das

Gold soviel wie den Indianern die Büffel. Wir brauchen es, um zu überleben.« Und ich brauche es besonders dringend, dachte sie.

Willow nickte widerstrebend. »Früher galt es in Sioux-Kreisen als Verbrechen, den Weißen von dem Gold in unseren Bergen zu erzählen. Denn die Indianer wissen nur zu gut, wie begierig die Amerikaner nach dem Goldstaub lechzen.«

»Und Lord Douglas konnte all die Jahre hier leben, unbehelligt von den Sioux?«

»Zunächst wohnte er bei den Oglalas, dann ging er nach Schottland. Nach seiner Rückkehr baute er Mayfair — unbehelligt.« Unsicher suchte er nach erklärenden Worten. »Mein Volk erwartet von einem Mann, daß er seinem Weg folgt. Um seiner Überzeugung treu zu bleiben, hält sich Crazy Horse von den Weißen fern. Aber er schüttelte seinem Freund Young-Man-Afraid die Hand, als dieser ein Indianer-Agent im Dienst der Amerikaner wurde. Nun setzt sich Young-Man-Afraid für Red Clouds Politik ein. Denn jeder Mann folgt seinem Weg.«

»Young-Man-Afraid? Was für ein interessanter Name! Ist er ein Angsthase?«

»Keineswegs«, entgegnete Willow lachend. »Aber seine Feinde fürchten die Hufschläge seines Pferdes.«

»Oh ...«

»Ich wohne in einem Holzhaus beim Minencamp. Und meine Brüder sind nach Westen gegangen, zu Crazy Horse. Trotz der Trennung bleiben wir verbunden.«

»Sicher ist das alles sehr schwierig.«

»Ja, natürlich. Viele Indianer sehen in ihren Träumen die Zukunft, ein Blutbad ...« Abrupt verstummte er, als hätte er bereits zuviel gesagt, und stieg vom Kutschbock. »Jetzt werde ich Sie ins Haus bringen. Hawk erwartet Sie schon.«

Aufgeregt begann Wolf zu bellen und sprang aus dem Wagen. Sobald Skylars Füße den Boden berührten, tauchten drei Männer aus den nächtlichen Schatten auf, und Willow stellte sie ihr vor. »Lady Douglas, das ist Jack Logan, der die Rinderherde hütet«, erklärte er und zeigte auf einen hochgewachsenen, kräftigen Weißen, der an seinen Hut tippte. »Rabbit hilft ihm«, fuhr er fort, und der Indianer, ebenso groß und muskulös, nickte ihr zu. »Und dieser kleine Bursche mit den Zahnlücken heißt Two Feathers.« Der Indianerjunge schenkte ihr ein freundliches Lächeln, das sie erwiderte.

»Eigentlich haben wir hier draußen keine Lady erwartet«, gestand Jack Logan verlegen und betrachtete den Sarg, der auf der Ladefläche des Wagens stand. »Nur die Heimkehr Seiner Lordschaft ... Aber wenn Sie was brauchen, Lady Douglas — kommen Sie zu uns.«

»Danke.«

»Gehen Sie jetzt ins Haus, Ma'am. Wir tragen Seine Lordschaft hinein.«

Höflich bot Willow ihr den Arm und geleitete sie die Verandastufen hinauf. Vor der reichgeschnitzten, massiven Tür blieb sie verwundert stehen. »Dieses Holz stammt aus Schottland. So wie viele andere Dinge. Das alles wurde von Dampfschiffen und der Bahn in den Westen befördert, dann von Planwagen durch feindliches Gebiet.«

In diesem Augenblick schwang die Tür auf, und Hawks Stimme erklang. »Kommt herein!«

Erstaunt betrat Skylar den Marmorboden der schönen großen Halle. Im Hintergrund führte eine geschwungene Treppe nach oben. Ihr Mann hatte sich inzwischen umgezogen. Nun trug er einen schwarzen Gehrock mit passender Hose und einem blütenweißen Rüschenhemd — ganz der vornehme Herr eines feudalen Hauses.

Er schaute über ihre Schulter und beobachtete, wie der Sarg in die Halle gebracht wurde. Dann rief er: »Sandra!« Zur Linken öffnete sich eine Tür. Eine exotische junge Frau in einem schlichten Kattunkleid eilte heraus, wischte sich die Hände an ihrer Schürze ab. Neugierig starrte sie die weiße Lady an und wurde ebenso interessiert gemustert. Skylar hatte noch nie eine so fremdartige und so schöne Frau gesehen. In ihren Adern schien nicht nur indianisches, sondern auch orientalisches und europäisches Blut zu fließen. Schimmerndes blauschwarzes Haar fiel auf ihre Schultern und umrahmte ein faszinierendes herzförmiges Gesicht.

»Zeig Lady Douglas ihr Zimmer, Sandra«, befahl Hawk.

»Wenn Sie mir folgen würden, Mylady ...«

»Ich lasse dein Gepäck hinaufbringen, Skylar«, fügte Hawk hinzu, »und Sandra versorgt dich mit allem, was du brauchst. Sobald du dich häuslich niedergelassen hast, wird dich jemand nach unten führen.«

»Wie du wünschst«, murmelte sie.

»O nein, wie *du* wünschst.« Spöttisch verneigte er sich, und sie spürte seinen Blick im Rücken, während sie hinter dem Mädchen die Treppe hinaufstieg.

»Hier, Lady Douglas ...«

Skylar betrat ein elegantes Schlafzimmer mit einer gläsernen Balkontür. In der Mitte stand ein riesiges Himmelbett, geschmückt mit geschnitzten Drachenklauen und -flügeln.

Die Tagesdecke aus rotgrünem Brokat zeigte Jagdszenen. Auf dem blankpolierten Holzboden lag ein rotgemusterter Perserteppich. Ein orientalischer Paravent schirmte den Waschtisch ab. Zu beiden Seiten des Marmorkamins mit dem vergoldeten Sims erhellten bronzene Wandleuchter den Raum. Vor dem Feuer dampfte eine Wanne, über einem Gestell hingen Badetücher. Zwei hohe Schränke und ein Toilettentisch aus Kirschbaumholz vervollständigten die Einrichtung.

Ungläubig schaute sie sich um. Soviel Luxus am Ende der zivilisierten Welt ...

»Sind Sie zufrieden, Mylady?« fragte Sandra höflich.

»O ja.«

Es klopfte an der Tür, und Two Feathers schleppte die

Reisetruhe herein. »Wohin soll ich Ihr Gepäck stellen, Lady Douglas?«

»Einfach auf den Boden«, antwortete Skylar lachend. »Diese Truhe ist sicher sehr schwer.«

»Keineswegs!« widersprach er indigniert, aber er gehorchte. »Wenn wir gewußt hätten, daß Sie kommen würden, wären wir besser vorbereitet.«

»Alles ist in Ordnung.«

»Leider hatte Hawk keine Ahnung.«

»Nun, die Situation war etwas verwirrend . . .« Sie glaubte Sandra spöttisch seufzen zu hören. Aber als sie sich umdrehte, kehrte ihr die exotische Schönheit den Rücken, packte Two Feathers am Arm und zog ihn aus dem Zimmer.

»Neben dem Bett finden Sie eine Glocke, Lady Douglas.« In dieser Anrede schwang ein schmerzlicher Unterton mit. »Bitte, läuten Sie, wenn Sie hinuntergehen möchten.«

Verblüfft starrte Skylar ihr nach. Welche Rolle mochte das Mädchen auf Mayfair spielen?

Die beiden verließen das Zimmer, schlossen die Tür, und sie ging zum Kamin. Die Augen geschlossen, erinnerte sie sich an jenen anderen Raum im Pike's Inn, wo sie mit Lord Douglas am Tisch gesessen hatte. Sie war in Eile gewesen. So schnell wie möglich mußte sie fliehen. Doch sie konnte nicht einfach davonlaufen, und ihr alter Freund forderte sie auf, ihm ihr Herz auszuschütten. Danach nickte er seufzend. »Ich habe Sie schon vorher aufgefordert, mich nach Westen zu begleiten . . .«

»Unmöglich! Wenn uns jemand unterwegs auflauern würde, könnte man Sie zur Verantwortung ziehen.«

»Dieses Risiko gehe ich ein. Und ich besitze einen gewissen Einfluß, junge Dame. Ich bin Lord Douglas. Obwohl die Amerikaner den Freiheitskrieg gewonnen haben, lassen sich die meisten immer noch von britischen Adelstiteln beeindrucken. Außerdem brauche ich Ihre

Hilfe ebenso wie Sie die meine, Skylar. Wie es um meine Gesundheit steht, wissen Sie. Ändern Sie Ihren Namen, ändern Sie Ihr Leben. Jetzt haben Sie ohnehin keine Wahl mehr. Wir arrangieren eine Heirat, und Sie kommen mit mir. Nur keine Angst.«

»Aber — die Gefahren im Indianergebiet . . .«

»Sicher, da gibt's ein paar Indianer. An die werden Sie sich gewöhnen und einige sogar in Ihr Herz schließen. Wenn diese habgierigen Kerle in Washington die Verträge einhalten würden, könnten wir alle in Frieden zusammenleben. Bitte, Skylar, stimmen Sie meinem Vorschlag zu. Wohin wollen Sie denn sonst gehen? Mayfair, mein schönes Heim, wird Ihnen gefallen. Und mit der Zeit werden Sie es ebenso liebgewinnen wie ich. Allzulange bleibe ich nicht mehr bei Ihnen . . .«

»Sprechen Sie nicht so, Lord Douglas!«

»Mein Herz ist schwach und krank. Das habe ich bereits akzeptiert, und die Ärzte machen mir keine Hoffnung mehr. Weinen Sie nicht, Skylar! Sie haben mir meine letzten Tage versüßt. Und die Gewißheit, daß Sie nach Mayfair reisen werden, mit mir oder ohne mich, erleichtert mir den Abschied von dieser Welt. Mein Haus soll Ihr Heim sein, und Sie werden es lieben . . .«

Ihr Heim . . . Lord Douglas' Worte schienen von den Wänden widerzuhallen, während sie sich nun in dem schönen Schlafzimmer umblickte. »Ja, ich liebe Mayfair«, flüsterte sie lächelnd. »Obwohl du mich hereingelegt hast, du alter Schurke. Auch in einem Punkt muß ich dir recht geben. Hier gibt's tatsächlich ein paar Indianer.«

Eigentlich hatte er sie nie belogen und nur verschwiegen, wer bei jener überstürzten Ferntrauung ihr Ehemann geworden war. Und einer dieser Indianer erwartete sie jetzt im Erdgeschoß, wütend und ungeduldig.

Sie verriegelte die Tür, dann zog sie sich aus und stieg in die Badewanne. Das warme Wasser entspannte ihre verkrampften Muskeln.

Bald mußte sie ihrem Ehemann widerwillig Rede und Antwort stehen. Sie würde auf keinen Fall in den Osten zurückkehren, das mußte er verstehen. Und sie durfte keinen Fehlschlag erleiden. So weit war sie schon gekommen. Nun brauchte sie Geld, das sie telegrafisch nach Baltimore schicken würde. O Gott, hoffentlich war daheim alles in Ordnung ...

Das Badewasser war abgekühlt. Sie stieg aus der Wanne, hüllte sich in ein Badetuch und öffnete ihre Truhe. Darin lag neue Kleidung, in St. Louis erstanden, an der Pforte zum Westen. David Douglas hatte ihr etwas Bargeld gegeben. Wehmütig kämpfte sie mit den Tränen.

Wie fürsorglich er gewesen war ... An alles hatte er gedacht, vor seinem Tod sogar die Überführung seiner Leiche zum Riley's arrangiert und seinem Anwalt in Gold Town wichtige Geschäftspapiere gesandt. Und um die Wahrheit zu verschleiern, hatte er ihr erklärt, sie müsse nur nach Mayfair reisen, falls ihm etwas zustoßen sollte. Dort würden seine ›Leute‹ ihr alles erklären.

»Jetzt verstehe ich's nur zu gut, David«, flüsterte sie. Trotz der unangenehmen Überraschungen glaubte sie immer noch, daß er es nur gut mit ihr gemeint hatte.

Sie suchte ein Hemd, eine Unterhose, ein Korsett und eines der beiden restlichen Trauerkleider hervor, die sie gekauft hatte, mit einem engen Oberteil aus Samt und einem weiten seidenen Rock. Rasch zog sie sich an, bürstete ihr Haar und ging zur Tür. Dort blieb sie zögernd stehen und betrachtete die Glocke, die neben dem Bett hing. Nein, sie brauchte keine Hilfe, um die Treppe hinabzusteigen.

In der Eingangshalle schaute sie sich um. Niemand ließ sich blicken. Aufs Geratewohl öffnete sie die Tür links von der Treppe.

Flackerndes Kerzenlicht erfüllte den Raum. Auf einem langen Tisch in der Mitte stand Lord David Douglas'

Sarg, von einem schwarzen Tuch verhüllt. Daneben saß Hawk in einem braunen Ledersessel mit hoher Lehne. Wie deutlich sich dieser Mann von dem schwarzrot bemalten kriegerischen Indianer unterschied, der die Postkutsche überfallen hatte … Nur die grünen Augen wirkten ebenso kämpferisch wie damals. Offenbar fiel ihm der Übergang von einem Kulturkreis in den anderen nicht schwer. Jetzt war er ein mächtiger Mann in der zivilisierten Welt, der perfekte Aristokrat, der Sohn seines Vaters. »Du solltest doch läuten und dich herunterführen lassen«, bemerkte er kühl.

»Nun, ich habe den Weg hierher auch ohne Hilfe gefunden.«

Anklagend starrte er sie an. »Aber ich will nicht gestört werden. Diese Nacht möchte ich allein mit meinem Vater verbringen. Man wird dir im Speisezimmer das Dinner servieren. Danach kannst du dich zurückziehen.«

Natürlich verstand sie die Trauer um seinen Vater, den er zweifellos geliebt hatte. Doch sie ärgerte sich trotzdem über seine Arroganz. Wortlos wandte sie sich ab, verließ in würdevoller Haltung den Raum und durchquerte die Halle. Auf der anderen Seite fand sie das Speisezimmer, einen elegant möblierten Raum mit einer Tafel für zwölf Personen. Edles Porzellan schimmerte im Kerzenschein, neben einer Burgunderflasche stand ein Kristallglas.

Während sie unschlüssig an den Tisch trat, kam eine rundliche Frau durch eine Tür im Hintergrund herein. Sie hatte strahlend blaue Augen und schneeweißes Haar. »Ah, meine Liebe, da sind Sie ja!« rief sie mit erfrischendem irischem Akzent. »Willkommen auf Mayfair! Oh, wie schön Sie sind! Ich bin Megan, Mylady, aber alle nennen mich Meggie. Hier auf Mayfair bin ich die Haushälterin, die Köchin, die oberste Tellerwäscherin und der beste Ersatz für einen Butler, den unsere arme verstorbene Lordschaft in der Wildnis finden konnte.«

»Freut mich, Sie kennenzulernen, Meggie.«

»Ah, meine Liebe, das Vergnügen ist ganz auf meiner Seite. Was für eine Überraschung! Wie konnten wir ahnen, daß Lord Douglas eine Frau für Hawk aus dem Osten mitbringen würde ... Und was für eine gute Wahl er getroffen hat! Eigentlich war's vorauszusehen ... Aber da stehe ich und rede und rede — setzen Sie sich doch, Kindchen. Ich habe meine berühmte Pastete aus Rindfleisch und Nieren gebacken und eine besondere Flasche Wein aus dem Keller geholt.«

Eifrig rückte Meggie den Stuhl am Kopfende der Tafel zurecht.

Skylar bedankte sich und nahm Platz. Selbst wenn Hawk sich als Ungeheuer erweisen mochte — sein Haus wurde von sehr netten Leuten bewohnt. Sie mochte Willow, einen intelligenten, besonnenen Mann, den höflichen Jack Logan und den liebenswürdigen kleinen Two Feathers. Und die schöne Sandra? Nun, der Hausherr hatte angedeutet, in seinem Leben würde es andere Frauen geben ...

»Gleich bin ich wieder da«, versprach Meggie und kehrte wenige Minuten später mit einem Tablett zurück. »So, und jetzt greifen Sie tüchtig zu, meine Liebe«, bat sie und schenkte Wein ein. Während Skylar die köstliche Pastete verspeiste, erzählte die Haushälterin, sie sei vor fast fünfundzwanzig Jahren hierhergekommen, um für Lord Douglas zu arbeiten. »Kurz davor hatte uns Colonel Custer mit seinem großen Heer einen Weg in die Black Hills geebnet. Und dann strömten immer mehr weiße Siedler ins Land ... Was jetzt geschehen wird, will ich mir gar nicht vorstellen«, fuhr sie seufzend fort. »Die Regierung versucht das Land zu kaufen, obwohl sie versprochen hat, es würde als heiliges Indianergebiet erhalten bleiben. Nun erheben sich immer mehr stolze Sioux gegen diese verlogenen Politiker.«

»Solange ich denken kann, kämpft die Regierung gegen die Indianer«, warf Skylar ein.

»Ja, gewiß, und sie glaubt, das wäre ihr gutes Recht. Aber hier draußen werden Sie bald erkennen, daß man nicht alle Indianer gleich beurteilen darf. Wenn man mit einem Stamm Frieden schließt, muß man sich gegen tausend Feinde wehren. Eines Tages bekämpft man sie, am nächsten spielt man mit ihnen Karten. Ein Hunkpapa-Sioux fällt über Sie her — und sein Bruder bittet ihn um Ihr Leben. Heutzutage bleiben die feindlichen Stämme im Westen der Berge. O ja, das ist ein sehr gefährliches Land ... Aber wir haben in all den Jahren ein ziemlich sicheres Leben geführt, und daran wird sich nichts ändern. Jedenfalls halten die Sioux stets ihr Wort, ganz im Gegensatz zu den Weißen. So, und jetzt will ich Sie nicht mehr beim Essen stören, meine Liebe. Aber gleich bin ich wieder bei Ihnen.«

Nachdem Skylar mit dem Essen fertig war, beschloß sie, nicht auf Meggie zu warten, sondern das Haus zu erforschen.

Sie betrat die Halle und hörte Stimmen, die aus dem Salon drangen. Neugierig spähte sie durch die offene Tür. Drei Kavallerieoffiziere standen vor dem Sarg, die Köpfe gesenkt. Im Hintergrund sprach ein vierter auf Hawk ein, hastig und erregt. Als er sich zufällig umwandte, entdeckte er Skylar und lächelte fasziniert. Hawk folgte seinem Blick, und seine Augen verengten sich. Am liebsten wäre sie geflohen. Aber vor diesen Soldaten wollte sie sich keine Blöße geben.

»Meine Frau, Major ...« Hawk hob eine Hand. »Komm doch zu uns, meine Liebe.«

Natürlich wußte sie, daß er sie zum Teufel wünschte und nur aus Höflichkeit einlud. Doch sie hob das Kinn, ging in den Salon und reichte dem hochgewachsenen, attraktiven Major die Hand, die er formvollendet küßte. »Lady Douglas ...«

Er war ungefähr so alt wie ihr Mann und hatte dichtes dunkles Haar, das rötlich schimmerte, tiefschwarze Augen und markante Züge. Vielleicht floß auch in seinen Adern Indianerblut. Mit unverhohlener Bewunderung starrte er sie an.

»Welch eine angenehme Überraschung! Wir hörten erst gestern abend, daß Hawk verheiratet ist. Da Ihr Gemahl die zivilisierte Welt so selten aufsucht, hätten wir nie erwartet, daß er eine weiße — eh, eine neue Ehefrau in sein Heim holt. Noch dazu eine so bezaubernde Schönheit . . .«

»Mein Freund, deine Kommentare werden der Lady zu Kopf steigen«, warnte Hawk.

»Oh, das sollten sie auch! Wenn er Ihnen noch nicht versichert hat, daß Sie das Sonnenlicht überstrahlen, muß ich mich über seine Nachlässigkeit wundern, Lady Douglas.«

»Danke, Sir, Sie sind sehr freundlich.«

»Oh nein, eher neidisch«, erwiderte er lachend.

»Sicher haben Sie's nicht nötig, irgend jemanden zu beneiden. Freut mich, Sie kennenzulernen. Leider habe ich Ihren Namen nicht verstanden, Major . . .«

»Trelawny. Sloan Trelawny.«

»Cougar«, ergänzte Hawk trocken.

»Wie, bitte?« fragte sie.

»Cougar-in-the-Night, um genau zu sein«, erklärte Hawk und lächelte den Major herausfordernd an.

»Offenbar will er Ihnen klarmachen, daß ich nicht nur ein Mitglied der US-Cavalry, sondern auch ein Sioux bin«, bemerkte Sloan Trelawny amüsiert. »Falls Ihnen das Indianererbe in meinem Gesicht entgangen ist ... Ihr Ehemann und ich sind zusammen aufgewachsen, und unsere Wege kreuzen sich immer wieder.«

»Ein Sioux — bei der Kavallerie?«

»Meine liebe Lady Douglas, zu gewissen Zeiten wimmelt es in der Kavallerie ebenso von Indianern wie in den Black Hills.«

»Keine Bange, er schießt nicht auf sein eigenes Volk«,

beteuerte Hawk. »Sloan ist Kundschafter und Verbindungsmann.«

»Wie interessant! Aber versuchen Ihre eigenen Leute nicht, auf Sie zu schießen?«

Sloan schüttelte den Kopf. »Bisher nicht. Was ich sage, mißfällt ihnen hin und wieder. Aber sie wissen, daß ich niemals lüge. Meine Aufgabe besteht darin, gegen Schiebung und Korruption zu kämpfen.«

»Und manchmal gegen die Crow«, ergänzte Hawk. »Ganz zu schweigen von alten Freunden.«

»Das ist ein sehr gefährlicher Mann«, meinte Sloan und zeigte auf seinen alten Freund. »Sogar um eine Adlerfeder würde er sich prügeln.«

»Damals waren wir vier Jahre alt«, wandte Hawk ein. »Und was er will, bekommt er.«

»Genau das könnte man von dir auch behaupten.«

»Ah, aber die arme Lady ist nicht meine Frau. Deshalb muß ich sie vor dir warnen.«

»Ich glaube, sie weiß bereits, was sie von mir zu halten hat.«

»Nun ...« Lächelnd wandte sich Sloan wieder zu Skylar. »Jedenfalls waren wir alle entzückt, als wir von Ihrer Hochzeit erfuhren, Lady Douglas.«

Warum amüsiert er sich so, überlegte Skylar. Was hat Hawk ihm erzählt? »Und ich muß noch einmal betonen — es freut mich, Ihre Bekanntschaft zu machen, Sir. Ich nehme an, Sie sind hierhergekommen, um Lord Douglas die letzte Ehre zu erweisen?«

»Allerdings — und um mit dem neuen Lord Douglas zu sprechen.« Nachdem er Hawk einen kurzen Blick zugeworfen hatte, wechselte er das Thema. »Lady Douglas, Sie sind in ein wildes Land gekommen, aber glauben Sie mir — es zählt zu den schönsten dieser Welt.«

»Ja, eine eindrucksvolle Landschaft ...«

Nun gesellten sich auch die drei anderen Männer hinzu.

»Lady Douglas darf ich Ihnen Sergeant Walker, Private Hamilton und Private Stowe vorstellen . . .«

Skylar begrüßte die drei Soldaten und atmete erleichtert auf, weil die beiden, die an jenem Abend in die Jagdhütte gekommen waren, nicht zu dieser kleinen Gruppe gehörten. Offenbar hatten der Captain und sein Begleiter nach Hawk gesucht und angesichts der heiklen Situation ihre Mission verschoben. Und nun waren diese vier Soldaten nach Mayfair geritten, um die Besprechung endlich abzuhalten.

Plötzlich erkannte Skylar, was Sloan Trelawny so belustigte. Die ganze Army würde mittlerweile wissen, warum Hawk in jener Nacht nicht verfügbar gewesen war, und dieser Gedanke trieb ihr das Blut in die Wangen.

»Darf ich Sie jetzt hinausbegleiten, Gentlemen?« bat Hawk. »Meine Liebe, nach der anstrengenden Reise möchtest du dich sicher zurückziehen.« Er ergriff ihren Ellbogen, führte sie aus dem Salon und zur Treppe. »Findest du den Weg nach oben?«

»O ja.«

»Lady Douglas . . .« Sloan Trelawny tippte an seinen Hut, und sie sah das amüsierte Funkeln in seinen Augen. Ein Schurke wie mein Ehemann, dachte sie.

Höflich wünschten ihr seine Soldaten eine gute Nacht, und nachdem sie ihnen lächelnd zugenickt hatte, stieg sie die Stufen hinauf.

Im Oberstock blieb sie zögernd stehen. Sobald sie sicher war, daß Hawk mit seinen Besuchern das Haus verlassen hatte, ging sie auf Entdeckungsreise und öffnete die Tür gegenüber ihrem Schlafgemach. Enttäuscht schaute sie in ein Gästezimmer — hübsch, aber unpersönlich eingerichtet. Sie hoffte, das Büro des verstorbenen Lords zu finden und festzustellen, ob es irgendwelche Papiere gab, die ihre Rechte dokumentierten — nicht als seine Witwe, sondern als Frau seines Sohnes.

Hinter einer zweiten Tür entdeckte sie ein weiteres

Schlafzimmer und sah im Mondlicht mehrere gerahmte Bilder über dem Kamin. Neugierig trat sie näher und betrachtete das Porträt eines schlanken, attraktiven Mannes im schottischen Kilt, der vor einer Mauer mit einem gemalten Wappen stand. Daneben hing das Gemälde einer blonden hübschen Frau. In beiden Gesichtern erkannte Skylar den verstobenen Lord wieder. Sie öffnete den Schrank, aber er war leer.

Nachdenklich verließ sie das Zimmer und betrat die angrenzende Bibliothek. In hohen Regalen standen Romane und Fachbücher über militärische Themen, Feldwirtschaft und Viehzucht. Während sie die einzelnen Titel studierte, hörte sie ein Schloß klicken und erstarrte. Erst jetzt bemerkte sie die offene Verbindungstür, die von der Bibliothek in ein Schlafzimmer führte. Sandra wanderte in den Nebenraum, sang leise vor sich hin und schlug das Bett auf. Langsam, mit einer sinnlichen Geste, strich sie über das Kissen.

Auf leisen Sohlen wich Skylar zurück und fühlte sich wie ein unbefugter Eindringling. Dann hörte sie, wie sich die Tür zwischen Flur und Schlafzimmer öffnete. Hawk trat ein und sprach mit dem Mädchen in einem unverständlichen Dialekt.

Sioux? Atemlos beobachtete Skylar, wie Sandra seine Hände ergriff und ernsthaft antwortete. Dann befreite er sich von ihrem Griff und strich über ihr langes schwarzes Haar. Wenn Skylar die Worte auch nicht verstand, so nahm sie doch den zärtlichen Klang seiner Stimme wahr. Als sie sah, wie er die Stirn des Mädchens küßte, wurde sie von seltsamen Gefühlen erfaßt. Sie schlich aus der Bibliothek, den Flur entlang, in ihr Zimmer und verriegelte die Tür und lehnte sich aufatmend dagegen. Warum war ihr so sonderbar zumute? Sie müßte doch froh sein, weil Hawk sie nicht stören würde. Offenbar wollte er die Nacht nicht hier im Herrschaftsschlafzimmer verbringen, sondern in seinem eigenen Raum.

Inzwischen waren die Badewanne, das Gestell für die Handtücher und die Reisetruhe verschwunden. Sie runzelte verwundert die Stirn. Dann öffnete sie den Schrank und die Schubladen der Kommode. Irgend jemand hatte ihre Sachen ausgepackt, Kleider, Röcke und Blusen aufgehängt, die Unterwäsche gefaltet und in Schubfächern verstaut. Auf dem Toilettentisch lagen ihre Haarbürsten und Kämme, daneben standen Parfüms und andere Kosmetika.

War das Sandras Werk? Zu ihrer eigenen Verblüffung stieg heller Zorn in Skylar auf. Sie wollte nicht, daß dieses Mädchen ihr Eigentum anfaßte. Erbost setzte sie sich vor den Spiegel und begann ihre langen blonden Locken zu bürsten.

Dies war das Herrschaftsschlafzimmer. Aber der Herr des Hauses schlief woanders. Sehr gut. Dann konnte sie wenigstens ungestört ihre Pläne schmieden. Sie legte die Bürste beiseite und nahm ein Nachthemd aus weichem weißen Flanell aus der Kommode, das am Kragen und an den Manschetten hübsch bestickt war.

Während sie sich auszog, überlegte sie: *Soll ich ihm die Wahrheit erzählen und ihn um Gnade bitten? Niemals! Er ist so skrupellos wie ein Heide auf dem Kriegspfad. Und er glaubt, ich hätte den Tod seines Vaters verschuldet. Wie könnte ich ihm jemals erklären ...* Und doch — sie mußte tun, was sie beschlossen hatte. Anfangs war alles so einfach gewesen. Und jetzt ...

Nun war sie mit einem Mann verheiratet, der sie verachtete und bestenfalls für eine habgierige, tückische Abenteurerin hielt.

Irgendwie mußte sie ihn überlisten.

Als sie im Bett lag, beobachtete sie eine Zeitlang das Kaminfeuer. Dann schloß sie die Augen, doch sie fand keinen Schlaf. Unentwegt gingen ihr Gedanken durch den Kopf.

Nach einer Weile stand sie seufzend auf. Die anderen

Hausbewohner würden mittlerweile schlafen, und so konnte sie Abschied von Lord David Douglas nehmen. Obwohl er sie hintergangen hatte, vermißte sie ihn schmerzlich. Und nun wollte sie ein Gebet für den Mann sprechen, den sie bewundert und dessen Freundschaft sie geschätzt hatte.

Und vielleicht würde sie in seiner Nähe eine Lösung des Problems finden. Sie huschte aus ihrem Zimmer, die Treppe hinab, in den Salon. »Was soll ich jetzt tun, Lord Douglas?« flüsterte sie und berührte das schwarze Tuch, das den Sarg bedeckte.

»Am besten erzählst du mir, was zwischen dir und meinem Vater geschehen ist.« Erschrocken fuhr sie herum und sah Hawk im Schatten beim Kamin stehen, einen Cognac-Schwenker in der Hand. Im Feuerschein schimmerte sein weißes Rüschenhemd. Den Gehrock hatte er inzwischen ausgezogen. »Ich kann es kaum erwarten, deine Geschichte zu hören, Lady Douglas.«

10

Nein, sie würde ihm nicht erlauben, sie zu verhöhnen und herumzukommandieren, seine ehelichen Rechte zu fordern, mit anderen Frauen zu schlafen und ihr dann erneut zu drohen. »Gar nichts werde ich dir erzählen«, entgegnete sie würdevoll. »Du scheinst ohnehin schon alles zu wissen. Warum sollte ich mich bemühen, deine Vorurteile zu korrigieren. Falls ich dich gestört habe, verzeih mir bitte. Entschuldige mich jetzt . . .«

Als sie sich abwandte, eilte er zu ihr und hielt sie am Handgelenk fest. »Ich entschuldige dich nicht. Bist du heruntergekommen, um am Sarg meines Vaters für seine Seele zu beten oder für deine eigene?«

»Vielleicht wollte ich beten, ein Höllenloch möge sich

öffnen und dich verschlingen. Oder daß Colonel Custers Kompanie dich erwischt, wenn du wieder mal ein bedauernswertes Opfer attackierst, und deinen buntbemalten Körper mit Kugeln durchlöchert.«

Zu ihrer Verblüffung begann er zu lachen. »Tut mir leid, meine Liebe. Old Curly mag das Indianergebiet zwar kennen, aber er würde mich niemals aufspüren. Sprich nur weiter! Diese Konversation ist sehr aufschlußreich. Worum möchtest du sonst noch beten? Und wie hängen diese Gebete mit deiner Beziehung zu meinem Vater zusammen? Was für eine Beziehung war das?«

Ärgerlich riß sie sich los. »Nun, ich lernte einen alten Mann kennen, und im Gegensatz zu anderen Leuten, merkte ich, wie krank er war. Da er nicht mehr lange leben würde, beschloß ich, ihn möglichst schnell zu heiraten. Glücklicherweise besitze ich außergewöhnliche Überredungskünste und konnte ihn für meinen Plan gewinnen. Nicht nur das! Mein verführerisches Lächeln brachte sein Herz zum Stillstand. Aber zu meinem Leidwesen ahnte ich nicht, daß Lord Douglas einen abscheulichen Sohn hat, einen grausamen Halbindianer, der in wilder Kriegsbemalung über Postkutschen herfällt. Diese Geschichte hast du doch erwartet, oder?«

»Hast du was anderes zu sagen?« fragte er ausdruckslos.

»Wie ich bereits erklärt habe, werde ich dir gar nichts erzählen.« Als sie sich diesmal zur Tür wandte, hielt er sie nicht zurück.

Hawk hörte die Schlafzimmertür ins Schloß fallen. Gequält schloß er die Augen. Warum wollte Skylar nicht mit ihm reden. Und wie gelang es ihr, diese sonderbaren Emotionen in ihm zu entfachen. Er fühlte sich innerlich zerrissen, wollte ihr einerseits aus dem Weg gehen, und andererseits begehrte er sie ...

Allein schon die Erinnerung an das weiche Flanellhemd, das sich an ihren Körper geschmiegt hatte, erhitzte sein Blut.

Verdammt, sie war seine Frau und sie würde ihre Pflicht erfüllen.

Während sie die Bettdecke zurückschlug, flog die Tür auf, und Hawk trat ins Zimmer. Offenbar war es ihm nicht schwergefallen, den Riegel zu zerbrechen, den sie vorgeschoben hatte. Er wanderte umher, blies die Kerzen aus, drehte die Flammen der Gaslampen herunter. Schließlich spendete nur noch das Kaminfeuer ein schwaches, rotgoldenes Licht.

Hawk setzte sich aufs Fußende des Betts, schlüpfte aus seinen Stiefeln und zog sich das Hemd über den Kopf.

Wie erstarrt stand Skylar da. »Was machst du?«

»Siehst du das nicht? Ich kleide mich aus.« Seelenruhig erhob er sich wieder, öffnete seine Gürtelschnalle, und die Hose glitt zu Boden.

Skylar rang mühsam nach Atem, betrachtete seinen bronzebraunen Körper, der im Flammenschein schimmerte, konnte ihren Blick nicht von seinen breiten Schultern losreißen, von den schlanken Hüften. Aber sie verschränkte entschlossen die Arme vor der Brust. »Warum?«

»Warum? Weil ich gern nackt schlafe. Immerhin bin ich in einem Wigwam aufgewachsen.« Und dann sprang er zu ihr, packte sie und warf sie aufs Bett. Als er sich neben ihr ausstreckte, griff er nach den Spitzenbändern, die das Nachthemd am Hals zusammenhielten.

»Das darfst du nicht!« fauchte sie und versuchte seine Handgelenke zu umklammern.

»Doch.«

»Nein, du kannst nicht einfach . . .«

Da ließ er sie los und wandte sich zum Nachttisch. Dort lagen ein paar Streichhölzer, und er zündete eines an, um die Kerze anzustecken. »Also verweigerst du mir meine ehelichen Rechte?« fragte er und schaute Skylar wieder an. »Ist es dafür nicht ein bißchen zu spät? Du hast eine Annullierung unserer Hochzeit abgelehnt.«

»Wieso suchst *du* nicht darum an?«

»Nun, das spielt keine Rolle. Du wolltest die Ehe aufrechterhalten. Und jetzt ...«

»Aber — ich kenne dich doch kaum«, unterbrach sie ihn.

»In jener Nacht haben wir uns gut genug kennengelernt. Ich weiß alles über dich, was ich wissen muß.«

»O nein, du *glaubst*, alles zu wissen. Was für ein arroganter, anmaßender Schuft du bist ...«

»Und dein Ehemann. Nach dem Krieg zogen viele Frauen aus dem Osten in die westliche Wildnis zu ihren Männern, die sie nie zuvor gesehen hatten. Die holten ihre Gattinnen gewiß nicht hierher, um in getrennten Betten zu schlafen.«

Offensichtlich war es sinnlos, mit ihm zu diskutieren. Tränen brannten in Skylars Augen. Doch sie kämpfte energisch dagegen an. »Diese Männer *wollten* heiraten. Sicher behandeln sie ihre Frauen höflich und rücksichtsvoll — und du bist ein elender, kaltherziger Bastard.«

»Eins solltest du bedenken. Die anderen Männer haben ihre Gemahlinnen erwartet, während deine Ankunft mich immer noch schockiert. Nein, ich will keine Frau. Das habe ich nie bestritten. Aber ich habe nun mal eine, und ich bin durchaus bereit, ihre Vorzüge zu würdigen. Also bin ich keineswegs kaltherzig, im Gegenteil — in deiner Nähe wird mir ganz heiß.«

Verwirrt wich sie seinem Blick aus. »Das ist nicht einmal dein Zimmer.«

»Woher willst du das wissen? Ah, du hast herumspioniert. Unaufgefordert. Und jetzt bist du beleidigt, weil ich dich nicht in mein Zimmer geführt habe?«

»Da irrst du dich. Ich bin beleidigt, weil du dich in *meinem* Zimmer breitmachst.«

»Oder weil du glaubst, ich könnte jemand anderen in mein Schlafzimmer einladen?«

»Unsinn! Das interessiert mich nicht. Ich wäre vollauf zufrieden, wenn du dort bleiben würdest, mit oder ohne Gesellschaft.«

Hawk begann zu lachen. »Wirklich, Lady Douglas, du bist einzigartig«, seufzte er. Plötzlich packte er ihr Nachthemd am Kragen, riß es mitten entzwei, und sie schrie entrüstet auf.

»Wie kannst du es wagen!«

Lächelnd richtete er sich auf, löschte die Kerzenflamme mit Daumen und Zeigefinger. Dann neigte er sich über Skylar, und sie spürte seine warme Haut auf ihren nackten Brüsten. »Du hast gesagt, wenn ich eine Ehefrau wollte, hätte ich eine. Heute nacht will ich eine.«

Was sollte sie jetzt tun? Krampfhaft schluckte sie, drehte das Gesicht zur Seite, fürchtete Hawks Berührung und sehnte sich danach. Würde sie den Liebesakt ertragen, obwohl es andere Frauen in seinem Leben gab? Nein, von dieser unerwünschten Eifersucht durfte er nichts erfahren. Sie starrte ihn wieder an. »Also gut. Nimm dir, was du besitzen möchtest. Aber ich gebe dir nichts, solange ...«

Abrupt verstummte sie. Seine Lippen wanderten über ihre Brüste, saugten an einer Knospe, seine Hand glitt aufreizend zwischen ihre Schenkel. Beinahe hätte sie gestöhnt. Doch sie zwang sich, zu schweigen, reglos dazuliegen und ihm nichts zu geben — wenn sie ihm auch nichts verweigerte.

Oh, seine Finger zu spüren, seinen Mund, seine Zunge — zum Teufel mit diesen dreisten Intimitäten! Obwohl sie entschlossen die Zähne zusammenbiß, erwachten wieder jene unwillkommenen Gefühle.

Und dann drang er in sie ein, schien sie völlig auszufüllen. Der betörende Rhythmus, die fiebrige Hitze, süße Qualen ... Nein, sie würde ihm nichts geben und ihre Seele behalten.

Sie bewegte sich nicht. Trotzdem genoß er die Befriedigung, alles wahrzunehmen, was sie nicht verbergen konnte — das heftige Zittern, die flüssige Hitze, die ihn umgab und seinen eigenen Höhepunkt beschleunigte.

Als er später neben ihr lag, waren ihre Augen geschlossen. »Wirst du dieses Spiel noch lange treiben?«

Wortlos kehrte sie ihm den Rücken zu.

»Gut, Lady Douglas, wie du willst«, flüsterte er und lachte leise.

»Warum mußt du mich dauernd verspotten?« Offenbar hatte sie mit ihrer Passivität nichts weiter erreicht, als ihn zu amüsieren.

»Welchen Spott meinst du denn?«

»Du nennst mich ›Lady Douglas‹.«

»Nun, das bist du. Über diese Tatsache hast du mich nachdrücklich informiert.«

»Für dich werde ich niemals Lady Douglas sein.« Sie fühlte sich wie eine verletzte Katze. Wenn er sie doch allein ließe, damit sie ihre Wunden lecken könnte ... Aber sie würde ihm nicht entrinnen können.

Auf einen Ellbogen gestützt, beugte er sich über ihre Schulter. »Da täuschst du dich, Skylar. Für mich bist du Lady Douglas. Und für alle anderen auch.«

Dann sank er ins Kissen zurück. Obwohl sie dachte, sie würde kein Auge zutun, schlief sie ein und wurde von wirren Träumen geplagt. Irgendwann fuhr sie fröstelnd hoch. O Gott, sie war ganz allein — und sie brauchte so dringend Hilfe.

»Was hast du?«

Erschrocken zuckte sie zusammen. Nein, sie war nicht allein. Im Mondlicht sah sie Hawks grüne Augen glänzen. »Nichts«, wisperte sie.

»Schlaf weiter«, sagte er und zog sie zu sich hinab. »Bis zur Morgendämmerung haben wir noch eine Stunde Zeit.«

Sein Arm umschlang sie, und sie spürte seine Brust an ihrem Rücken, sein Kinn an ihrem Scheitel, seine Hand, die ihr Haar beiseite strich, damit es seine Nase nicht kitzelte, seinen kraftvollen Herzschlag. Sie schloß die Lider, fühlte sich angenehm erwärmt. Und sie war nicht allein.

Als er erwachte, schlief sie noch. Er richtete sich auf und betrachtete sie. Wie lange gehörte sie jetzt schon zu seinem Leben? Drei Tage? Und wann hatte er die Ehe vollzogen? Vor knapp zwei Tagen. Warum gewann er dann den Eindruck, sie hätte schon nach so kurzer Zeit sein Herz erobert? Und warum empfand er immer noch diesen wilden Zorn, der ihn drängte, sie zu schütteln und ihr die Wahrheit gewaltsam zu entlocken? Seufzend stand er auf, wusch sich und schlüpfte in die Kleidung, die er am vergangenen Abend ausgezogen hatte. An diesem Tag sollte sein Vater bestattet werden. Der Vater, dem er vertraut und der ihm diese unmögliche und doch außergewöhnliche Frau aufgehalst hatte — und in ihrer Gegenwart gestorben war ... Nicht in den Armen seines Sohnes.

Er trat ans Bett, erinnerte sich an die heftigen Wortgefechte, die sie ihm geliefert hatte. Dann lächelte er und schlug auf ihr Hinterteil. Empört setzte sie sich auf, strich das Haar aus ihrem Gesicht und starrte ihn an, sofort wieder zum Kampf bereit.

»Tut mir leid, meine Liebe, jetzt muß ich mich von dir verabschieden«, erklärte er. »Heute habe ich sehr viel zu tun. Und Megan wartet sicher schon auf die Anweisungen der Hausherrin. Ich weiß nicht genau, wie viele Gäste nach Mayfair kommen werden. Jedenfalls wird Reverend Mathews um halb vier eintreffen.«

Ehe sie antworten konnte, verließ er das Zimmer und schüttelte lachend den Kopf, als hinter ihm ein harter Gegenstand gegen die geschlossene Tür krachte. Er eilte die Treppen hinab, begrüßte Willow und Lily, die schwarze Tücher an die Eingangstür und die Fensterläden hängten.

Von Anfang an hatte er die Frau seines Vetters ins Herz geschlossen. Mit sechzehn Jahren war sie in den Westen gekommen, weil sie während des Sezessionskriegs ihre Familie und ihr Zuhause verloren hatte. Einige Jahre lang trat sie in Dodge City im Varieté auf. Dann zog die Komödiantentruppe weiter nach Westen und fiel ein paar kriegerischen Cheyennes in die Hände. Alle außer Lily wurden grausam niedergemetzelt. Um Vergeltung zu üben, zerstörte die Army das ganze Cheyenne-Dorf und tötete alle Bewohner — ein Ereignis, das man später ›Sand-Creek-Massaker‹ nannte.

Ein Cheyenne-Krieger nahm Lily zur zweiten Ehefrau. Nach seinem Tod zog sie zu den Oglalas, da die Sioux und die Cheyennes damals oft Bündnisse schlossen, und Willow verliebte sich in sie. Obwohl sie an das Indianerleben im Zelt gewöhnt war, hatte er nach der Hochzeit ein Holzhaus für sie gebaut.

»Soeben ist Dark Mountain eingetroffen und zu deinem Vater gegangen, Hawk«, erklärte Lily. Sie war eine hübsche, zierliche Frau mit dunkelrotem Haar und Sommersprossen.

»Dann will ich jetzt mit ihm reden.«

»Gut«, stimmte Willow zu, »und ich werde aufpassen, damit euch niemand stört.«

Hawk betrat den Salon, wo sein bester Jugendfreund vor dem Sarg stand, ein hochgewachsener Krieger in Lederkleidung. Um seinen Triumph in wichtigen Kämpfen zu symbolisieren, steckten zwei Federn in seinem Haar.

»Danke, daß du gekommen bist«, sagte Hawk in der Sioux-Sprache, und Dark Mountain umarmte ihn.

»Außer mir wollte keiner von Crazy Horses Leuten nach Mayfair reiten. Natürlich vermißt der Häuptling deinen Vater ebenso schmerzlich wie wir alle. Aber er sagte, du würdest verstehen, daß er dich in diesen schwierigen Zeiten nicht besuchen kann.«

»Ja, gewiß.«

Crazy Horses Anhängerschar war keine natürlich zusammengewachsene Familiengruppe, weder Miniconjou,

Two Kettles oder Oglala. Nur eins verband diese Krieger — der Entschluß, ihm zu folgen und dem Ansturm der Weißen zu trotzen. Crazy Horse hatte die Häuptlingswürde nicht geerbt, sondern mit seiner Tapferkeit und Kampfkraft errungen.

Schon in früher Jugend zeigte ihm seine Vision einen Krieger, der unversehrt durch einen Hagel aus Pfeilen und Kugeln ritt. Zu diesem Krieger entwickelte er sich im Lauf der Jahre, während er beobachtete, wie die Regierung der Weißen fast alle Versprechungen brach, die sie den Sioux gegeben hatte. Entschlossen führte er sein Volk aufs Schlachtfeld, beflügelt von dem Wunsch, in Freiheit zu leben und sich niemals in ein Reservat sperren zu lassen. Immer mehr junge Männer, Frauen und sogar Kinder folgten ihm.

Touch-the-Cloud, der riesengroße Miniconjou-Krieger, war eine Zeitlang im Reservat geblieben und dann zu Crazy Horse zurückgekehrt. Nun zog die Schar nach Nordwesten, zu den letzten Jagdgründen, die den Sioux noch gehörten, weit entfernt von den Siedlungen der Weißen. Dort hatte auch Sitting Bull zahlreiche Anhänger um sich versammelt. Und so eifrig die amerikanische Regierung auch Verhandlungen mit den Sioux anstrebte, um die Black Hills zu kaufen — Crazy Horse und seine gleichgesinnten Krieger wollten nichts davon wissen.

»Wie ich erfahren habe, wird die Army dich bitten, Crazy Horse zu besuchen«, bemerkte Dark Mountain. »Offenbar hofft man, du könntest ihn veranlassen, an den Besprechungen teilzunehmen.«

»Ja, dazu hat Cougar-in-the-Night mich bereits aufgefordert. Und ich werde zu den Sioux reiten, weil ich meinen Großvater und meine Freunde wiedersehen will.«

»Cougar erfüllt die Wünsche der Army.«

»Aber er meint es gut mit uns.«

Dark Mountain nickte. »Obwohl die Army ihn für sich

gewonnen hat, vergißt er nicht, daß er mit ehrlichen Menschen aufgewachsen ist.«

»Niemals wird er versuchen, die Sioux zu beeinflussen, sondern ihnen nur erklären, wie sie am besten verhandeln müssen.«

»Vielleicht ist ein Krieg doch die beste Methode.«

»Das muß jeder Mann für sich entscheiden.«

»Allerdings«, stimmte Dark Mountain zu. Dann wechselte er das Thema. »Wie ich höre, bist du wieder verheiratet.«

»Ja.«

»Auch ich habe eine neue Frau.«

»Hast du die alte etwa davongejagt?« scherzte Hawk.

Grinsend schüttelte Dark Mountain den Kopf.

»Ich nahm Little Doe, Blue Ravens Schwester, als zweite Frau zu mir, und sie schenkte mir einen Sohn.«

»Also wächst die Familie. Du darfst dich glücklich schätzen.«

»Wärst du doch meinem Beispiel gefolgt! Wenn du damals eine zweite Frau geheiratet hättest, wäre sie dir ein Trost in deiner Trauer um die erste gewesen, die du so sehr liebtest.«

»In der Welt meines Vaters herrschten andere Sitten. Da kann man nicht zweimal heiraten, zumindest nicht gleichzeitig. Und da manche Ehefrauen etwas schwierig sind, ist es wohl besser, man hat immer nur eine.«

Dark Mountain lachte. »Inzwischen haben mir Blade und Ice Raven einige Geschichten über deine neue Frau erzählt. Offenbar muß ein Mann seine ganze Kraft aufbieten, um sie zu unterwerfen. Aber für eine Weiße soll sie sehr schön sein, mit Haaren wie Sonnenstrahlen. Und dafür lohnt sich die Mühe.«

»Ja, sie ist ziemlich angriffslustig«, bemerkte Hawk trocken.

»Obwohl sie dich ärgert, bin ich froh, daß du nicht mehr allein bist. Du hast zuviel verloren, zuviel gelitten.

Vielleicht wird Wakantanka dich mit vielen Kindern segnen. Wenn du zu uns kommst, werden wir die richtigen Zeremonien vornehmen. Du bist ein Krieger, der sein Erbe in Ehren hält. Deshalb wird Wakantanka dir Söhne schenken, und du sollst alles an sie weitergeben, was du von deinem Vater erhalten hast.«

Hawk nickte lächelnd und freute sich, Dark Mountain wiederzusehen. Wenn sich ihre Wege seit der Jugendzeit auch getrennt hatten, waren sie Freunde geblieben. Und daran würde sich nichts ändern, was immer zwischen den Weißen und den Indianern geschehen mochte.

Einige Stunden später saß er an seinem Schreibtisch und rieb sich die Schläfen.

»Herein!« rief er müde, als es an der Bürotür klopfte. Vor kurzem hatte er gemeinsam mit Henry Pierpont das Testament seines Vaters mitsamt dem neuen Zusatz studiert und nichts Neues erfahren. Skylar würde Mayfair und die Sioux-Ländereien erben, falls Hawk die Ehe annullieren ließ. Eine offizielle Testamentsvollstreckung war überflüssig, da er als Alleinerbe feststand, solange er die Wünsche seines Vaters erfüllte. Sein Heim gehörte ihm ebenso wie seiner Frau.

Zögernd öffnete Skylar die Tür, in schwarzem Samt und Seide gekleidet. Die düstere Farbe betonte den goldenen Glanz ihres Haars, ihre elfenbeinweiße Haut. Seit dem Morgen war sie ihm aus dem Weg gegangen. Aber wie er wußte, hatte sie das Zepter in einem Haushalt voller fremder Leute übernommen und ein bewundernswertes Organisationstalent bewiesen.

»Ja?« fragte er.

»Soeben ist Reverend Mathews angekommen, und er möchte das Begräbnis noch vor Einbruch der Dunkelheit vornehmen.«

Hawk nickte und erwartete, sie würde das Büro wieder verlassen. Aber sie blieb stehen.

»War Mr. Pierpont der Anwalt deines Vaters?«

»Allerdings. Vermutlich möchtest du erfahren, ob du im Testament erwähnt wirst.« Sie zuckte zusammen, und er fuhr in grimmigem Ton fort: »Tut mir leid, teure Gemahlin. Mein Vater hat alles *mir* hinterlassen.«

»Daran habe ich nie gezweifelt. Aber es würde mich interessieren, wie meine Zukunft aussieht.«

»Natürlich bleibst du hier.«

»Da wären gewisse Dinge ...«

»Wenn du irgend etwas brauchst, mußt du mir's nur sagen.«

Wortlos senkte sie den Blick. Was bedrückte sie? Aus unerklärlichen Gründen krampfte sich sein Herz zusammen. Doch dann erinnerte er sich an das Begräbnis seines Vaters — den Skylar in der Hoffnung geheiratet hatte, er würde sie schon bald zur reichen Witwe machen. Bei diesem Gedanken erlosch das seltsame Gefühl in Hawks Brust. Von neuem Zorn erfaßt, den er sorgsam verbarg, stand er auf, trat hinter dem Schreibtisch hervor und bot ihr den Arm. »Wollen wir gehen?«

Im Salon hatte sich eine ziemlich gemischte Gästeschar eingefunden — Indianer, die für Regierungsstellen arbeiteten, Soldaten, weiße Siedler, Kaufleute und die Ehefrauen. Der alte Sam Haggerty und Riley saßen in der vordersten Stuhlreihe — zwei der ersten weißen Männer, die sich zusammen mit Lord David Douglas in der Dakota-Wildnis niedergelassen hatten. Am Kopfende des Sargs stand Reverend Mathews, sein zerfurchtes Gesicht war von dichtem weißem Haar umrahmt. Freundlich nickte er Hawk und Skylar zu. »Nun sollten wir beginnen.«

Zunächst sprach er das Vaterunser, dann las er einen Bibeltext vor und hielt eine Rede, in der er die Verdienste des Toten würdigte. David Douglas, ein einzigartiger Mann, habe erkannt, daß alle Kinder Gottes gleich seien und die glücklicheren den benachteiligten helfen müssen.

Zu Hawks Überraschung hörte Skylar aufmerksam zu und schien mit den Tränen zu kämpfen. Beinahe hätte er einen tröstlichen Arm um ihre Schultern gelegt. Doch dann entsann er sich, wie interessiert sie soeben nach ihrem Erbe gefragt hatte und preßte zornig die Lippen zusammen.

Willow, Riley, Sam und Two Feathers trugen den Sarg zur hinteren Veranda hinaus. Von dort zog die Trauerprozession zu der alten Eiche, die den Rasen überschattete. Zu Füßen des Baums hatte Hawks Mutter ihre letzte Ruhe gefunden, und in den Grabstein waren ihre beiden Namen gemeißelt — Lady Kathryn Douglas und Flying Sparrow. Nun sollte David an ihrer Seite bestattet werden.

Langsam versenkten die Männer den Sarg in der dunklen Grube und Reverend Mathews streute Erde darauf. Sandra und Megan schmiegten sich aneinander, weinten leise, und Lily umarmte die beiden. Während die Trauergäste zum Haus zurückkehrten, blieb Skylar an Hawks Seite stehen. Nach einer Weile löste er ihre Hand von seinem Arm. »Geh hinein, ich komme gleich.«

Stockend begann sie zu sprechen. »Hawk — ich — ich wollte dir nur sagen — er wußte von seiner Krankheit, und er starb friedlich — im Einklang mit dem Allmächtigen und sich selbst. Glaub mir, er hat nicht gelitten.«

»Danke.« Allzuviel hatte sie nicht verraten, aber immerhin etwas. »Bitte, geh jetzt.« Seine Stimme klang schärfer als beabsichtigt, obwohl ihre Worte sein Herz erwärmten.

Schweigend wandte sie sich ab und ließ ihn allein.

Seine Mutter hatte er verloren, seinen Bruder, seine Ehefrau, seinen Sohn — und heute auch noch den Vater zu Grabe getragen. Wehmütig lächelte er und gab seinem Freund Dark Mountain recht. Ja, er brauchte Söhne, um ihnen zu vererben, was er von Lord David Douglas erhalten hatte.

Plötzlich hörte er ein leises Winseln. Wolf war herangelaufen und trauerte mit ihm. »Ja, alter Junge, er ist von uns gegangen«, flüsterte er und tätschelte den Kopf des Hundes. »Pa«, fuhr er mit sanfter Stimme fort, »hoffentlich wußtest du, wie sehr ich dich geliebt habe. Am Anfang lehnte ich dich ab, weil du kein Sioux warst. Und die anderen erkannten es früher als ich — in deiner Seele vereinten sich alle Tugenden der Sioux, Mut und Großzügigkeit und Weisheit. O ja, ich habe dich geliebt — obwohl ich noch immer nicht weiß, warum du diesen letzten Entschluß gefaßt hast. Verdammt noch mal, wer ist diese Frau? Was hat sie dir angetan?« Tränen verschleierten seinen Blick. Wenn der weiße Mann behauptete, die Indianer hätten keine Gefühle, irrte er sich. Sie verbargen nur, was sie empfanden. »Immer werde ich dich lieben, Pa.«

Nur widerstrebend ging er zum Haus. Auf der Veranda war ein großes Buffet errichtet worden. Skylar hatte ihre Pflichten als Hausherrin und Gastgeberin untadelig erfüllt, das konnte er nicht bestreiten. Wie er von Willow wußte, hatte sie den ganzen Vormittag mit Megan in der Küche verbracht, Brot und Pasteten gebacken, die Arme bis zu den Ellbogen im Teig. Und dann hatte sie Blumen arrangiert, Geschirr und Tafelsilber und Gläser bereitgestellt und die Gäste begrüßt.

Nun stand sie mit Sloan Trelawny neben einem der Tische und hörte ihm lächelnd zu. Gewiß, Sloan war ein charmanter Bursche und ein Frauenheld. Das Blut eines Sioux-Häuptlings, das in seinen Adern floß, störte die weißen Damen nicht. Doch er ließ niemanden allzu nahe an sich heran und bevorzugte das Leben eines Einzelgängers. Seit dem Sezessionskrieg mied er sogar seine alten Freunde. Was immer geschehen war, blieb sein Geheimnis.

Aber nun flirtete er fröhlich mit Skylar. Natürlich würde er die Frau seines Freundes niemals anfassen. Obwohl Hawk das wußte, ärgerte er sich, denn sie schien Sloans

Gesellschaft zu genießen. Ihre Augen strahlten, ihr Gelächter klang echt.

Als Sloan ihr für einen Moment den Rücken zukehrte, trat Henry Pierpont an ihre Seite — ganz der würdevolle Anwalt in einem Nadelstreifenanzug mit gestärktem weißem Hemd. Während er seine Brille zurechtrückte, überreichte er ihr ein Kuvert. Verwundert runzelte sie die Stirn. Er gab eine Erklärung ab, und sie dankte ihm lächelnd. Den Umschlag in der Hand, schaute sie sich verstohlen um.

»Diese bebrillte kleine Ratte!« murmelte Hawk vor sich hin. »Was zum Teufel hat er ihr gegeben?«

Nun kehrte Sloan zu Skylar zurück und brachte ihr ein Glas Sherry. Strahlend schaute sie ihn an und ließ das Kuvert in der Tasche ihres Rocks verschwinden. Dann entschuldigte sie sich, eilte ins Haus, und Hawk beschloß ihr zu folgen.

Doch das war nicht so einfach. Immer wieder wurde er von Gästen aufgehalten, die ihm seinerseits ihr Beileid aussprachen, ihm andererseits zu seiner neuen Frau gratulierten. Als er den Salon endlich erreichte, sah er sie vor dem Kamin stehen, die Silberaugen voller Tränen.

»Skylar!«

Erschrocken drehte sie sich um und griff in ihre Tasche. Sie würde ihm wohl kaum freiwillig mitteilen, was der Umschlag enthielt. Also war es sinnlos, danach zu fragen.

»Was willst du?« flüsterte sie.

»Wir haben Gäste.«

»In der Tat . . .«

»Ist irgend etwas passiert?« erkundigte er sich höflich.

Mit zitternden Fingern strich sie über ihre Wange. »Nein. Warum?«

»Vorhin sah ich, wie Henry dir etwas gab.«

»Ach, das ... Ein Telegramm. Aber es stand nichts drin.«

»Wie sonderbar! Darf ich's sehen?«

»Soeben habe ich's verbrannt. Und jetzt muß ich nachsehen, ob noch genug Punsch für die Damen da ist.« Sie rannte an ihm vorbei. Offenbar fürchtete sie, er könnte sie zurückhalten. Aber er rührte sich nicht. Seine Zeit würde noch kommen.

11

Während sie auf der Terrasse zwischen den Gästen umherwanderte, beobachtete er sie unentwegt. Die Leute aßen und tranken, redeten über alte Zeiten, Politik und Indianer.

An dieser Konversation beteiligte sich Hawk nicht. Wenn indianische Regierungsagenten und amerikanische Soldaten zusammenkamen, konnten jederzeit gefährliche Meinungsverschiedenheiten entstehen. Auch an diesem Abend drohte so mancher Streit zu entbrennen. Aber Skylar besaß das erstaunliche Talent, immer im richtigen Augenblick dazwischenzutreten.

Schließlich verabschiedeten sich alle Gäste bis auf Willow und Sloan Trelawny. Hawk zog sich mit seinen alten Freunden in die Bibliothek zurück und bot ihnen Cognac an. An diesem Abend trank er weniger als sonst.

»Die Prärie beginnt zu sterben.« Nachdenklich ließ Sloan die braune Flüssigkeit in seinem Glas kreisen. »Wenn ich das den Leuten erkläre, verstehen sie's nicht. Aber du weißt doch, was ich meine, Hawk?«

»O ja. Vielleicht wird die Army letzen Endes nachgeben und den Sioux ihre letzten Jagdgründe überlassen. Immerhin gibt's genug Land ...«

»Es gibt nie genug Land. Übrigens, die Weißen wissen, daß die Indianer betrogen werden. In Washington rechnet man mit einem Skandal. Dein Freund Custer ...«

»Mein Freund?«

Grinsend zuckte Sloan die Achseln. Hawk und Custer

waren mehrmals aneinandergeraten, schon beim gemeinsamen Studium in West Point. Später hatten sie zusammen im Sezessionskrieg gekämpft und des öfteren unterschiedliche Ansichten vertreten. »Er ist ein sehr populärer Mann«, betonte Sloan.

»Und ein notorischer Angeber.«

»Ein Kriegsheld — und man munkelt sogar, er könnte fürs Präsidentenamt kandidieren. Neuerdings protestiert er lautstark gegen den Vorwurf, die hiesigen Indianerbehörden seien korrupt und eifrig bestrebt, sich mittels übler Machenschaften zu bereichern. Aber er behauptet auch, die Indianer würden betrogen.«

»Am liebsten würde er ihr Blut vergießen.«

»Nun, er ist Soldat, und er braucht einen Sieg — wie Crazy Horse ein Krieger ist, der einfach kämpfen *muß*.«

»Leider nicht für den Frieden.«

»Wenn du glaubst, du könntest Custer die Stimmung der ganzen Nation anlasten, irrst du dich, Hawk.«

»Oh, ich laste ihm nichts dergleichen an. Ich verüble ihm nur seine Methoden ...« Seufzend verstummte Hawk und schüttelte den Kopf.

George Armstrong Custer, von Freunden und Verwandten ›Autie‹ genannt, hatte seine albernen Streiche auf der Militärakademie in vollen Zügen genossen. Manchmal skalpierte er Eichhörnchen und legte sie aufs Kissen seines Kameraden Hawk, der seinen Indianerstolz hinunterschluckte. Aber er rächte sich, indem er Custer an seiner verwundbarsten Stelle traf, während eines Jagdausflugs zum besten Schützen avancierte und bei einem Pferderennen den Sieg davontrug. Aber Custer hatte auch seine guten Seiten. Zum Beispiel bedauerte er zutiefst, daß er gegen seine Mitbürger kämpfen mußte. In diesem Krieg kam es zum ersten ernsthaften Zusammenstoß zwischen den beiden wagemutigen Kavalleriekommandanten. Gelegentlich kreuzten sich ihre Wege — zum Beispiel an einem besonders ereignisreichen Tag. Custer ärgerte sich so maßlos über die Soldaten des Südstaaten-Colonels Mosby, die das Shenandoah Valley geplündert hatten, daß er einige hängen ließ. Darüber war Hawk entsetzt. Custer betonte, man führe Krieg gegen die Südstaatler, die ihn gegebenenfalls ebenso hängen würden. In aller Entschiedenheit verwarf Hawk dieses Argument. Nach seiner Meinung durften tapfere Männer, die für ihre Überzeugung kämpften, nicht so schmählich sterben. Custer empfahl ihm höhnisch, sein Sioux-Blut zu bezähmen und die Feinde nicht zu skalpieren.

Im Lauf der Jahre begegneten sie sich regelmäßig, und allmählich gewann Hawk den Eindruck, Custer wäre immer noch ein großer Junge und viel zu ehrgeizig. An seiner Courage gab es keinen Zweifel — nur an seiner Klugheit. Allerdings mußte man ihm zugute halten, daß er seinen Untergebenen nichts abverlangte, was ihnen mißhagte. Und obwohl er hartnäckig gegen die Indianer kämpfte und seine Frau Libby vergötterte, kursierte das Gerücht, er habe ein Kind von einer Cheyenne-Squaw. Angeblich war es an einer Krankheit gestorben.

Er steckte voller Widersprüche. So sehr er seine Frau auch liebte, munkelte man, sie müßte mit seinen Jagdhunden um einen Platz im Ehebett kämpfen.

Auf dem Schlachtfeld spielte das alles keine Rolle.

»Custer beunruhigt mich, weil er so eifrig nach Ruhmeslorbeeren strebt«, erklärte Hawk.

»Aber er könnte in politische Schwierigkeiten geraten«, bemerkte Sloan. »Bei einer Expedition in die Black Hills ließ er Präsident Grants Sohn wegen Trunkenheit festnehmen. Vielleicht war Custer im Recht. Auch in anderen Fällen legte er sich mit der Regierung an. Wenn der Feldzug gegen die Indianer ernsthaft beginnt, steht er womöglich ohne Kommando da.«

»Wie auch immer, Autie ist ein Held, und die Leute lieben ihn trotz seiner Fehler. Ich fürchte ihn und ich bange um ihn.«

»Könnte man denn Frieden schließen?« fragte Willow skeptisch. »Du wirst zwar mit Crazy Horse und Sitting Bull reden, Hawk. Aber es ist sinnlos.«

»Das weiß ich. Trotzdem reite ich mit Sloan zu den Sioux.«

Cougar-in-the-Night hob die Brauen. »Willst du dir gerade jetzt Zeit dafür nehmen?«

Hawk nickte. »Wenn sie jemandem zuhören, dann nur mir. Dies war meine Vision«, fügte er lächelnd hinzu. »Erinnerst du dich? Ich überbringe den Adlern die Botschaft der Büffel. Dazu fühle ich mich verpflichtet, denn sie müssen einander verstehen lernen und dann ihre Entscheidung treffen. Warum sollte ich deiner Meinung nach nicht hinreiten?«

»Bald müßten wir aufbrechen, spätestens in einer Woche.« Sloan zeigte mit seinem Cognacglas nach oben. »Wäre sie *meine* neue Frau, würde ich nicht verreisen.«

»Ach ja«, murmelte Hawk und prostete ihm zu. »Auf meine neue Frau!«

Auch Willow und Sloan hoben ihre Gläser. »Auf ihr Wohl!«

»Wenn ihr mich jetzt entschuldigen würdet . . .« Hawk stellte seinen Schwenker ab. »Sloan, falls du heute nacht von der Army Urlaub bekommst — beide Gästezimmer stehen dir zur Verfügung. Such dir eins aus. Gute Nacht, Willow, und ich danke deiner Frau für ihre Hilfe.«

»Oh, Lily hilft dir sehr gern«, versicherte Willow. »Gute Nacht, Hawk.«

»Sollte ich hierbleiben, müßte ich schon sehr früh aus den Federn kriechen und unseren Proviant besorgen«, erklärte Sloan. »Übrigens, du hast immer noch Zeit, dich anders zu besinnen, Hawk.«

»Nein, das habe ich nicht vor«, erwiderte Hawk, verließ die Bibliothek und ging ins Skylars Zimmer.

Sie schlief, die Kerzen waren herabgebrannt, die Flammen im Kamin fast erloschen.

Wegen der späten Stunde bezweifelte er, daß sie sich schlafend stellte. In dieser Nacht trug sie ein hellblaues, hochgeschlossenes Flanellhemd. Seufzend schüttelte er den Kopf. Mochte sie sich auch von Kopf bis Fuß verhüllen, er würde sich seine Wünsche erfüllen, wenn er es wollte. Wußte sie das noch immer nicht?

Leise öffnete er den Schrank, griff in die Rocktasche ihres Trauerkleids und zog den Umschlag hervor. Das Telegramm. Also hatte sie es doch nicht verbrannt. Würde ihm der Inhalt einen Hinweis auf die Geheimnisse geben, die seine Frau hütete? Aber die Worte waren rätselhaft. ›Probleme. Besitzt du einen legalen Titel? Kann nur mehr ein paar Wochen durchhalten. Hilf mir schnell. Ich bete für dich.‹

Keine Unterschrift ... Nachdenklich faltete er das Papier zusammen, steckte es ins Kuvert zurück und schob es in die Rocktasche. Dann schloß er den Schrank und kehrte zu seiner Frau zurück.

Im Schlaf sah sie wie ein Unschuldsengel aus. Lautlos zog er sich aus, legte seine Kleidung auf eine Truhe und kroch ins Bett. Diesmal wollte er Skylar in Ruhe lassen. Sie regte sich, und er spürte ihr Haar an seinem nackten Arm. Vorsichtig strich er es beiseite. Sein Herz begann schneller zu schlagen. Wenn er sie in Ruhe lassen wollte, hätte er sein eigenes Zimmer aufsuchen sollen. Er roch ihren verführerischen Duft — Rosenholzseife. Die Augen geschlossen, vergrub er das Gesicht in ihren seidigen Locken.

Immer schneller pochte sein Herz, und er hob Skylars Haar hoch, küßte ihr Ohrläppchen, ihren Hals. Sie erwachte nicht. Aber sie bewegte sich wieder und rückte näher zu ihm. Seine Hand glitt unter den Saum des Nachthemds, streichelte ihren Schenkel. Als seine Finger nach oben wanderten und ihre Brüste liebkosten, stöhnte sie und wand sich umher.

Von heißer Ungeduld getrieben, ergriff er ihre Hüften,

zog sie zu sich heran und drang in sie ein. Endlich blinzelte sie.

Hätte sie protestiert, wäre es zu spät gewesen. Doch sie wehrte sich nicht, und sie war auch nicht bei vollem Bewußtsein. Sonst hätte sie die sinnlichen Bewegungen, die ihn so erregten, wohl kaum fortgesetzt. Sie tastete nach seinen Händen, die ihre Schenkel festhielten.

Erst bei seinem heftigen Höhepunkt erwachte Skylar vollends. Seine Befriedung währte nicht lange. Enttäuscht drehte er sich auf den Rücken. »Tut mir leid, ich wollte dich nicht wecken. Doch ich glaube, das ist mir gar nicht gelungen.«

Ohne ihn anzuschauen, erwiderte sie: »Ich sagte bereits ...«

»Ja, ich weiß, du gibst mir nichts. Was immer ich haben möchte, muß ich mir nehmen. Sei bloß vorsichtig! Wenn ich entschlossen bin, kann ich mir sehr viel nehmen.«

»Gar nichts!«

Er spürte, wie sie ihr Nachthemd nach unten streifte. Warum brachte sie ihn immer wieder dazu, sich so unvernünftig zu verhalten?

Erbost packte er den Kragen ihres Hemds, das ihm so mißfiel, ignorierte ihren Schreckensschrei und zerriß es. Dann schleuderte er die Fetzen zu Boden.

»Verdammt!« fauchte sie. »Was hast du eigentlich gegen meine Garderobe?«

»So was gehört nicht ins Bett.«

»Aber es war ein Nachthemd.«

»Für eine Dorfschullehrerin. Nicht für eine Ehefrau.«

»Viele Ehefrauen tragen solche Hemden.«

»Meine nicht.« Nachdem sein Zorn verflogen war, kehrte er ihr beschämt den Rücken. Anderseits fand er seine Handlungsweise irgendwie gerechtfertigt. Mit ihrer Geheimnistuerei trieb sie ihn dazu.

Aber warum regte er sich so über ein harmloses Nachthemd auf? Weil es ihm wie eine Barriere erschien.

Und was stand sonst noch zwischen ihnen?

Probleme. Besitzt du einen legalen Titel? Kann nur mehr ein paar Wochen durchhalten. Hilf mir schnell. Ich bete für dich.

Sollte er sie zur Rede stellen? Nein, sie würde ihn belügen. Seufzend senkte er die Lider. Er brauchte seinen Schlaf.

Plötzlich riß er die Augen wieder auf, als Skylars Faust seinen Rücken traf, erstaunlich kraftvoll. »Bastard!« zischte sie.

Statt sich zu rächen, lächelte er. In dieser Nacht sollte sie das letzte Wort behalten. Es war nicht richtig gewesen, ihr Nachthemd zu zerreißen.

Nach dem Begräbnis seines Vaters war er sehr beschäftigt. Um nach Norden zu reiten und Crazy Horse zu suchen, mußte er die Ranch für fünf bis zehn Tage verlassen. Da er den Sioux zusammen mit Sloan und Willow Rinder und Geschenke bringen wollte, würden sie nur langsam vorankommen. Es widerstrebte ihm, seine mysteriöse Ehefrau zurückzulassen. Doch die schwierige politische Lage hatte Vorrang vor persönlichen Problemen. Außerdem würde Skylar nicht allein bleiben. Rabbit, Jack Logan und Meggie würden die neue Herrin im Auge behalten — und auch Henry Pierpont, sollte sie in irgendeiner Weise Hawks Erbe bedrohen.

Bisher schien sie nichts dergleichen zu planen. Doch das Telegramm ging ihm nicht aus dem Kopf.

Skylar erweckte den Eindruck, ihr Interesse würde ausschließlich Mayfair gelten. Tagsüber kümmerte sie sich vorbildlich um den Haushalt und ging ihm aus dem Weg. Oder er war es, der ihre Gesellschaft mied.

Und nachts ...

Inzwischen bereute er seinen Wutanfall, der ihn veranlaßt hatte, ihr Nachthemd zu zerreißen. Aber als er am nächsten Abend in ihr Bett kroch, stellte er erfreut und belustigt fest, daß sie nackt unter der Decke lag.

»Endlich nimmst du dir das Gelübde des Gehorsams zu Herzen.«

»Niemals werde ich dir gehorchen.«

»Das hast du doch getan.«

»Ich versuche nur, meine Garderobe zu schonen. Eigentlich müßte ich ja Schadenersatz verlangen.«

»Soll ich dir vielleicht neue Nachthemden kaufen?«

»Gib mir Geld, und ich ersetze sie lieber selber.«

»Ah! Aber du brauchst gar keine Nachthemden.« Gespannt wartete er. Wann würde sie ihn um das Geld bitten, das sie offensichtlich benötigte?

Hilf mir schnell. Das hatte in jenem Telegramm gestanden. War es eine Bitte um Geld?

»Du bist einfach unmöglich«, klagte sie.

»Eher ungeduldig. Komm her zu mir.«

»Wenn du etwas willst ...«

»Natürlich, ich weiß schon — dann muß ich's mir nehmen.«

»Bist du immer so hartnäckig?«

»Immer.«

Doch sie beharrte ebenso eigensinnig auf ihrem Standpunkt. Jede Nacht liebte er sie, und jede Nacht blieb sie passiv.

Seine Unzufriedenheit wuchs ebenso wie sein Unbehagen. Unentwegt mußte er an Skylar denken — wenn er Gehälter auszahlte, mit Willow über die Ländereien ritt oder die Rinder auswählte, die er Crazy Horse schenken wollte.

Um sich Skylars Einfluß zu entziehen, verbrachte er eine Nacht in seinem eigenen Zimmer. Aber das nutzte ihm nichts. Er fühlte sich genauso enttäuscht und unbefriedigt. Und sobald er sie verließ und nach Norden ritt, würde ihn die Sehnsucht noch schmerzlicher quälen. Davon durfte sie natürlich nichts wissen.

Am Abend vor der Abreise saß er in seinem Büro, versuchte sich auf einige Abrechnungen zu konzentrieren und überlegte in Wirklichkeit, ob es sehr leichtsinnig wäre, Skylar allein zu lassen.

Plötzlich klopfte es an der Tür, und Sandra steckte lächelnd den Kopf herein. »Darf ich dich stören?«

»Bitte.«

Als sie an den Schreibtisch trat, erlosch ihr Lächeln. »Ich muß dir etwas über deine Frau erzählen.«

»Oh?«

»Heute ist sie nach Gold Town geritten.«

»Was?« fragte er verwirrt.

Sandra nickte. »Vorher studierte sie die Landkarten in deiner Bibliothek. Es fiel ihr nicht schwer, ein Pferd zu satteln und sich davonzustehlen. Aber ich beobachtete sie und folgte ihr.«

Nachdenklich lehnte er sich zurück. Unter normalen Umständen hätte er Sandra verboten, ihrer Herrin nachzuspionieren. Aber die Umstände waren nicht normal. »Was tat sie denn?«

»Sie ging zu Henry Pierpont.«

»Ah . . .« Hatte Skylar herausgefunden, daß sie das Haus und einen Großteil des Grundbesitzes erben würde, wenn er um eine Annullierung ansuchte? »Und dann?«

»Nachdem sie das Telegrafenamt aufgesucht hatte, ritt sie zurück.«

»Danke«, murmelte er geistesabwesend und klopfte mit seiner Schreibfeder auf die Löschblattunterlage.

»Interessiert's dich, was sie mit Mr. Pierpont besprochen hat?«

»Das weißt du?«

»Nun, ich schlich zu einem offenen Fenster«, gestand Sandra lächelnd. »Sie erkundigte sich, ob sie ein eigenes Einkommen habe, und Mr. Pierpont erklärte, darüber müsse sie mit dir reden.«

»Guter alter Henry!« seufzte Hawk.

Im Grunde war es verständlich, daß Skylar etwas Geld

für ihre persönlichen Ausgaben benötigte. Aber er wollte herausfinden, warum sie so versessen darauf war. Offensichtlich hing es mit irgend jemandem im Osten zusammen. Mit einem Liebhaber? Wenn sie auch keine intime Beziehung eingegangen war, könnte sie doch verliebt gewesen sein.

Lächelnd nickte er Sandra zu. »Nochmals vielen Dank.«

»Sicher habe ich dir eine wichtige Information gegeben.«

»Vielleicht.«

»Ich werde ihr niemals erlauben, dir weh zu tun.«

»Sandra ...«

Zögernd hielt er inne. Er hatte sie in der Prärie gefunden, ein verwaistes Mädchen inmitten eines Sioux-Lagers. Alle anderen Bewohner waren während eines Crow-Überfalls getötet worden. Nur zu gern nahm sein Vater die Kleine auf, übertrug ihr einfache Haushaltspflichten und gab ihr Unterricht in Englisch und Geschichte. In ihren Adern floß das Blut weißer und womöglich auch orientalischer Vorfahren. Deshalb fand er, sie müsse die Unterschiede zwischen den Kulturen kennenlernen und später selbst entscheiden, welcher sie angehören wollte.

Von Anfang an hatte sie sich wohl in Mayfair gefühlt und war wie ein Familienmitglied herangewachsen. Dankbar erwiderte sie die Liebe, die David Douglas und sein Sohn ihr schenkten.

Aber nun fürchtete Hawk, ihre Zuneigung könnte in falsche Bahnen geraten. »Skylar ist meine Frau, und sie wird nicht ...«

»Aber du wolltest sie nicht. Dein Vater schickte sie zu dir, weil sie eine Weiße ist, und du darfst ihr nicht trauen.«

Das stimmte. Er mißtraute ihr — der Frau, die er unwissentlich und gegen seinen Willen geheiratet hatte, von der er besessen war. Irgendwie mußte er die Barriere nie-

te sie nur diese eine gräßliche Nacht ertragen und ihm das Geld entlocken, das sie brauchte. Dann würde er für eine Weile aus ihrem Leben verschwinden, und sie konnte sich in aller Ruhe auf den nächsten Kampf vorbereiten.

»Möchtest du etwas trinken?« Gemächlich schlenderte er zu einem Sideboard und ergriff eine Karaffe.

»Wenn du mit mir anstößt ...«, entgegnete sie in sanftem, verlockendem Ton.

»Sehr gern. Feiern wir deinen Besuch, der mir eine außerordentliche Freude bereitet.«

»Oh, du freust dich kein bißchen. Wenn du mich wirklich hättest sehen wollen, wärst du sicher zu mir gekommen.«

Während er etwas Cognac in zwei Schwenker goß, warf er ihr einen kurzen Blick zu. »Da hast du wahrscheinlich recht«, stimmte er zu und reichte ihr ein Glas. »Trotzdem genieße ich deine Gesellschaft — ganz besonders in meinem Zimmer.«

Skylar nippte an dem feurigen Getränk, das sie angenehm erwärmte.

»Also stört dich meine Abreise«, bemerkte Hawk. »Warum?«

Die unvermittelte Frage verwirrte sie. »Oh — ich ...«

»Fürchtest du dich plötzlich, nachdem du allein und schutzlos ins Indianerland gefahren bist?«

»Nein ...« Unsicher wandte sie sich ab, stellte das Glas auf das Sideboard und strich über die kostbare Kristallkaraffe. »Vielleicht erkenne ich erst jetzt die Gefahren, die hier lauern. Die Army Forts liegen viel weiter entfernt, als ich dachte.«

»Eine Kompanie sorgt in der Umgebung von Gold Town für Ruhe und Ordnung.«

»Das erleichtert mich natürlich. Aber wenn du weg bist ...«

»Ja?« Jetzt stand er wieder hinter ihr, stellte sein eigenes Glas ab, und sie sah, daß er kaum etwas getrunken hatte.

Er schenkte ihr noch etwas ein und drückte den Schwenker in ihre Hand.

»Nun, soviel ich gehört habe, wirst du in feindliches Gebiet reiten. Und das beunruhigt mich.« Hastig leerte sie ihr Glas, um sich Mut zu machen.

»Oh, du hast Angst um mich?« Er nahm ihr den Schwenker aus der Hand, dann spürte sie seine Hände auf ihren Schultern.

»Das ist doch verständlich.«

»Vor nicht allzu langer Zeit wolltest du mich in Stücke reißen«, erinnerte er sie und drehte sie zu sich herum.

»Im Zorn sagt man manchmal Dinge, die man nicht ernst meint.«

»Also machst du dir tatsächlich Sorgen um mich?« fragte er lächelnd.

»Ja. Und ich wollte dich nicht gehen lassen — während diese Feindschaft zwischen uns herrscht.«

Sanft streichelte er ihre Arme. »Hast du mich gestern nacht vermißt?«

»Oh, ich — ich ...«, stammelte sie. Ihr Atem stockte, als er ihre Brüste berührte, und ein wildes Feuer schien in ihren Adern zu lodern. Sie war hierhergekommen, um ihn zu verführen. Und plötzlich hatten sie die Rollen getauscht.

»Nun? Hast du mich vermißt?«

»Ja«, hauchte sie. »Und ich werde dich auch dann vermissen. Wenn du mich verlassen mußt ...«

»Sprich doch weiter.«

»Könntest du irgend etwas arrangieren, damit ich unabhängiger vom Haushalt wäre?«

Er streifte das Seidenhemd von ihren Schultern, dann glitt es über ihre Brüste und Hüften nach unten. Leise raschelnd fiel es zu Boden. Hawks Hände umfaßten ihre Brüste, liebkosten die harten Knospen. »Natürlich, meine Liebe. Eine so schöne, reizvolle Frau hat nun mal ihren Preis, und ich bezahle ihn gern.« Er streichelte ihre Hüften, ihren Venusberg, preßte seine Lippen auf ihre Schulter.

Überwältigt von diesen erotischen Liebkosungen, schloß sie die Augen. Sie hatte gelobt, ihm nichts zu geben und dieses Versprechen gehalten.

Aber in dieser Nacht mußte sie eine Mission erfüllen. Darüber freute sie sich plötzlich, denn nun fand sie eine Gelegenheit, die heiß ersehnten Emotionen zu empfinden und ihrem Mann vielleicht sogar etwas zu geben.

Er küßte sie voller Leidenschaft, seine Zunge erforschte hungrig ihren Mund. Ungeduldig riß er sein Hemd auf und preßte sie an seine nackte Brust. Skylar stellte sich auf die Zehenspitzen. Erst zögernd, dann immer kühner ließ sie ihre Lippen über seinen Hals wandern und spürte, wie sie ihn erregte.

Als er aus seinem Hemd geschlüpft war, glitt ihre Zungenspitze über seine bronzebraunen Schultern. Doch er grub seine Finger in ihr Haar, und ihre Lippen fanden sich wieder. Mit seiner freien Hand öffnete er seine Gürtelschnalle und zerrte die Hose nach unten, ohne den Kuß zu unterbrechen.

Atemlos und zitternd befreite Skylar ihren Mund und küßte die muskulöse Brust ihres Mannes und fühlte, wie er erschauerte. Sie genoß ihre erotische Macht, das süße Vergnügen, seinen Körper zu erkunden, seine vollkommene Männlichkeit. In ihrem Blut schien ein wildes Feuer zu lodern.

Alle Gedanken wurden von einer unkontrollierbaren Begierde verdrängt. Nachdem sie ihre letzten Hemmungen verloren hatte, rieb sie sich aufreizend an seiner warmen Haut, streichelte seine Hüften, das dunkle Kraushaar unter seinem Bauch. Dann liebkoste sie ihn an seiner Intimstelle, spürte sein heftiges Zittern, seinen rasenden Puls.

Er hob sie hoch, legte sie aufs Bett und schob ihre Schenkel auseinander. Die Augen geschlossen, erwartete sie die Vereinigung. Statt dessen strich sein Haar über ihre Innenschenkel, seine Finger begannen ihre Weiblichkeit zu entdecken.

In süßen Qualen gefangen, wand sie sich umher. Allmählich wuchs die Leidenschaft, bis der lustvolle Höhepunkt ihren ganzen Körper erschütterte.

Erst jetzt verschmolz er mit ihr. Reglos lag sie da, konnte nicht fassen, daß ein neues Entzücken ihre Adern durchströmte, ein noch heftigeres Verlangen weckte, die verzweifelte Sehnsucht, den Gipfel ein zweites Mal zu erreichen, wo Sterne zu bersten schienen ...

Hawks Höhepunkt ließ sie in schwindelnde Ekstase geraten. Stöhnend und schluchzend grub sie ihre Fingernägel in seinen Rücken, glaubte in gleißendem Licht zu schweben — bis sie in graue Schatten hinabsank.

Später schmiegten sie sich atemlos aneinander. Die Kerzen waren erloschen.

Noch immer im Bann ihres Gefühlsrausches, wünschte Skylar, die Nacht möge niemals enden und würde sie für alle Zeiten in den warmen Kokon dieses Glücks einhüllen.

Plötzlich richtete Hawk sich auf. »Wieviel Geld willst du?«

»Was?«

»Ich nehme an, du wirst eine ganze Menge für diese atemberaubende, perfekte Darbietung verlangen.«

Entsetzt starrte sie ihn an, und der süße Kokon schien wie Glas zu zerbrechen.

»Die Summe interessiert mich natürlich. Ich bin kein armer Mann, aber ich frage mich, wie oft ich mir einen so wundervollen Abend leisten kann.«

Voller Angst, ihre Tränen könnten das Gefühl tiefster Demütigung verraten, schloß sie die Augen und staunte über das Ausmaß des Schmerzes, der ihr Herz erfüllte.

Doch dieser Kummer wurde sehr schnell von heller Wut besiegt. Als sie aus dem Bett springen wollte, ergriff

Hawk ihren Arm und hielt sie eisern fest. »Willst du nackt durch den Flur laufen?«

»Oh, du Bastard ...«

»Du bist zu mir gekommen, weil du Geld brauchst. Gib's endlich zu!«

»Ja!« schrie sie.

»Wieviel, verdammt noch mal? Wie hoch schätzt du deinen Wert ein?«

»Großer Gott, hast du deine erste Frau auch so behandelt? Vermutlich ist sie dir davongelaufen und auf der Flucht gestorben.« Der kalte Glanz in seinen Augen erschreckte sie. Sekundenlang dachte sie, er würde sie schlagen. Aber er schaute sie nur abwartend an. »Ich — ich verstehe dich nicht«, würgte sie hervor und konnte ihre Tränen kaum noch zurückhalten. »Was für ein Mensch bist du nur? Kein Mann läßt seine Frau allein und mittellos zurück.«

»Hab' ich dich nicht gefragt, wieviel du willst?«

»Etwa hundert Dollar«, erwiderte sie vorsichtig.

»In der Tat, Lady Douglas, du hältst sehr viel von deinen Reizen.«

Sie ignorierte seinen Spott. »Nun, du möchtest doch wissen, wieviel ich brauche.«

»Wofür?«

»Für — meine Schwester«, gestand Skylar stockend.

»Deine Schwester?« Erstaunt hob Hawk die Brauen.

»Ja. Ich will sie hierherholen. Und deshalb muß ich ihr das Reisegeld schicken.«

»Also hast du eine Schwester. Älter oder jünger als du? Wie heißt sie?«

»Sabrina ist zwei Jahre jünger.«

»Und deine restliche Familie?«

»Meine Eltern sind tot.« Unbehaglich wich sie seinem prüfenden Blick aus. »Bitte — es ist sehr wichtig für mich. Ich muß sie zu mir holen.«

»Hundert Dollar? Soviel kostet die Reise nicht.«

»Wir — wir müssen noch einige Schulden begleichen. Glaub mir, Sabrina wird dir nicht zur Last fallen.«

»Das befürchte ich auch gar nicht. Aber es fällt mir nur schwer, dich zu verstehen. Du hättest dir diesen Abend ersparen und mir einfach sagen können, was du willst.«

»Oh, du meinst ...«

»Morgen früh schicke ich deiner Schwester das Geld.«

»Darum brauchst du dich nicht zu kümmern. Gib mir die nötigen Vollmachten, dann wird sich deine Reise nicht verzögern.«

»Nein, ich möchte es lieber selbst arrangieren. Eigentlich müßtest du begreifen, daß ich dir nicht über den Weg traue.« Skylar versuchte zu protestieren, aber er ließ sie nicht zu Wort kommen. »Außerdem stelle ich dir eine angemessene Summe für deine persönlichen Ausgaben zur Verfügung.«

»Um ehrlich zu sein — ich will dein Geld nicht«, erwiderte sie verlegen. »Ich brauche es nur.«

»Gewiß, Frauen brauchen immer Geld.«

»Nicht unbedingt. Und ich würde nichts von dir annehmen ...«

»Wenn du's nicht verdient hättest?«

»Hab' ich's denn verdient?« fauchte sie.

»Zumindest eine Anzahlung.«

Mühsam bezwang sie ihren Zorn. Noch war Sabrina nicht hier. »Wenn du meiner Schwester das Geld geschickt hast, werde ich nichts mehr verlangen. Hier im Haus habe ich alles, was ich benötige.«

»Und sobald ich verschwunden bin, wirst du dich sehr wohl auf Mayfair fühlen.«

»Unsinn, ich habe nicht gesagt ...«

»Das wäre auch überflüssig.« Abrupt sprang er aus dem Bett, ergriff das seidene Nachthemd, das am Boden lag, und gab es ihr. »Du solltest dich anziehen, bevor du in dein Zimmer zurückkehrst.« Während sie aufstand und gehorchte, schlüpfte er in seine Hose. »Jetzt kannst du gehen. Du hast dein Ziel erreicht.«

Brennend stieg ihr das Blut in die Wangen. »Wie kannst du nur so grausam sein!«

»Und warum steckst du voller Rätsel?«

»Für mich bist du ein Fremder ...«

»... den du geheiratet hast, um Mayfair an dich zu reißen.«

»Was mir mißlungen ist!« zischte sie. »Nur gut, daß du morgen verreisen wirst! In deiner Abwesenheit kann ich wenigstens die Freuden einer Hausherrin genießen.«

Lachend schüttelte er den Kopf. »Darauf mußt du leider verzichten, denn du wirst mich begleiten.«

Fassungslos starrte sie ihn an. »Aber — du reitest doch in das Indianergebiet, zu den Sioux.«

»Allerdings. Ich bin nicht nur Lord Douglas, sondern auch ein Sioux. Und du bist ebenso Thunder Hawks Frau wie Lady Douglas. Nachdem du ein paar Tage auf Mayfair verbracht hast, wirst du die andere Hälfte deines Ehelebens kennenlernen.«

»O Gott, ich ...«

»Geh jetzt schlafen«, unterbrach er sie, legte die Hände auf ihre Schultern und schob sie zur Tür. »Morgen früh müssen wir zeitig aufbrechen.«

»Ich würde lieber hierbleiben ...«

»Das weiß ich.«

»Jetzt bist du schon wieder grausam.«

»Keineswegs. Aber ich kann dich leider nicht auf Mayfair zurücklassen, weil ich dir mißtraue.«

»Dazu hast du keinen Grund.«

»Skylar, mein Entschluß steht fest.«

Wütend stampfte sie mit ihrem nackten Fuß auf den Boden. »Und wenn ich mich weigere, dich zu begleiten?«

»Fürchtest du dich vor den Indianern?«

»Zumindest lege ich keinen Wert auf ihre Gesellschaft.«

»Aber du bist mit einem Indianer verheiratet. Geh endlich ins Bett. Wenn das Geld morgen früh abgeschickt werden soll, mußt du sehr zeitig aus den Federn kriechen.«

»Versuchst du mich zu bestechen?«

»Das habe ich gar nicht nötig.«

»Also gut«, stieß sie zwischen zusammengebissenen Zähnen hervor. »Wohl oder übel muß ich in die Wildnis reiten — mit einem Wilden!«

»Heute abend warst du auch ziemlich wild«, bemerkte er lächelnd.

Erbost versuchte sie, nach seinem Schienbein zu treten, doch er wich ihr blitzschnell aus.

»Verdammter Schuft!« kreischte sie, rannte aus dem Zimmer und schlug krachend die Tür hinter sich zu.

13

Alles in bester Ordnung, dachte sie. Trotz der wenig verlockenden Aussicht, mit Hawk in ein völlig unzivilisiertes Land zu reiten ... Zum erstenmal seit ihrer Ankunft in Dakota durfte sie auf einen erholsamen Schlaf hoffen.

Morgen früh wollte Hawk das Geld telegrafisch abschicken. Jimmy Pike würde es in seinem Gasthaus entgegennehmen und Sabrina verständigen. Dann konnte auch sie endlich in Freiheit leben.

Vielleicht war es dieser Gedanke, der die Vergangenheit in Skylars Träume zurückholte.

Dillman. Unverändert. Nach so vielen Jahren. Groß und imposant, in einem eleganten dunklen Anzug. Jede Woche verbrachte er mehrere Stunden in seinem Club, wo er boxte, focht und Schießübungen absolvierte. Und er war ein erfolgreicher Politiker.

Als Kind wußte Skylar nur, daß er ihren Vater getötet

hatte. Aber während sie in dem Haus heranwuchs, das nun ihm gehörte, erkannte sie seine Beweggründe.

Er hatte den Besitz ihres Vaters gesehen — nicht nur die materiellen Güter, sondern auch das Heim, die Familie, die exklusive Position in der Gesellschaft von Baltimore.

Nach dem Mord an seinem Freund eroberte er dessen Frau Jill, die Enkelin eines Freiheitskriegshelden, und eignete sich alles an, was dem Toten gehört hatte — Reichtum, Macht und Prestige. Skylar und Sabrina bewegten sich in den richtigen Kreisen, besuchten Bälle und Partys. Durch diese gesellschaftlichen Pflichten wurde die Spannung im Haus ein wenig gelockert.

Skylar hatte viele liebenswerte Verehrer, war aber froh, daß man sie nicht zur Heirat drängte. Die meisten jungen Männer mußten im Sezessionskrieg kämpfen. Und Dillman war nicht bereit, die Stieftöchter zu vermählen, da ihm seine Familie eine attraktive politische Bühne bot.

Aber Jills Tod änderte sie Situation. Skylar litt unter dem schmerzlichen Verlust, doch sie sah auch die Chance, ihre Freiheit zu gewinnen, ebenso wie Sabrina. In all den Jahren war sie nur der Mutter zuliebe daheim geblieben, obwohl Jill den teuflischen Charakter ihres Mannes nicht erkannt hatte.

Manchmal haßte Skylar ihre Mutter, die sich weigerte, die Wahrheit zu erkennen. Doch sie wußte, daß Jill nach Richard Connors Ermordung eine Schulter gebraucht hatte, an die sie sich lehnen konnte. In ihrer Verzweiflung wollte und mußte sie an Brad Dillman glauben. Und er spielte seine Rolle ausgezeichnet. Er tröstete sie in ihrem Kummer, nahm ihr alle Pflichten ab — sogar die Sorge um das Kind, das seine Güte ignorierte und eine schreckliche Anklage gegen ihn vorbrachte. Glaubhaft redete er seiner Frau ein, nur die Liebe Skylars zu ihrem verstorbenen Vater würde diese grausigen Fantasien heraufbeschwören. Deshalb könne sie den Stiefvater nicht akzeptieren.

Nicht nur aus Liebe zur Mutter harrte sie im Elternhaus

aus. Dillman schüchterte sie im Lauf der Jahre immer wieder mit versteckten Drohungen ein und betonte, an welch dünnem seidenen Faden ihr Leben hänge.

Und dann starb Jill. An jenem Tag traf Skylar ihren Stiefvater auf der Treppe und verkündete: »Jetzt bin ich endlich frei. Ich gehe, und ich überlasse es den Anwälten, die Vermögenslage zu klären.«

»Die Vermögenslage? Glaubst du, darum hätte ich mich in all den Jahren nicht gekümmert? Seit dem Tod deines Vaters verwalte ich sein Erbe und entscheide alle rechtlichen Angelegenheiten. Wenn du dieses Haus verläßt, bekommst du gar nichts.«

»Sicher hat Mutter für Sabrina und mich gesorgt.«

»Nun, vielleicht hat sie euch nichts vermacht, weil sie wußte, ich würde euren Lebensunterhalt bestreiten.«

»Nicht einmal das kann mich aufhalten. Ich brauche nur genug Geld, um mich möglichst weit von dir zu entfernen. Und ich nehme meine Schwester mit.«

»Kleine Närrin! Bildest du dir ein, das wäre so einfach? Sabrina ist noch nicht volljährig, also bleibt sie hier. Und wir werden weiterhin als glückliche Familie auftreten. Der US-Senator und seine beiden schönen Töchter — das gefällt meinen Wählern. Weil wir eine Familie sind, verstehen wir die Probleme aller Familien in diesen schweren Zeiten. Und du wirst meine Karriere nicht gefährden, die ich mir so mühsam aufgebaut habe ...«

»Deine Karriere, für die du sogar einen Mord begangen hast?«

Nur wenige Schritte von ihr entfernt, stand er auf der Treppe, immer noch ein attraktiver, faszinierender Mann, dessen Charme seine schwarze, grausame Seele mühelos verdeckte. Er war stets ein strenger Stiefvater gewesen und genoß es, seine Stieftöchter zu bestrafen, wenn sie ihm nicht gehorchten.

Aber obwohl Skylar wußte, wie gern er sie quälte, traf sie der harte, kraftvolle Schlag völlig unvorbereitet. Der

Fausthieb, auf ihre Schläfe gezielt, warf sie zu Boden. Sekundenlang raubte ihr der Schmerz die Besinnung.

Als sie zu sich kam, starrte er sie mit schmalen Augen an. »Seit zehn Jahren muß ich mich über dich und deine albernen Beschuldigungen ärgern. Nun hab' ich's satt. Wenn du dich ordentlich benimmst, den Mund hältst und meine Wünsche erfüllst, bleibt alles beim alten. Wenn nicht, töte ich dich. Solltest du irgend jemandem erzählen, ich sei eine Gefahr für dich und deine Schwester, wirst du im Irrenhaus landen. Unentwegt kämpfst du gegen mich. Und was erreichst du damit? Wer zum Teufel glaubt dir? Mich kannst du nicht besiegen. Gib's endlich auf! Denn ich werde gewinnen — mit allen Mitteln.«

»Wirst du mich umbringen?«

»Ja — falls mir nichts anderes übrigbleibt. Aber es wäre bedauerlich. Du bist so ein hübsches Mädchen, du hast mir schon immer gefallen. Aber ich bin ein kluger Mann — und sehr vorsichtig. Solange deine Mutter am Leben war, habe ich weder dich noch Sabrina angefaßt. Nun hat sich die Situation geändert. Wenn ich auch um Jill trauere — eine Frau wie du könnte meinen Gram lindern.«

»Lieber sterbe ich!« fauchte sie angewidert.

Lachend neigte er sich zu ihr hinab und legte eine Hand um ihren Hals. »Es wäre doch verrückt, dich zu töten, ohne vorher deine Reize zu erforschen.«

»Du Bastard ...«

»Wie leicht könnte ich dir jetzt die Kehle zudrücken! Du bist mir wehrlos ausgeliefert, und ich mache mit dir, was ich will. Solltest du mich in aller Öffentlichkeit anklagen, lasse ich dich in eine Irrenanstalt einweisen. Dann sitzt du hinter Schloß und Riegel. Weißt du, wie's in solchen Häusern zugeht, inmitten dieser armen Wahnsinnigen? In schmutzigen Zellen vegetieren sie dahin, und statt sie zu waschen, spritzt man sie einfach mit Wasserschläuchen ab. Natürlich wird dein liebevoller Stiefvater dich regelmäßig besuchen und sich stundenlang mit dir vergnügen. Niemand würde dein Geschrei beachten.«

»Elender Schurke! Und wenn ich aus dem Irrenhaus fliehe?«

»Dann hätte ich immer noch Sabrina. Und da ich ihr Vormund bin, müßte sie schon ans Ende der Welt laufen, um sich meiner Macht zu entziehen. Auch dir würde ich folgen, bis zur Hölle.«

Plötzlich sah sie ihre Schwester hinter ihm stehen. Als Sabrina versuchte, ihn von ihr wegzuzerren, lachte er wieder und drehte sich zu ihr um.

Entschlossen sprang Skylar auf und warf sich gegen ihn ...

In ihrem Traum erlebte sie die Szene noch einmal; sie sah Dillman stürzen, hörte seinen gellenden Hilferuf, die Stimme ihrer Schwester.

»O Gott, du mußt fliehen! Wenn er überlebt, bringt er dich ins Gefängnis — oder sogar an den Galgen ...«

»Ich kann dich nicht allein lassen ...«

»Skylar, ich flehe dich an, lauf weg! Wenn wir gemeinsam flüchten, würden wir Aufmerksamkeit erregen. Außerdem hat Brad mich in der Hand. Er ist immer noch mein Vormund. Vorerst bin ich in diesem Haus sicher. Er wird mich nicht mißhandeln. Bitte, geh und versuch ein neues Leben für uns beide aufzubauen — weit weg von hier!«

»Niemals werde ich dich diesem Bastard ausliefern.«

»Töten wir ihn doch!«

»Nein, wir dürfen nicht so werden wie er.«

»Dann mußt du verschwinden. Begreif doch — er ist nicht mehr fähig, mir irgendwas anzutun.«

»Also gut. Ich melde mich so schnell wie möglich. Am besten verständige ich Jimmy Pike. Wende dich an ihn! Er ist unser einziger Freund.«

»Beeil dich! Wenn Brad das Bewußtsein wiedererlangt, läßt er dich womöglich verhaften ...«

Die Worte erstarben. Tiefes Dunkel — Hände, die sie packten. Sie hörte sein Gelächter und fühlte, wie sie stürzte und nach Atem rang ...

Eine Tür flog auf.

»Skylar!« Mühsam kämpfte sie sich durch die Nebel ihres Schlafs. Irgend jemand hielt sie fest, schreiend öffnete sie die Augen. »Skylar!«

O Gott, Hawk ... Sie zitterte am ganzen Körper, und er zog sie an sich.

»Alles in Ordnung«, sagte er zu den schemenhaften Gestalten auf der Schwelle, »sie hat nur geträumt.«

Die Schatten verschwanden, die Tür wurde geschlossen. Krampfhaft rang Skylar nach Luft und bekämpfte das Nachwirken des realistischen Traums, der sie in die Vergangenheit zurückgeführt hatte. Dann preßte sie die Lippen zusammen und wappnete sich gegen Hawks Fragen.

Doch darauf wartete sie vorerst vergeblich. Besänftigend streichelte er ihr Haar. »Ich glaube, dein Geschrei hat das ganze Haus aufgeweckt.«

»Tut mir leid.«

»Schon gut. Das klang beinahe so, als würde ich dich skalpieren. Hast du solche Angst vor den Black Hills?«

Offenbar glaubte er, sie hätte von einem Indianerangriff geträumt. »Nein, natürlich nicht.«

»Warum hast du dann geschrien?« Er hob Skylars Kinn hoch. Im Widerschein des Kaminfeuers betrachtete er prüfend ihr Gesicht.

»Ach, es war einfach nur ein Alptraum — von irgendwelchen Ungeheuern ...« Sie versuchte in seinen Augen zu lesen, aber sie verrieten ihr nichts, sie waren so dunkel wie die nächtliche Finsternis. Trotzdem gab er ihr ein sonderbares Gefühl der Sicherheit.

»Auch wenn du keine Angst hast — es widerstrebt dir, mich zu begleiten, nicht wahr?«

»Nun, ich bemühe mich, die Pflichten einer gehorsamen Ehefrau zu erfüllen. Und wenn du mich in die Wildnis mitnehmen willst, bin ich bereit.«

»Zumindest bis ich deiner Schwester das Geld geschickt habe.« Ehe sie protestieren konnte, drückte er sie lachend an sich. »Jetzt mußt du schlafen, Skylar. In wenigen Stunden reisen wir ab. Vielleicht würdest du Ruhe finden, wenn du mir deinen Traum erzählst?«

»Ich sagte doch ...«

»Ja — irgendwelche Ungeheuer. Erstaunlich! Fast alles kann ich dir entlocken, nur nicht die Wahrheit.«

»Du würdest sie nicht glauben.«

»Erzählst du mir deinen Traum?«

»Den habe ich vergessen.«

In seinem Blick lag eine seltsame Enttäuschung. »Welche Dämonen dich auch bedrohen — ich werde dich beschützen.«

War es der zärtliche Klang seiner Stimme, der ihre nächsten Worte erzwang? »Ich trage keine Schuld am Tod deines Vaters. Das schwöre ich dir.«

Seufzend strich er ihr das Haar aus der Stirn. »Wenn du jetzt nicht zu schlafen versuchst, wirst du's morgen bereuen.«

»Glaubst du mir?«

»Ich weiß nicht, ob ich dir glauben will.«

»Warum nicht?«

Er zögerte. »Womöglich müßte ich mich für den Überfall auf die Postkutsche entschuldigen.«

Lächelnd schloß sie die Augen. »Allerdings.«

»Vielleicht auch nicht. Du bist immerhin hierhergekommen, um mir mein Eigentum abzuluchsen.«

»Ist mir das gelungen?«

»Du würdest staunen ... Schlaf jetzt, ich bleibe bei dir.« Er streckte sich neben ihr aus.

Die Wange an seine Brust geschmiegt, sank sie in tiefen, traumlosen Schlummer.

Vor Tagesanbruch wurde sie unsanft geweckt. Hawk riß die Decke von ihrem Körper und rief: »Aufstehen, Lady Douglas! In einer halben Stunde geht's los.«

Stöhnend griff sie nach der Decke und zog sie über ihren Kopf. Doch das nützte nichts, denn Hawk nahm sie ihr wieder weg. »Nein, ich kann nicht!« jammerte sie. »Du mußt ohne mich zu deinen Sioux reiten.«

Als er ihr einen kräftigen Klaps aufs Hinterteil gab, starrte sie ihn empört an. Er war in dunkelbraunes Wildleder gekleidet, mit Fransen an der Jacke und den Stiefeln. Normalerweise band er sein Haar im Nacken zusammen. Jetzt hing es lose auf seine Schultern herab.

»Lady Douglas, dein Maultier wartet.«

»Maultier?« wiederholte sie entgeistert.

»Also, in einer halben Stunde. Ich habe eine Tasse Kaffee neben deinen Wasserkrug gestellt. Beeil dich!«

»Ein Maultier! Falls du das ernst meinst, lasse ich's lieber warten.«

»Wie ich bereits sagte, du hast noch eine halbe Stunde Zeit. Das Maultier ist vielleicht geduldig, ich bin's nicht.«

Nachdem er das Zimmer verlassen hatte, stand sie hastig auf und wusch sich. Dann wählte sie eine Reisegarderobe aus, die ihr für einen Ritt in die Wildnis geeignet erschien — ein Baumwollhemd, einen Unterrock, ein Kattunkleid und ein Paar derbe Reitstiefel. Tagsüber schien die Sonne, aber nachts kühlte die Luft beträchtlich ab. Deshalb beschloß sie, einen wollenen Umhang mit Kapuze mitzunehmen, außerdem eine Decke, in die sie ein zweites Kleid und Unterwäsche wickelte.

Wenige Minuten vor dem Ende der Frist, die Hawk ihr gesetzt hatte, rannte sie die Treppe hinab. Meggie stand neben der Eingangstür und schüttelte betrübt den Kopf. »In aller Herrgottsfrühe loszureiten! Ohne Frühstück!« Vorwurfsvoll wandte sie sich an den Hausherrn, der von der Veranda hereinkam, eine leere Kaffeetasse in der

Hand. »Lord Douglas, Sie haben mir nicht einmal erlaubt, das Mädchen ordentlich zu füttern.«

»Sie wird schon nicht verhungern, Meggie. Nur keine Bange. Ich habe Ihre köstlichen Biskuits eingepackt.« Liebevoll tätschelte er ihre Wange und reichte ihr die leere Tasse. »Halten Sie in meiner Abwesenheit die Stellung. Heute gibt Skylar ihrer Schwester Bescheid, daß sie aus Baltimore hierherkommen soll. Wahrscheinlich wird sie die weite Reise nach Westen nicht vor unserer Rückkehr schaffen. Aber da Skylars Blut in ihren Adern fließt, ist alles möglich. Nicht wahr, meine Liebe?« Grinsend zwinkerte er seiner Frau zu, die ihn ignorierte.

»Meggie, meine Schwester heißt Sabrina Connor. Wenn die Zugverbindungen günstig sind und wenn sie nicht allzulange auf die Postkutsche warten muß, müßte sie in etwa einer Woche hier eintreffen.«

»Du hast aber zwei Wochen gebraucht«, bemerkte Hawk.

»Weil ich unterwegs noch einiges erledigen mußte.«

»Was denn?«

»Persönliche Angelegenheiten.«

»Hm ... Irgendwann wirst du meine Fragen beantworten, Skylar.«

»Vielleicht.«

Ohne die Spannung zwischen den Eheleuten wahrzunehmen, runzelte Meggie besorgt die Stirn. »Die Postkutsche, die von der Bahnlinie nach Norden fährt, hält nachts bei einem Gasthaus an der Straße. Dann bringt sie die Passagiere nach Gold Town.«

»Dort wird sich Henry um Sabrina kümmern«, versprach Hawk. »Heute morgen rede ich mit ihm. Er soll sie im Miner's Well einquartieren, da kann sie bleiben, bis er sie hierherbringen läßt.«

Meggie nickte. »Sagen Sie ihm, er soll gut auf die junge Dame aufpassen.«

»Natürlich — und nun wollen wir endlich losreiten.«

Lächelnd nickte er Meggie zu und führte Skylar die Verandastufen herab.

Sloan, ebenfalls in Wildleder gekleidet, saß bereits auf einem großen Braunen, und Willow stand neben ihm. Auf dem Rasen vor dem Haus grasten zehn Rinder, die nach Norden getrieben werden sollten, und ein bepacktes Maultier.

Wolf rannte zu Skylar, und sie streichelte seinen Kopf.

»Für dich habe ich den Rotschimmel Nutmeg ausgesucht«, sagte Hawk. »Das ist doch der Wallach, auf dem du hinter meinem Rücken in die Stadt geritten bist.«

»Nicht hinter deinem Rücken.«

»Aber ohne meine Erlaubnis.«

»Oh, hätte ich um Erlaubnis bitten müssen? Eigentlich dachte ich, dafür wäre ich schon zu alt.«

»Darüber könnte man streiten.«

»Guten Morgen, Lady Douglas!« rief Sloan, und Willow hob grüßend eine Hand.

»Hoffentlich mache ich Ihnen keine allzu großen Unannehmlichkeiten«, erwiderte sie lächelnd, während Hawk sie auf den Rotschimmel hob.

»Keineswegs«, beteuerte Sloan. »In den Black Hills wird's Ihnen gefallen. Genießen wir den Frieden dieser Landschaft, solange er noch existiert.«

Was er damit meinte, wußte sie nicht. Doch er hatte sich bereits abgewandt und winkte der Haushälterin zu. »Auf Wiedersehen, Meggie! Vielen Dank für den Kaffee!«

Mit unglücklichem Gesichtsausdruck eilte sie die Treppe hinab. »Lord Douglas ...«

»Ja, Meggie, ich nehme meine Frau mit, und davon können Sie mich nicht abbringen. Bald kommen wir zurück.« Hawk schwang sich in seinen Sattel, pfiff nach Wolf und lenkte den Hengst um die kleine Herde herum. Mit Willows Hilfe setzte er sie in Bewegung.

Skylar ritt an Sloans Seite hinter den Tieren, sie drehte sich nochmal um und rief Meggie einen Abschiedsgruß zu.

»Wie haben Sie das vorhin gemeint, Sloan?«

»Was denn?«

»Das mit dem Frieden der Black Hills.«

»Nun, die Sioux werden immer weiter nach Nordwesten getrieben.«

»Von der Kavallerie, der Sie angehören.«

»Vielleicht sollte ich Ihnen meine Geschichte erzählen. Mein Großvater war Granger Tremayne, ein General, der im mexikanischen Krieg seine Ruhmeslorbeeren verdiente. Als die Army nach Westen zog, folgte er ihr mit seiner Familie. Meine Mutter gehörte einer kleinen Army-Eskorte an, die von einem Fort zum anderen ritt und eines Tages von Oglalas überfallen wurde. Damals war sie sechzehn Jahre alt. Mein Vater, ein junger Krieger, nahm sie zur Frau. Zwischen den beiden flogen oft die Funken, obwohl sie sich heiß und innig liebten. Daran erinnere ich mich sehr gut. So wie Hawk wuchs ich bei den Sioux auf.«

»Und dann gingen Sie zur Kavallerie.«

»Wie ich bereits erwähnte, war mein Großvater General. Mein Vater fiel in einem Scharmützel mit den Crow. Vorher hatte er den angesehenen Krieger Tall Man gebeten, meine Mutter und mich zu ihrer Familie zu bringen, falls ihm etwas zustoßen sollte. Ich war zehn Jahre alt, als Tall Man uns ins Fort zu den Weißen führte. Dort besuchte ich eine Schule. Später wurde ich auf die Militärakademie West Point geschickt, so wie alle Enkelsöhne von Generälen, selbst wenn sie halbe Indianer sind.«

»Offenbar sind Sie eher ein Sioux als ein Weißer.«

Er lächelte. »Weil ich wie eine Rothaut aussehe?«

»Nein, es liegt viel mehr an den Dingen, die Sie sagen.«

»Vielleicht bin ich in meinem Herzen ein Sioux.«

»Warum bleiben Sie dann bei der Kavallerie?«

»Damit ich erfahre, was vorgeht, und meine indianischen Brüder informieren kann. Die Sioux, die für Regierungsstellen arbeiten, wollen Crazy Horse überreden, mit den Weißen über den Verkauf der Black Hills zu verhandeln. Und ich bin ein Abgesandter der Kavallerie, der den gleichen Auftrag erfüllen soll.«

»Können Sie Crazy Horse überzeugen?«

»Nein, er läßt sich sicher nicht auf Verhandlungen ein. Aber er wird's mir nicht verübeln, daß ich ihn darum bitte.«

»Und was geschieht, wenn Ihre Truppe von Indianern angegriffen wird?«

»Dann kämpfe ich.«

»Auch wenn sie während einer Kavallerieattacke bei den Sioux sind?«

»Lady Douglas, Sie stellen sehr persönliche Fragen.«

»Tut mit leid . . .«

»Und Sie? Was machen Sie hier?«

Verwirrt starrte sie ihn an, dann begann sie zu lachen. Hawk zügelte sein Pferd, drehte sich um und erteilte Sloan einen Auftrag in der Sioux-Sprache. »Komm zu mir, Skylar!«

Sein Befehlston mißfiel ihr, und ihre Augen verengten sich.

»Während Sie mit Hawk in die Stadt reiten, treiben Willow und ich die Herde daran vorbei«, erklärte Sloan.

In Gold Town angekommen, hob Hawk seine Frau vom Pferd und führte sie in Henry Pierponts Büro. Der Anwalt begrüßte die beiden überrascht und erfreut. »Nun, was kann ich für euch tun, Hawk?«

»Du mußt meiner Bank in Maryland telegrafieren. Am besten wendest du dich an Harley Gander. Er soll einer Miss Sabrina Connor in Baltimore hundert Dollar schicken. So schnell wie möglich. Meine Frau gibt dir die Adresse.«

»Jim Pike im Pike's Inn, Baltimore.«

»Gut, ich werde alles in die Wege leiten«, versprach Henry. »Nun brauche ich nur noch deine Unterschrift, Hawk. Einen Augenblick, ich hole die nötigen Formulare.«

Nachdem der Anwalt das Büro verlassen hatte, fragte Hawk: »Warum kannst du das Geld nicht direkt an deine Schwester schicken?«

»Mr. Pike wird es ihr geben«, antwortete sie ausweichend.

»In Pike's Inn ist mein Vater gestorben, nicht wahr?«

»Ja.«

»Und dort wurden wir — verheiratet.«

»Ja.«

»Dann muß ich mir den Namen dieses Gasthauses merken«, meinte er spöttisch.

»Tut mir leid, daß ich dir so viele Unannehmlichkeiten bereite!« fauchte sie. »Aber damals wußte ich noch gar nichts von deiner Existenz.«

»Und ich nicht von deiner. Was für eine erstaunliche Hochzeit!«

Skylar würdigte ihn keiner Antwort.

Als Henry zurückkehrte, räusperte er sich unbehaglich. »Hawk — eh . . .«

»Ah, du wolltest noch etwas mit mir besprechen.«

»Ja«, bestätigte der Anwalt und schaute Skylar verlegen an.

»Nun, dann soll meine Frau inzwischen im Gasthaus essen.«

»Ohne dich wird's mir nicht schmecken, Liebster«, protestierte sie honigsüß.

»Das bedaure ich«, entgegnete er trocken. »Aber du würdest dich langweilen, während wir hier im Büro über Dinge reden, die dich nicht betreffen. Komm, meine Liebe!« Seine Stimme klang höflich. Aber als er sie aus dem Sessel zog, umklammerte er ihren Arm so schmerzhaft, daß sie beinahe aufschrie. »Du solltest Henry danken, weil er deine Angelegenheit so schnell und umsichtig erledigt.«

Lächelnd wandte sie sich an den Anwalt. »Vielen Dank, Henry.«

»War mir ein Vergnügen«, beteuerte er.

Das Gasthaus lag auf der anderen Straßenseite und war zu Skylars Verblüffung so elegant eingerichtet wie die Etablissements, die sie im Osten besucht hatte. Nachdem Hawk ihr einen Stuhl zurechtgerückt hatte, bestellte er ihr eine Mahlzeit und ließ sie dann allein.

Obwohl ihr Magen knurrte, konnte sie das Essen nicht genießen. In wachsender Besorgnis fragte sie sich, was die beiden Männer besprechen mochten.

Ehe Henry sein Anliegen vorbringen konnte, ergriff Hawk das Wort. »Du mußt Nachforschungen über meine Frau anstellen.«

»Natürlich, du wirst demnächst ein Dossier über Lady Douglas erhalten. Falls sie Lady Douglas ist.«

Verwundert hob Hawk die Brauen. »Glaubst du, daß wir nicht verheiratet sind? Du hast mir doch versichert, sie sei meine Frau.«

»Gewiß, du bist rechtmäßig verheiratet.« Henry holte tief Atem. »Gestern besuchte mich ein sehr merkwürdiger junger Mann — ein ungehobelter Kerl, den ich fast hinausgeworfen hätte. Er beauftragte mich, dir das hier zu geben und dir einzuschärfen, absolute Diskretion zu wahren.«

Als der Anwalt in die Tasche griff, einen goldenen Ring mit einem Rubin hervorzog und auf den Schreibtisch legte, lief ein kalter Schauer über Hawks Rücken.

Diesen Ring kannte er — ein Siegelring, der sich seit Jahrhunderten im Besitz der Familie Douglas befand. Sein Bruder David hatte ihn getragen, und er müßte auch jetzt noch am Finger des Toten stecken.

»Diskretion?« flüsterte Hawk. »Dieser Ring gehörte meinem Bruder, und er ist vor langer Zeit gestorben. Was soll dieser grausame Scherz bedeuten?« Nachdenklich strich er über den Rubin. »Wenn er noch am Leben ist, ich würde alles tun, um ihn zu finden.«

»Wahrscheinlich ist er tot. Und wenn nicht, möchte er vermutlich einige Dinge klären, ehe er verlauten läßt, daß er noch am Leben ist. Wie auch immer, dieser seltsame Bursche gab mir zu verstehen, David sei über deine Sorgen und die Schwierigkeiten hier im Westen informiert. Seinetwegen sollst du die Verhandlungen mit den Sioux nicht gefährden. Aber ...«

»Aber was?« stieß Hawk hervor. »Um Himmels willen, Henry — was?«

»Nun, mein sonderbarer Besucher teilte mir noch etwas mit. Der Mann, der dir den Ring zukommen ließ, möchte dich ›in der Nacht der Mondjungfrau beim Druidenstein‹ treffen.«

Sekundenlang schloß Hawk die Augen. »Also ist es kein Scherz.«

»Weißt du, was das heißen soll?«

»Allerdings ...« Der Druidenstein stand auf einer Klippe bei Greyfriar Castle, dem Familienschloß der Douglas. Und die Nacht der Mondjungfrau war die erste Nacht nach Allerheiligen, in diesem Jahr um die Mitte des Novembers. Wenn Hawk seine Besprechungen mit Crazy Horse beendet hatte, würde er genug Zeit finden, um mit dem Zug in den Osten zu fahren, an Bord eines Schiffes zu gehen und nach Schottland zu reisen. Falls David tatsächlich noch am Leben war, mußten alle weiteren Maßnahmen sorgfältig und vorsichtig geplant werden.

Henry räusperte sich. »Sollte dein Bruder noch leben, ist er der Erbe deines Vaters.«

»Wie gern würde ich ihm alles geben ...«

»Das ist nicht nötig. Sicher, David würde den Adelstitel und die schottischen Liegenschaften erhalten. Aber die amerikanischen Ländereien bleiben in deinem Besitz.«

»Jedenfalls muß ich unbedingt die Wahrheit herausfinden.«

»Nimm dich in acht!« mahnte Henry. »In Schottland könnten viele Verwandte der Douglas wissen, welche Hinweise sie dir geben müßten, um dich hereinzulegen. Die Mondjungfrau, der Druidenstein … Wenn du deinem Bruder in den Tod folgst, wären diese Leute die Erben. Dies alles könnte ein bösartiger Trick sein.«

»Nun, das wird sich herausstellen.«

»Glaubst du ernsthaft, David wäre noch am Leben? Mach dir keine allzu großen Hoffnungen, Hawk. Du hast gesehen, wie er beerdigt wurde. Wenn ich mich nicht irre, will dich irgendein Hochstapler benutzen, um sich das Douglas-Erbe anzueignen.«

»Das werde ich wissen, sobald ich diesen Mann in der Nacht der Mondjungfrau beim Druidenstein treffe.«

Skylar hatte ihre Mahlzeit längst beendet, als Hawk in den Gasthof zurückkehrte. Offenbar hatte er noch immer nichts erfahren, was mit ihrer Vergangenheit zusammenhing, und sie atmete erleichtert auf. Er nahm ihr gegenüber Platz und bestellte einen Whiskey, den er in einem Zug leerte. Dann zog er seine Taschenuhr hervor. »Gehen wir. Ich soll dir herzliche Grüße von Henry ausrichten. Sobald Sabrina in Gold Town ankommt, wird er sich um sie kümmern.«

Auf dem Weg zu den Pferden fragte sie: »Was hast du denn so lange mit deinem Anwalt besprochen?«

»Nichts, was dich beträfe … Das müßte dich doch beruhigen, oder?« Da sie ihm die Antwort schuldig blieb, fragte er: »Warum hast du mich eigentlich geheiratet? Wegen meines Titels oder wegen meines Geldes?«

Sie hatte geheiratet, um einer tödlichen Gefahr zu entrinnen. Doch das würde er nicht verstehen. »Weder noch.

Behalt deinen Titel und dein Geld und fahr damit zur Hölle ...« Sofort bereute sie ihre unbedachten Worte und fügte hinzu: »Aber ich bin dir dankbar, weil du Sabrina hierherholst.«

»Selbstverständlich bin ich verpflichtet, den Verwandten meiner Frau zu helfen.«

»Obwohl du deine Frau nicht magst?«

»Skylar, ich habe nie gesagt, ich würde dich nicht mögen.«

»Wie kann man jemanden mögen, dem man mißtraut?«

»Und wie kann man jemandem trauen, der die Wahrheit verschweigt?«

»Ich habe dich nicht belogen.«

»Mag sein. Aber du hast mir nicht alles erzählt.«

»Da gibt's nichts zu erzählen.«

»Oh, ich denke schon. Wie hast du meinen Vater zu dieser Heirat veranlaßt?«

»Zum Teufel mit dir!«

Lächelnd hob er sie in den Sattel. »Eins muß ich immerhin zugeben — die Nächte mit dir gefallen mir sehr gut.«

Das Blut stieg ihr in die Wangen. »Wie schade, daß wir nicht zu Hause bleiben konnten! Nun reiten wir ins Sioux-Gebiet, mit einem Vollblut-Oglala, einem Halbblut, zehn Rindern und ein paar Maultieren. Also werden wir keine Sekunde lang allein sein.«

»Wo ein Wille ist, ist auch ein Weg«, erwiderte er belustigt und schwang sich auf seinen Hengst. »Was glaubst du denn, woher all die vielen kleinen Indianer kommen?«

»Du bist unmöglich. Wenn du dir tatsächlich einbildest, du könntest auf dieser Reise deine ehelichen Rechte fordern ...«

»Kein Problem.« Er zeigte zum Himmel. »Bald geht die Sonne unter. Wir werden Willow und Sloan morgen einholen.«

»Aber — sie warten auf uns und werden sich Sorgen machen.«

»Nein, ich habe Sloan erklärt, wenn's dunkel wird, würden wir ihnen morgen nachreiten. Heute abend nehmen wir beide uns ein Zimmer im Gasthaus.«

»Was?«

»Dort wird uns niemand stören. Und ich kann in aller Ruhe die Dankbarkeit meiner schönen Gattin genießen.«

14

»Man sollte dich aufhängen«, murmelte Skylar.

»Eigentlich hatte ich erwartet, du würdest deine Dankbarkeit etwas anders ausdrücken«, erwiderte Hawk belustigt.

Sie ritten zum Gasthof zurück, und er begleitete seine Frau hinein. Dann brachte er die Pferde in den Stall.

In der Eingangshalle wurde sie von Mrs. Smith-Soames begrüßt, der freundlichen Wirtin, die ihr eine Tasse Tee servierte.

Wortreich versicherte sie, selbstverständlich würde Lord und Lady Douglas das beste Zimmer des Hauses zur Verfügung stehen und das Personal sei eifrig bemüht, die Gäste zufriedenzustellen.

Nachdem Skylar ihren Tee getrunken hatte, wurde sie von einem Dienstmädchen, das ein schwarzes Kleid mit gestärkter weißer Schürze und ein Spitzenhäubchen trug, die Treppe hinaufgeführt. Das luxuriös ausgestattete Zimmer lag am Ende des Flurs. An einer Wand stand gegenüber einem riesigen Kamin ein Himmelbett, vor dem eine Badewanne aus Kupfer und Holz verlockende Dampfwolken verströmte.

»Für Sie lege ich eine Lavendelseife bereit, Lady Douglas«, erklärte das Mädchen, das mit britischem Akzent sprach. »Und für Lord Douglas natürlich eine Sandelholzseife.«

»Danke.«

»Mrs. Smith-Soames hat Ihnen ihren besten Champagner und Schokolade geschickt, mit besten Glückwünschen zu Ihrer Hochzeit.«

»Oh ...«

»Wenn Sie etwas brauchen — neben dem Bett finden Sie eine Glocke.«

»Vielen Dank.«

Nachdem das Mädchen hinausgegangen war, wanderte Skylar rastlos umher. Sie hatte sich auf eine Nacht in der Wildnis vorbereitet. Und nun spürte sie einen weichen Perserteppich unter ihren Füßen.

Aber welche Rolle spielte das schon? An diesem Abend würde Jim Pike die wichtige Nachricht erhalten und ihre Schwester sofort verständigen. Und morgen würde Sabrina das Geld für die Reise in den Westen bekommen.

Skylar trat ans Fenster und zog die schweren Samtvorhänge auseinander. Bald würde Hawk zurückkehren, und dieser Gedanke ließ ihren Puls schneller schlagen. Freute sie sich auf diese Nacht? Nein, redete sie sich ein. O ja, widersprach ihr Herz.

Aus einem Zimmer am anderen Ende des Hofs drangen Musik und Gelächter. Eine brünette Frau, die nur ein Korsett trug, beugte sich lachend aus dem Fenster und rief einem Mann etwas zu.

Soeben hatte er den angrenzenden Saloon verlassen, und nun zündete er sich eine dünne Zigarre an. Skylars Atem stockte, als sie Hawk erkannte.

Lächelnd winkte er der Hure zu und gab ihr eine Antwort. Da starrte sie zu Skylar herüber und lachte noch lauter.

Skylar zog die Vorhänge zu. Wie lange war ihr Mann weg gewesen? Hatte er diese Prostituierte besucht? Glaubte er womöglich, er könnte direkt von dieser Person zu seiner Frau gehen?

Wenig später öffnete sich die Tür, und er trat ein. »Nun, hast du mir nachspioniert?«

»Nachspioniert?« wiederholte sie empört.

»Vielleicht bist du voyeuristisch veranlagt. Aber wenn es noch andere Amüsements gibt, die dir Freude bereiten ...«

»Am liebsten würde ich dich skalpieren.«

»So sieht also deine Dankbarkeit aus?«

»Ich habe mich schon bedankt.«

»Nur mit Worten.«

»Offensichtlich hast du dein Vergnügen bereits woanders gefunden.«

Als er zu ihr kam, wich sie zurück, bis sie gegen eine Wand stieß. »Denkst du von jedem Mann das Allerschlimmste?« fragte er und legte die Hände auf ihre Schultern. »Oder nur von mir?«

»Vorhin sah ich dich mit einer nackten Hure flirten.«

»Sie war nicht nackt.«

»Aber auch nicht angezogen.«

»Hat's dich gestört?«

Statt zu antworten, zuckte sie die Achseln.

»Zu deiner Beruhigung — ich brachte die Pferde in den Stall, unterhielt mich mit dem alten Jeff Healy und ging durch den Ten-Penny Saloon hierher zurück. Das kannst du glauben oder auch nicht. Ganz wie du willst.«

»Und wenn ich dir nicht glaube?«

»Für mich macht's keinen Unterschied.«

»Kennst du diese nackte Hure?«

»O ja. Allzulange bin ich noch nicht verheiratet. Jetzt gehe ich zu Mrs. Smith-Soames hinunter und bitte sie, uns morgen bei Tagesanbruch zu wecken. Bei meiner Rückkehr erwarte ich, eine dankbare Ehefrau anzutreffen. Zumindest würde ich einen Waffenstillstand begrüßen.«

»Und wenn ich dich enttäusche?«

»Nun, wir werden sehen.«

Ein paar Sekunden lang starrte sie die Tür an, die sich

hinter ihm geschlossen hatte. Dann zog sie sich aus und faltete ihre Kleidung sorgsam zusammen. Auf keinen Fall wollte sie den Eindruck erwecken, sie wäre in Panik geraten oder fühlte sich gedrängt. Statt dessen sollte Hawk glauben, sie hätte sich erst nach reiflicher Überlegung für einen Waffenstillstand entschieden. Und nicht aus Unsicherheit ...

Sie steckte ihr Haar hoch und stieg in die Wanne. Als die Tür geöffnet wurde, hob sie ein Bein und wusch es mit der Lavendelseife, langsam und sinnlich.

Zu ihrer Verblüffung hörte sie ein weibliches Räuspern und drehte sich um. Das Dienstmädchen war mit einem Tablett eingetreten. »Verzeihen Sie die Störung, Lady Douglas. Aber Lord Douglas hat etwas zu essen bestellt. Wahrscheinlich haben Sie mein Klopfen nicht gehört.«

»Oh, Sie stören mich nicht«, erwiderte Skylar und kam sich ziemlich albern vor.

Hastig stellte die Dienerin das Tablett auf den Tisch und eilte hinaus.

Das ist also das Ergebnis meines Versuchs, einen Waffenstillstand herbeizuführen und die Verführerin zu spielen, dachte Skylar. Warum bemühe ich mich überhaupt? Vielleicht ist er zu der vollbusigen nackten Hure hinübergegangen?

Aber ein paar Minuten später kniete Hawk neben der Badewanne nieder. »So gefällst du mir schon besser. Tatsächlich — ein Waffenstillstand! Bedeutet das womöglich, daß du mir glaubst und mir nicht zutraust, ich wäre in dem Haus da drüben gewesen?«

»Ja«, flüsterte sie. »Und — du solltest mir auch glauben.«

Lächelnd stand er auf, hob sie aus der Wanne und drückte sie an sich, obwohl sie triefnaß war.

»Hawk?«

Aber er schwieg, trug sie zum Bett und legte sie auf den Bauch. Zärtlich küßte er ihren Nacken, den Rücken, die

Hüften und Kniekehlen. Unter sich spürte sie das kühle Laken, in ihrem Körper die Hitze eines wachsenden Verlangens.

Nachdem er sich ausgekleidet hatte, drehte er sie herum und preßte seine Lippen zwischen ihre Brüste. »In Zukunft will ich deine Dankbarkeit so oft wie möglich verdienen.«

Lachend schlang sie die Finger in sein Haar. Die letzte Nacht in der Zivilisation ... Viel zu schnell kam der Morgen.

Senator Brad Dillman saß vor dem Kamin und starrte in die Flammen. Trotz des nächtlichen Dunkels wollte er kein anderes Licht im Zimmer haben. Über seinen Knien lag eine warme Decke. Nachdenklich runzelte er die Stirn. Sabrina war ausgegangen, und das bedeutete, daß sie irgend etwas im Schilde führte.

Im Gegensatz zu der temperamentvollen Skylar konnte sie ihre Gedanken und Gefühle verbergen und jede Rolle spielen, die von ihr verlangt wurde. Zur Zeit mimte sie die pflichtbewußte Tochter. Nachdem er die Treppe hinabgestürzt war, hatte sie offensichtlich befürchtet, er würde die Polizei rufen, Skylar anzeigen und sie womöglich an den Galgen bringen. Aber jetzt ...

Jetzt zeigte sie sich sanftmütig und gehorsam. Und sie schien auf irgend etwas zu warten.

Seufzend schüttelte er den Kopf. Diese törichten Mädchen! Sollten sie doch Pläne schmieden und davonlaufen! Sie würden nicht weit kommen.

Plötzlich hörte er, wie die Haustür geöffnet und geschlossen wurde — ganz leise. Also hatte Sabrina das Haus wieder verlassen. Hastig steuerte er den Rollstuhl zum Fenster und beobachtete, wie sie davoneilte. Normalerweise verbot er ihr, nach Einbruch der Dunkelheit auszugehen. Aber diesmal würde er sie nicht zurückhalten.

Er lenkte den Rollstuhl in den Flur hinaus, zu ihrem

Zimmer. Dabei spähte er immer wieder über die Schulter. Vielleicht kam Sabrina zurück, weil sie vermutete, er würde ihr nachspionieren — obwohl sie sich bemühte, kein Mißtrauen zu erregen.

Von Anfang an war Skylar viel schwieriger gewesen. Er hätte sie schon vor Jahren beseitigen müssen. Gewiß wäre es ihm nicht schwergefallen, ein Kind zu töten. In dieser Hinsicht kannte er keine Skrupel. Hatte General Sherman nicht erklärt, das Indianerproblem ließe sich am besten lösen, wenn die Soldaten alle kleinen Rothäute umbrächten? Andererseits war die Rolle des gepeinigten Stiefvaters, der von einer haßerfüllten Tochter zu Unrecht beschuldigt wurde, seiner Karriere förderlich gewesen.

Nun hatte sie's irgendwie geschafft, spurlos zu verschwinden. Seine Assistenten stellten vergebliche Nachforschungen an. Weder die Bahngesellschaft, noch die Schiffahrtsbüros oder der Postkutschendienst konnten irgendwelche Anhaltspunkte liefern. Natürlich würde sie versuchen, ihre Schwester aus seinen Fängen zu befreien. Und falls die beiden korrespondierten, würde Sabrina die Briefe hoch oben in einem Schrankfach verstecken, für einen Krüppel unerreichbar. Er brach in schallendes Gelächter aus.

Dreißig Minuten später schmiedete er Reisepläne. Er rief einen seiner Assistenten zu sich und erklärte, er müsse noch in dieser Nacht ein Telegramm abschicken. Als Mitglied der US-Regierung fühle er sich verpflichtet, seinem Land in der gegenwärtigen Sioux-Krise zu helfen — ohne Rücksicht auf die Gefahr, in die er geraten könnte. Danach schlief er so gut wie schon lange nicht mehr.

Als Skylar erwachte, war Hawk bereits angezogen und nippte an einer Kaffeetasse. Letzte Nacht hatten sie Champagner getrunken, Obst und Käse gegessen. Nun fühlte sie sich immer noch erschöpft. Ihr Mann offensichtlich nicht.

Ungeduldig kam er zu ihr. »Steh endlich auf! Wir müssen losreiten.«

Stöhnend vergrub sie das Gesicht im Kissen. »So früh am Morgen?«

»Wenn wir Sloan und Willow nicht bald einholen, werden sie sich Sorgen machen.«

»Warum sollten sie? Wo wir doch diese Nacht in der Zivilisation verbracht haben . . .«

»Und jetzt verlassen wir die Zivilisation, um ins Feindesland vorzudringen.«

Skylar wandte sich verwundert zu ihm. »Sind die Sioux deine Feinde?«

»Wohl eher deine. Dafür hältst du sie doch, oder?«

Herausfordernd starrte sie ihn an. »Denkst du von allen weißen Leuten das Schlimmste oder nur von mir?«

Er lächelte belustigt. »Wie auch immer, du wirst ein neues Leben kennenlernen. Ich weiß zwar nicht, woher du kommst — nur daß mein Vater dir in Baltimore begegnet ist. Aber ich glaube, du hast noch nicht allzuviel durchgemacht.«

»Bildest du dir ein, das Leben wäre nur in der Wildnis mühsam?«

»Oh, willst du mir erzählen, was du schon alles erlitten hast?«

»Nein!« fauchte sie.

»Dann schlage ich dir vor, endlich aufzustehen und dich anzuziehen. Ich erwarte dich im Speiseraum. Wenn du dich etwas beeilst, darfst du sogar noch frühstücken, bevor wir aufbrechen.«

»Was für ein rücksichtsvoller Ehemann du doch bist!«

»Nun, du solltest diese Vergünstigungen genießen, solange du's noch kannst. Im Sioux-Land wird sich alles ändern.«

»Ist das eine Drohung?«

»Allerdings.«

Er verließ das Zimmer, und fünfzehn Minuten später ging Skylar nach unten. Als sie sich zu Hawk setzte, erklärte er, sie habe eine Viertelstunde Zeit, um zu frühstücken. Ironisch dankte sie ihm, bestellte Spiegeleier mit Speck, ein paar Biskuits und Haferbrei. Zu ihrer eigenen Verblüffung gelang es ihr, in der kurzen Zeit, die ihr zur Verfügung stand, alles aufzuessen.

»Komm jetzt!« befahl Hawk. »Die Pferde warten draußen.«

Ehe sie das Miner's Well verließen, verabschiedeten sie sich von Mrs. Smith-Soames und dankten ihr für die gute Betreuung.

Vor dem Haus hob Hawk seine Frau in den Sattel des Rotschimmels. In schnellem Trab ritten sie aus der kleinen Stadt.

Unbehaglich warf Skylar einen Blick über die Schulter. Bald würde die Zivilisation hinter ihr liegen.

15

Am frühen Nachmittag holten sie Willow und Sloan ein. Sie verloren keine Zeit, um einander zu begrüßen, sondern ritten bis zum Abend in schnellem Tempo weiter.

Zu der kleinen Herde gehörte auch ein Maultier. Es transportierte Geschenke für die Sioux und die Ausrüstung, die sie brauchen würden, um in den Bergen zu kampieren.

Mit diesem eigensinnigen Tier schloß Skylar kurz nach Sonnenuntergang Bekanntschaft. Hawk und Sloan hatten endlich beschlossen, ein Lager aufzuschlagen. Nach dem stundenlangen Ritt war sie so müde, daß sie zu stürzen fürchtete, als sie von ihrem Rotschimmel stieg.

Glücklicherweise blieb ihr eine so entwürdigende Szene erspart.

Die abgehärteten Männer schienen Skylars Unbehagen gar nicht zu bemerken. »Jetzt müssen wir uns um die Rinder kümmern«, erklärte Hawk und schaute vom hohen Rücken seines Hengstes Tor auf sie herab. »Vielleicht könntest du inzwischen Kaffee kochen.«

Sie nickte. Immerhin hatte er diesen Vorschlag einigermaßen höflich ausgesprochen. In der Nähe floß ein Bach vorbei, und der gute Willow machte bereits Feuer. »Wo ist der Kaffeetopf?« fragte sie.

»Da, in Skeffingtons Gepäck.« Hawk zeigte auf das Maultier und ritt davon.

Und so lernte sie Skeffington kennen. Sobald sie auf ihn zuging, wandte er sich ab. »Steh still!« befahl sie, rannte um ihn herum, und er drehte sich wieder im Halbkreis. »Wenn du stehenbleibst, wirst du dich wohler fühlen. Dann nehme ich dir das schwere Zeug vom Rücken, und du mußt es nicht mehr schleppen.«

Das interessierte ihn nicht. Seelenruhig stapfte er davon.

»Bleib da!« rief sie und lief ihm nach. »Wir wollen Kaffee kochen!« Aber er ignorierte sie, watete in den Bach und begann zu trinken. Fluchend zog sie Stiefel und Strümpfe aus, raffte ihre Röcke hoch und folgte ihm.

Das Wasser war eiskalt, spitze Steine bohrten sich in ihre Fußsohlen. »Wie schmeckt eigentlich Mauleselfleisch?« murmelte sie, ergriff Skeffingtons Zügel und zerrte vergeblich daran. Das halsstarrige Tier rührte sich nicht von der Stelle.

»He, ist der Kaffee bald fertig?« Hawk trat ans Ufer. Als sie sich zu ihm wandte, beschloß Skeffington plötzlich, den Bach zu verlassen – so schnell, daß er Skylar mit sich riß. Sie verlor das Gleichgewicht und fiel ins kalte Wasser.

Mühsam und zitternd rappelte sie sich auf. Skeffington stand am Ufer, direkt neben seinem Herrn. Und Wolf rannte um das Maultier herum, wobei er aufgeregt kläffte und mit dem Schwanz wedelte. Hawk lachte nicht, aber sein hämisches Lächeln war viel schlimmer. »Komm heraus, sonst erkältest du dich!«

Triefnaß stieg sie die Uferböschung hinauf.

»Und der Kaffee?«

»Mach dir deinen verdammten Kaffee selber!« fauchte sie, kauerte sich an Willows Feuer und versuchte ihre Hände zu wärmen.

Wenig später erschien Hawk an ihrer Seite, stellte den Kaffeetopf auf die Flammen und legte ihr eine Decke um die Schultern.

Sofort stand sie auf und ließ die Decke fallen.

»Du bist genauso störrisch wie Skeffington«, meinte er.

»Natürlich wußtest du, daß mir dieses Biest Ärger machen würde.«

»Ich wußte, was für eine einfallsreiche junge Frau du bist«, erwiderte Hawk und hob die Decke auf. »Übrigens, ich habe Kleider für dich mitgenommen. Damit du nicht frieren mußt.«

»Kleider? Für mich?«

»Nun, ich dachte, vielleicht würdest du dich nicht richtig auf diese Reise vorbereiten.«

»Danke, ich bin vorbereitet.«

»Wenn du frieren willst — bitte ...«, entgegnete er. Dann schlenderte er hinter Sloan und Willow zum Bach.

Sie eilte zu Nutmeg, an dem immer noch ihre Deckenrolle mit den Kleidern festgebunden war. Da sie sich nicht in der Nähe der Männer umziehen wollte, führte sie den Rotschimmel am Ufer entlang, wo zwischen den Felsen wilde Blumen in allen Farben wuchsen. Hohe Bäume überschatteten eine idyllische Lichtung. Was für eine schöne Gegend, dachte Skylar und sog die frische Abendluft tief in ihre Lungen. Nun verstand sie, warum die Black Hills den Sioux so viel bedeuteten. Ein heiliges Land ...

Plötzlich weigerte sich Nutmeg weiterzugehen und wieherte nervös. »Willst du dich genauso schlecht benehmen wie Skeffington?« schimpfte sie. »Bis jetzt warst du so brav. Komm mit mir!«

Und dann spürte sie eine Bewegung hinter sich. Als würde das Felsgestein zum Leben erwachen . . . Erschrocken drehte sie sich um — sie war nicht allein.

Vier Krieger hatten sich lautlos herangeschlichen, und nun bildeten sie einen Halbkreis um Skylar. Trotz des kalten Abends trugen sie nur enge Lederhosen und Mokassins. Und ihre Kriegsbemalung, in Gelb, Schwarz, Blau und Rot.

Hawks Freunde? Mußte er sie unentwegt quälen? Erst das idiotische Maultier, das eisige Wasser — und jetzt das!

Aber so leicht würde sie sich nicht unterkriegen lassen.

Einer der Krieger, der mehrere Federn in sein Haar geflochten hatte, hob ein Messer und winkte sie mit der anderen Hand zu sich.

»Nein, lieber nicht!« zischte sie.

Ärgerlich schwang er das Messer durch die Luft.

»Lassen Sie das! Damit jagen Sie mir keine Angst ein. So was erlebe ich nicht zum erstenmal.«

Die Männer wechselten kurze Blicke, dann wandten sich die vier bemalten Gesichter wieder in Skylars Richtung.

Seufzend ging sie zu dem Krieger, der ihr am nächsten stand. In seinem tintenschwarzen, taillenlangen Haar steckte eine Feder. Auch er hielt drohend sein Messer hoch. Mit aller Kraft schlug sie auf sein Handgelenk, so daß die Waffe klirrend zu Boden fiel. »Jetzt reicht's mir! Was soll der Unsinn?«

Endlich brachen sie ihr gespenstisches Schweigen. Der Bursche, der die meisten Federn trug, begann den blamierten Krieger auszulachen, und die beiden anderen stimmten ein.

»Verschwindet!« befahl Skylar. »Jetzt habe ich wirklich genug. Das ist gar nicht mehr komisch . . .« Verwirrt schnappte sie nach Luft, als der Mann mit der einzelnen Feder sein Messer aufhob und zu ihr trat. »Noch ein Schritt, und Sie werden's bereuen!« warnte sie. »Ob Sie Hawks Freund sind oder nicht ...«

Doch diese Drohung schien ihn nicht zu beeindrucken. Braune Finger umschlossen ihren Arm. Kreischend schlug sie ihm ins Gesicht. Die anderen lachten immer noch, während er Skylar in ihre Mitte zerrte.

»Lassen Sie mich los!« schrie sie.

Und dann hörte sie ihren Namen, Hufschläge trommelten auf den Fels. Hawk ritt den ungesattelten Tor auf die Lichtung, rief Worte, die Skylar nicht verstand, und sprang vom Pferderücken. Blitzschnell zog er sein Messer aus einem Stiefelschaft.

»Ich sagte ihnen, sie sollen aufhören, das sei nicht mehr komisch ...«, begann Skylar.

»Oh, es war kein Scherz.«

»Aber sie sind doch deine Freunde.«

»Nicht einmal meine Bekannten.«

»Was?«

»Skylar, das sind keine Sioux, sondern Crow.«

»Crow?« wiederholte sie.

Im selben Moment wurde sie von dem Indianer mit der einzelnen Feder herumgerissen, und Hawk stürzte sich auf ihn. Als der Crow ihren Arm losgelassen hatte, wich sie zu einem Felsblock zurück.

Vier gegen einen ... Wo steckten Sloan und Willow?

Wütend wälzten sich die Kämpfer im Staub. Dann blieb der Crow reglos liegen. Blut befleckte seine Brust, und Hawk sprang auf. Als zwei der restlichen Krieger mit gezücktem Messer hinter ihm her waren, stieß Skylar einen warnenden Schrei aus. Verzweifelt schaute sie sich nach einer Waffe um, fand einen schweren Stein und schleuderte ihn auf einen der Gegner, die Hawk von sich geschoben hatte. Vor Schmerzen heulte er auf und starrte sie an. Jetzt schien ihn der Kampf zwischen Hawk und dem anderen Crow nicht mehr zu interessieren. Statt dessen stürmte er zu ihr.

Sie wollte fliehen, stolperte aber über die Leiche und fiel der Länge nach hin. Ehe sie aufspringen konnte, wurde sie gepackt, und der buntbemalte Indianer schleifte sie davon. Offensichtlich hatte der vierte Krieger die Ponys der Crow geholt. Der Entführer warf Skylar quer über den Rücken eines Tiers und stieg hinter ihr auf. Wenig später ritten ihm die beiden anderen nach und führten Nugmet am Zügel. Auch Tor wollten sie stehlen, doch der Hengst bäumte sich so kraftvoll auf, daß sie diesen Plan aufgaben.

Skylar schrie aus Leibeskräften. War Hawk ermordet worden? Dieser Gedanke krampfte ihr das Herz zusammen.

Natürlich war es seine Schuld. Aber auch ihre.

Sie hatte das Lager verlassen, nur wegen des albernen Zwischenfalls mit dem Maultier. Warum mußte er sie ständig herausfordern?

Weil sie es nicht über sich brachte, ihm die Wahrheit zu erzählen. Und er zweifelte nicht einmal an ihrer Schuld. Trotzdem war er bereit gewesen, sein Leben zu riskieren, um sie zu retten.

Plötzlich brannten Tränen in ihren Augen. War er tot? Vermutlich — sonst wäre er ihr bereits gefolgt.

Zwischen hohen Felsblöcken zügelten die Indianer ihre Pferde, und Skylar hörte aufgeregte Stimmen. Als sie vom Pony gezerrt wurde, entdeckte sie fünf weitere Krieger. Lachend stießen sie Skylar hin und her. Dann drehte ihr ein Mann mit schwarz ummalten Augen die Arme auf den Rücken und band ihre Handgelenke mit einem Lederriemen zusammen. Er führte sie hinter einen Felsblock, drückte sie auf den Boden und befahl ihr, sitzen zu bleiben.

Inzwischen war die Nacht hereingebrochen, der helle Vollmond warf seinen Silberschein auf die schöne Landschaft. Skylar schaute sich um. Nicht weit entfernt saßen die Crow um ein kleines Lagerfeuer herum und brieten zwei Hasen am Spieß. Etwas näher beim Felsblock stand ein Krieger mit einem Gewehr in den Händen. Sie erkannte eine alte Enfield. Diese Waffe hatte man während des Sezessionskriegs oft benutzt. Sie war kein Repetiergewehr, aber tüchtige Soldaten konnten in einer Minute mehrere Schüsse damit abgeben. Natürlich ließ sie sich nicht mit einem sechsschüssigen Revolver vergleichen.

Seufzend schloß sie die Augen und lehnte ihren Kopf an den Fels. Wie sollte sie sich befreien?

Diese Indianer würden sie vielleicht foltern, skalpieren und töten. Bestenfalls würde sie für den Rest ihres Lebens Büffelhäute abschaben — für die Mörder ihres Ehemanns.

Das darfst du nicht denken, ermahnte sie sich, öffnete die Augen und blickte wieder zu den Kriegern hinüber. Der Crow mit den schwarz umrandeten Augen, offensichtlich der Anführer, stellte den Männern, die Skylar gefangengenommen hatten, einige Fragen. Grinsend erwiderte er ihren Blick, und ein kalter Schauer rann ihr über den Rücken. Irgendwie mußte sie fliehen. Wenn sie die Lederriemen am Felsgestein rieb, würden sie vielleicht zerreißen. Entschlossen machte sie sich an die Arbeit.

Als der Anführer zu ihr kam, erstarrte sie sofort. Er kauerte nieder und hielt ihr ein Stück Hasenfleisch an den Mund. Aber sie schüttelte den Kopf. Da zuckte er die Achseln, stand wieder auf und schlenderte davon.

Langsam krochen die Stunden dahin, die Krieger saßen immer noch am Feuer, redeten und lachten. Sie schienen auf irgend etwas zu warten. Immer wieder rieb Skylar ihre lederne Fessel an einer Felskante, von wachsendem Durst gequält. Aber niemand bot ihr einen Schluck Wasser an. Schmerzhafte Krämpfe peinigten ihre Schultern und Arme.

Ohne die Krieger aus den Augen zu lassen, erhob sie sich. Spitze Steine gruben sich in ihre nackten Fußsohlen. Hätte sie doch niemals die Stiefel ausgezogen, um diesem verdammten Maultier in den Bach zu folgen ... Dann wäre sie ihrem Mann nicht voller Zorn davongelaufen. O Gott, sie hoffte inständig, er würde noch leben.

Auf Zehenspitzen schlich sie davon. Aber schon nach fünf Schritten versperrte ihr der Krieger mit dem schwarzbemalten Gesicht den Weg und lachte laut auf. Offenbar wollte er ihr nichts zuleide tun. Er amüsierte sich nur über sie. Als sie einen Blick über ihre Schulter warf, sah sie zwei andere Crow hinter sich stehen. Resigniert kehrte sie zu ihrem Felsblock zurück und setzte sich wieder. Die beiden Krieger gingen zum Lagerfeuer, während ihr der Anführer einen ausgehöhlten Kürbis an die Lippen hielt. Gierig trank sie das frische Quellwasser. Dann schleuderte er das Gefäß beiseite und musterte sie.

Mehrere Minuten verstrichen. Dann packte er plötzlich ihre Knöchel und zerrte daran, so daß sie auf den Rücken fiel. Um ihren Schreckensschrei zu ersticken, preßte er ihr eine Hand auf den Mund. Immer noch gefesselt, war sie ihm wehrlos ausgeliefert. Er warf sich auf sie, schob ihre Röcke hoch, zerriß ihre Unterhose. Entsetzt wand sie sich umher. An seiner Absicht gab es keinen Zweifel.

Da er ihr den Mund zuhielt, bekam sie kaum noch Luft. Mit letzter Kraft biß sie in seine Finger, und sein Gesicht verzerrte sich vor Schmerz. Er beschimpfte sie in seiner unverständlichen Sprache und preßte seine grobe Hand noch fester auf ihre Lippen. Allmählich drohten ihre Sinne zu schwinden. Und dann sah sie Stahl funkeln, ein Messer an der Kehle des Crow. Die Hand glitt von ihrem Mund, und sie starrte in ein hartes, bronzebraunes, gnadenloses Gesicht.

»O Hawk ...«, würgte Skylar mühsam hervor, und ein namenloses Glück erwärmte ihr Herz — er lebte!

Ihr Angreifer wurde hochgerissen, fuhr zu Hawk herum und zog sein Messer aus einer Scheide an der Hüfte. Sekundenlang blitzten beide Waffen im Mondlicht, dann brach der Crow zusammen. Hawk hatte ihm eine faire Chance gegeben. Und nun lag das Mitglied des alten, traditionsreichen, feindlichen Stammes am Boden.

Hawk zog Skylar auf die Beine. Erst jetzt bemerkte er, daß sie gefesselt war und durchschnitt die Lederriemen. »Beinahe hättest du sie durchgewetzt«, bemerkte er erstaunt.

Ihre Knie drohten einzuknicken, und sie fürchtete, Freudentränen würden ihr über die Wangen rollen.

»Alles in Ordnung?« fragte er, und Skylar nickte.

»Du bist wirklich im allerletzten Augenblick gekommen.«

»Oh, ich war die ganze Zeit hier.«

»Was?«

»Nicht so laut!« mahnte er und legte einen Finger an ihre Lippen. »Ich mußte warten, bis ein paar Crow eingeschlafen waren. Hätte mich der Wachtposten erschossen, könnte ich dich nicht retten.«

»Der hat doch nur eine Enfield!«

»Auch Enfields können töten. Das habe ich mit eigenen Augen gesehen. Aber heben wir uns diesen Streit für später auf. Jetzt müssen wir verschwinden — so leise wie möglich.«

Er zog sie mit sich, und als sie auf einen scharfkantigen Stein trat, stöhnte sie, obwohl sie es nicht wollte.

Ärgerlich drehte sich Hawk zu ihr um. »Tut mir leid!« zischte sie. »Das hat verdammt weh getan.«

»Warum trägst du keine Stiefel?«

»Weil ich sie wegen dieses blöden Maultiers ausziehen mußte. Erinnerst du dich?«

Plötzlich flog etwas an ihrer Schläfe vorbei, zu ihren Füßen grub sich ein Messer in die Erde.

»Um Himmels willen!« flüsterte Skylar. Blitzschnell

zog Hawk seinen Colt aus der Hüfthalfter und feuerte mehrere Schüsse ab, die ohrenbetäubend krachten. Zumindest ein Crow wurde getroffen, das verriet ein schriller Schrei.

Hawk hob sie hoch, trug sie davon, und sie schluckte mühsam, als er über die Leiche des Wachtpostens hinwegstieg, der neben seiner Enfield lag.

Und dann erklang ein leiser Ruf. »Duckt euch!«

Dicht vor ihnen fiel Sloan auf die Knie und Hawk folgte seinem Beispiel. Ein Pfeil sauste vorbei und blieb zitternd in einem Baumstamm stecken.

Wieder schrie ein Crow auf, von Sloans Kugel getroffen. Auch Hawk schoß in die Nacht und wehrte einen Krieger ab, der sich auf ihn stürzen wollte. Lautlos sank der Mann zu Boden. Aber ein anderer folgte ihm, mit erhobenem Tomahawk. Ein neuer Schuß knallte, und der Indianer brach über seinem toten Kameraden zusammen.

Mit zusammengekniffenen Augen unterdrückte Skylar einen hysterischen Schrei. O Gott, soviel Tod und Verderben ...

»Sollen wir alle erledigen?« fragte Sloan.

»Haben wir eine Wahl?« erwiderte Hawk.

Ängstlich klammerte sich Skylar an ihn. »Gehen wir doch einfach ...«

»Dann würden sie uns verfolgen.«

»Mehr als zwei Indianer sind nicht mehr am Leben ...«

»Skylar, diese Crow kommen von weit her. Schon vor langer Zeit wurden sie aus dieser Gegend vertrieben. Jetzt befinden sie sich auf dem Kriegspfad, und wahrscheinlich sind sie nicht allein. In der Nähe könnten sich andere Krieger aufhalten, die über die Siedlungen der Weißen herfallen wollen. Für die meisten Indianer ist es profitabler, die Weißen zu bestehlen, als andere Stämme anzugreifen.«

»Gehen wir doch ...«, wiederholte sie, aber Sloan fiel ihr ins Wort.

»Das verstehen Sie nicht, Skylar. Sie haben am Bach einen Krieger geschlagen und erniedrigt. Jetzt ist er tot. Aber manchmal ist eine Demütigung schlimmer als der Tod. Diese Männer würden weder ruhen noch rasten, ehe sie nicht ihren Kameraden gerächt haben.«

Ob sie ihm recht gab oder nicht, spielte keine Rolle mehr. Pfeile flogen heran, einer durchbohrte Skylars Rock und nagelte sie im Erdreich fest. Entsetzt schrie sie auf. Hawk drückte sie zu Boden. Ehe er seinen Colt heben konnte, fiel ein Crow über ihn her, und sie wälzten sich im Staub.

»Bleiben Sie unten, Skylar!« befahl Sloan. Im selben Augenblick sprang ihn der zweite überlebende Krieger an.

In wachsender Angst beobachtete sie die vier Kämpfer. Nein, sie würde nicht tatenlos zuschauen.

Entschlossen riß sie den Pfeil aus ihrem Rock, griff nach Hawks Colt und stand auf. Wie viele Kugeln steckten noch darin? Sie hatte keine Ahnung. Heiß und schwer lag das Schießeisen in ihrer Hand.

Sie versuchte zu zielen, doch die vier Männer bewegten sich so schnell, daß sie fürchtete, Hawk oder Sloan zu treffen. Plötzlich erhoben sich Hawk und sein Gegner. Sie umkreisten einander, und Skylar richtete den Colt auf den Crow. Als er zum Angriff überging, feuerte sie, und sie hörte Hawk fluchen.

Der Crow sank an seine Brust, und sie glaubte, sie hätte ihn erschossen, aber Hawk stieß ihn von sich, und da sah sie einen Messergriff aus der Brust des Crow ragen.

Wütend starrte Hawk zu ihr herüber und umklammerte seinen Arm.

»Ich — habe geschossen ...«, stammelte sie.

»Ja, auf mich! Runter mit dir!«

Sofort gehorchte sie und sah das blutige Messer ihres Mannes vorbeifliegen, gerade rechtzeitig, um den letzten überlebenden Crow daran zu hindern, einen Stein auf Sloans Schädel zu schmettern.

Aber auch Sloan war vorbereitet. Der Crow starb mit einem Messer im Rücken und einem zweiten im Herzen. Bestürzt ließ Skylar den Colt fallen, wich zurück, schlug die Hände vors Gesicht, kämpfte gegen schwarze Wellen, die sie zu verschlingen drohten.

Als sie ein leises Räuspern hörte, ließ sie die Hände sinken. »Hast du nur versehentlich meinen Arm getroffen? Wolltest du auf meine Brust zielen?«

Erbost warf sie sich auf ihn. »Oh, wie kannst du nur ...«

»Pst, schon gut, ich habe nur gescherzt.«

»Gar nichts ist gut!« klagte sie und lehnte sich kraftlos an ihn. »All diese toten Männer ...«

Er legte einen Finger unter ihr Kinn. »Hättest du lieber Sloan und mich sterben sehen?«

»Natürlich nicht!« Über seine Schulter hinweg beobachtete sie, wie Sloan die beiden Messer aus dem Körper des toten Crow zog. »O Gott ... Können wir endlich von hier verschwinden?«

»Noch nicht«, entgegnete Sloan. Lächelnd kam er zu ihr und berührte ihre Wange. »Erst wollen wir sie skalpieren.«

»Was?« kreischte sie.

»Keine Bange, Skylar, er will dich nur ärgern«, versicherte Hawk.

»Genau«, bestätigte Sloan. »Seit etwa zwanzig Jahren skalpieren Hawk und ich unsere Feinde nicht mehr.«

Sanft schob Hawk seine Frau von sich. »Jetzt müssen wir sie begraben.«

»Aber — die Indianer begraben ihre Toten doch nicht?« fragte Skylar.

»Manchmal schon«, erklärte Sloan. »Die meisten Prärieindianer binden sie an einem Leichengerüst fest. Aber gelegentlich werden die Toten in flachen Gräbern bei den Felsen bestattet. Für uns kommt's nur darauf an, daß diese Crow nicht von anderen Kriegern gefunden werden, die sie vielleicht auf dem Kriegspfad treffen wollten.«

»Oh«, flüsterte sie.

»Kannst du auf die Pferde aufpassen?« fragte Hawk.

»Ja, gewiß.« Die Pferde würden wohl kaum davonlaufen. Sie nahm an, die beiden Männer wollten sie nur irgendwie beschäftigen.

Hawk trug sie zwischen die Bäume, wo Tor, Sloans Hengst und Nugmet warteten. Als er sie in den Sattel des Rotschimmels setzte, hob sie erstaunt die Brauen. »Also hast du das Pferd von den Crow zurückgeholt?«

»Nun, Nugmet ist ein schönes Tier«, erwiderte er und tätschelte den Hals des Wallachs.

»Bevor du mich befreit hast?«

»Da wir nicht wußten, wie viele Crow hier versammelt waren, mußten wir erst mal ihre Ponys wegbringen, damit sie uns nicht verfolgen konnten. Jetzt nehmen wir die Tiere zu meinem Großvater mit.«

»Du hast Nutmeg tatsächlich geholt, ehe du zu mir gekommen bist?«

»Wenigstens war ich so rücksichtsvoll, nicht auf dich zu schießen«, betonte er grinsend.

»Dieses Pferd war dir wichtiger als ich!« warf sie ihm vor.

»Wenn eine Sioux-Squaw gestohlen wird, pflegt man den Ehemann mit einem Pferd zu entschädigen. Eine Frau und ein Pferd gelten hier als gleichwertiges Eigentum.«

»Hätte ich doch besser gezielt!«

Lächelnd tätschelte er ihr Knie. »Sloan hat sich um Nutmeg und die Ponys der Crow gekümmert. Und ich lief direkt zu dir. Dann stand ich unbemerkt zwischen den Felsen und wartete. Glaub mir, meine Liebe, ich würde jeden Mann töten, der mein Eigentum bedroht — einen weißen ebenso wie einen roten.«

Seine eindringliche Stimme jagte einen seltsamen

Schauer durch ihren Körper. »Hast du diese Indianer für das Pferd getötet oder für mich?«

In seinen Augen spiegelten sich silberne Mondstrahlen wider. »Für das Pferd — und für dich.«

Ohne ein weiteres Wort wandte er sich ab, kehrte zu Sloan zurück und half ihm, die Leichen zu begraben.

16

Als sie zu Willow zurückkehrten, hatte er das Camp weiter nach Nordwesten verlegt, in die Nähe eines anderen schmalen Bachs. Die acht erbeuteten Crow-Ponys wurden festgebunden, die Rinder in einen provisorischen Korral getrieben.

Inzwischen hatte Willow ein paar Wildenten gefangen, geschlachtet und gebraten. Dazu aßen sie Meggies Biskuits, tranken Kaffee, und Skylar nahm einen großen Schluck aus der Whiskey-Flasche, die Hawk ihr reichte.

Nach dem Essen hielt Willow Wache, während die anderen am Feuer sitzen blieben. Lächelnd musterte Hawk das Gesicht seiner Frau. »Du hast einen Fleck auf der Nase.«

»Nicht nur das. Mein Kleid ist furchtbar schmutzig.«

»Da drüben fließt der Bach vorbei«, erklärte Sloan, »nur dreißig Schritte entfernt.«

»Willst du dich waschen, Skylar?« fragte Hawk.

»O ja«, stimmte sie zu und stand auf.

»Brauchst du frische Kleidung?«

»Ich habe meine eigenen Sachen mitgebracht«, erwiderte sie und zeigte auf ihr Bündel, das unter einem Baum neben Nutmegs Sattel lag.

»Hoffentlich hast du nichts dagegen, wenn ich dich begleite.« Er holte das Bündel, nahm ihren Arm und führte sie zur Uferböschung. Als sie einen Finger ins Wasser tauchte, erschauerte sie. »Du mußt nicht hineinsteigen — wasch dich einfach nur«, schlug er vor und reichte ihr die duftende Seife, die er aus der Decke gewickelt hatte.

Aber Skylar schüttelte den Kopf. Noch immer fühlte sie die Spuren zu vieler Hände auf ihrem Körper. Sie kleidete sich aus, tauchte im Bach unter, dann seifte sie sich zitternd ein. Nachdem sie den Schaum abgespült hatte, sprang sie ans Ufer, und Hawk hüllte sie in die Decke.

Obwohl er sie fest an sich drückte, fröstelte sie immer noch. »So viele Tote ...«

Seufzend strich er über ihr Haar. »Die Indianer leben in einer kriegerischen Gesellschaft. Ebenso wie die Sioux wachsen auch die Crow mit der Gewißheit auf, daß sie ihre Feinde bekämpfen müssen. Und keiner fürchtet den Tod.«

»Was für eine grausame Gesellschaftsordnung ...«

»Vor nicht allzu langer Zeit mußte ich einen Krieg miterleben, in dem weiße Soldaten ihre Brüder töteten. Sind unsere Schlachten in der Prärie schlimmer?«

Eine Zeitlang schwieg Skylar, dann gestand sie: »Ich hatte solche Angst ...«

»Jetzt ist es vorbei.«

»Beinahe hätte der Mann mit dem schwarzbemalten Gesicht ...«

»Nein, denn ich war stets in deiner Nähe. Während ich abwartete und die Kampfkraft der Crow einschätzte, brachte Sloan ihre Ponys weg. Und ich ließ dich nicht aus den Augen. Also konnte dir gar nichts zustoßen. Zieh dich jetzt an. Sloan wird Willow ablösen, und später übernehme ich die dritte Wache. Vorher will ich ein bißchen schlafen.«

Er half ihr in die Unterwäsche und streifte das Kleid über ihren Kopf. Dabei bemerkte er an ihren Handgelenken die roten Striemen, die der Lederriemen hinterlassen hatte.

»Tut's weh?«

»Nein. Und — die Kugel, die ich versehentlich auf dich abgefeuert habe?«

»Nur eine harmlose Fleischwunde.«

»Zeig sie mir.«

Resigniert öffnete er sein Hemd, und Skylar inspizierte den verletzten Arm. »Das sieht nicht gut aus.«

»Alles in Ordnung. Ich hab's mit Whiskey ausgewaschen.«

»Trotzdem möchte ich dich verbinden.« Sie nahm ein Taschentuch aus ihrem Bündel, tränkte es mit Wasser und schlang es um Hawks Arm. Dann wandte sie sich ab und wollte zum Lager zurückkehren.

Aber Hawk ergriff ihre Schulter, drehte sie zu sich herum und hob sie hoch. »Schmerzen deine Füße immer noch?«

Sie nickte.

»Also müssen wir möglichst schnell nach Hause reiten. Dort werden dich meine Tanten mit wirksamen Heilsalben behandeln.«

Nach Hause ...

Er trug sie zum Lager, breitete die Decken aus, und sie legten sich hin. Während er den Kopf auf seinen Sattel bettete, diente ihr seine Brust als Kissen. Trotz des Traumas, das sie erlitten hatte, schlief sie bald ein. Nach Hause, war ihr letzter Gedanke. Zu den Sioux ...

Am nächsten Tag ritt Sloan an ihrer Seite und schilderte ihr das Indianerleben. »Es gibt kaum bessere Eltern als die Sioux. Für die Alten, deren Weisheit sie schätzen und achten, sorgen sie genauso gut wie für die Kinder. Und sie sind sehr großzügig. Was sie besitzen, verschenken sie ohne Zögern, um notleidenden Stammesbrüdern zu helfen.« Nach einer kurzen Pause fügte er hinzu: »Darauf möchte ich Sie hinweisen, weil Sie gestern so entsetzt über unseren Kampf waren. Ihre Retter schienen Sie fast ebenso zu erschrecken wie Ihre Entführer.«

»O nein, Sloan, das stimmt nicht. Es ist nur — ich habe nie zuvor ein so gräßliches Blutvergießen beobachtet.«

»Ja, das Leben in der Prärie ist manchmal sehr grausam.«

»Im Osten auch. Selbst wenn kein Blut fließt ...«

»War's so schlimm?«

»Wir reden über den Westen«, antwortete sie ausweichend.

»Aber wir sollten uns endlich über Ihre Heimat unterhalten. Zum Beispiel wüßte ich gern, wie Hawk zu seiner schönen Ehefrau aus dem Osten gekommen ist.«

»Wissen Sie das nicht?«

»Bis jetzt habe ich nur Gerüchte gehört«, erwiderte er grinsend, »von einer jungen Dame, die plötzlich auftauchte und behauptete, sie sei Lady Douglas und nicht ahnte, daß ihr Gemahl quicklebendig ist. Deshalb könnte man den Eindruck gewinnen, Sie wären eine verarmte Schönheit gewesen, die ihre Chance nützte.«

»Ah, ich verstehe. Also glauben auch Sie, ich hätte Lord David Douglas irgendwie hereingelegt.«

»Keineswegs.« Zu Skylars Überraschung klang dieser Protest aufrichtig. »David war wohl tatsächlich krank, und wir alle merkten nichts davon. Aber er besaß eine unbeugsame innere Kraft. Wenn er seine Schwächen verbergen wollte, gelang es ihm mühelos. Und er ließ sich niemals zum Narren halten. Keine junge Frau — mag sie auch noch so reizvoll sein — hätte es geschafft, ihn zu übervorteilen.«

»Danke.«

»Denkt Ihr Mann anders darüber?«

»Offensichtlich.«

»Nun, er liebte seinen Vater. Eine Zeitlang beurteilte er ihn falsch. Sobald er Davids wahren Charakter erkannte, versuchte er seinen Fehler wiedergutzumachen. In den letzten Jahren standen sich die beiden sehr nahe. Und wenn Hawk Ihnen mißtraut — dann vielleicht nur, weil ihn seine tiefe Trauer um den Verstorbenen quält.« Sloan schwieg eine Weile. Dann bat er: »Würden Sie mir Ihre Geschichte erzählen, Lady Douglas?«

»Die ist lang und kompliziert. Für den Augenblick sollte es genügen, daß ich Lord David Douglas keinen Schaden zufügen wollte. Er war mein lieber Freund, und ich mochte ihn sehr gern.« Plötzlich errötete sie. »Nicht so, wie Sie vielleicht meinen ...«

Lächelnd schüttelte er den Kopf. »Ich glaube, in Ihnen sah er die richtige Frau für seinen Sohn.«

»Aber das bin ich nicht, oder?«

»Oh, Sie passen besser zu ihm, als Sie ahnen. Bis jetzt sind Sie kein einziges Mal in Ohnmacht gefallen.«

»Doch, einmal.«

»Wann?«

»Nachdem Hawk mir mitgeteilt hatte, daß er Lord Douglas ist.«

Da brach er in schallendes Gelächter aus, und Hawk lenkte seinen Hengst an Nutmegs Seite.

»Du scheinst dich gut mit meinem Freund zu verstehen«, bemerkte er, während Sloan vorausritt. »Gefällt dir die Reise?«

»Diese Landschaft ist wundervoll.«

»Hier wohnt Wakantanka.«

»Das große Geheimnis?«

»Ja.«

»Glaubst du daran? Du hast deinen Vater nach christlicher Sitte begraben.«

»Weil er ein Christ war.«

»Und du?«

»Im Kreis der Weißen bin ich ein Christ. Und ich glaube an ein höheres Wesen. Man mag es Gott nennen oder Wakantanka, und alle Menschen wurden von ihm erschaffen, ganz egal, wie ihre Hautfarbe aussieht. Wenn man die Schönheit der Erde betrachtet, muß man doch an einen Gott glauben, nicht wahr?«

»Zweifellos. Und an die Macht des Guten — und des Bösen.«

»Himmel und Hölle?«

Skylar nickte. »In den Herzen der Menschen, die Gott geschaffen hat, lebt auch das Böse.«

»Du sprichst von Indianern?«

»Und von Weißen.«

»Oh! Ausnahmsweise sind wir einer Meinung.«

Sie lächelte ihn an, und das Grauen der letzten Nacht schien in weite Ferne zu rücken.

»Für die Sioux ist Wakantanka das große Geheimnis«, fuhr er fort. »Aber es gibt noch andere Götter — ziemlich zwiespältige Gestalten.«

»Tatsächlich?«

»Vier Götter sind Wakantanka untergeordnet — Inyan, der Felsen; Maka, die Erde; Skan, der Himmel, und Wi, die Sonne. Und jeder erfüllt eine besondere Aufgabe. Sie haben Verbündete — zu Wi gehört Hanwi, der Mond, zu Skan Tate, der Himmel, zur Erde Whope, die Tochter der Sonne und des Monds, die Schöne genannt. Und Wakinyan, der Geflügelte, der wie der Donner brüllt und blitzende Augen besitzt, ist mit Inyan, dem Felsen, verbündet. Ergibt das einen Sinn?«

»O ja.« Fasziniert betrachtete Skylar das schöne Land ringsum und schaute zum Himmel hinauf. »Welch eine Welt!«

»Viele Sioux glauben, sie würden die Welt besitzen — den Himmel, die Sonne, die Erde und die Schönheit des Landes ringsum.«

»Und nun werden sie dieses Land verlieren?«

Hawk nickte wortlos.

»Aber wenn man ein Abkommen schließt ...«

»So viele Vereinbarungen wurden schon getroffen, und keine war das Papier wert, auf dem sie stand. Gewiß, die Indianer haben Greueltaten in den Siedlungen der Weißen begangen. Und von den Weißen wurden sie ebenso grausam behandelt. Manchmal fragt man sich, ob es wirklich einen Gott gibt, der dies alles mit ansieht. Ich persönlich glaube, daß eine furchtbare Tragödie über uns hereinbrechen wird, ehe eine weitere sogenannte ›Übereinkunft‹ zustande kommt. Deshalb reite ich mit Sloan hierher, um ein allzu schlimmes Blutvergießen zu verhindern. Mehr können wir nicht tun.« Wehmütig lächelte er ihr zu. Dann spornte er Tor an und ritt seinem Freund nach.

Als sie an diesem Abend ihr Lager aufschlugen, band Skylar das Maultier an einem Baum fest. Trotzdem versuchte es, sich zu wehren. Aber Skylar gewann die Oberhand, lud das Gepäck ab und kochte Kaffee, während sich die Männer um die kleine Rinderherde kümmerten. Später half sie Willow, das Essen vorzubereiten. An diesem Abend waren sie nicht zur Jagd gegangen, also begnügten sie sich mit dem Proviant, den Meggie eingepackt hatte — Schinken, Bohnen und Maisbrötchen.

Während der Mahlzeit hielten Hawk und Sloan abwechselnd Wache, mit Messern und Colts bewaffnet.

»Glaubst du, daß immer noch Crow in unserer Nähe sind, Hawk?« fragte Skylar und versuchte ihre Nervosität zu verbergen.

»Jetzt nicht mehr.« Er setzte sich zu ihr, und Sloan stand auf. An einen Baumstamm gelehnt, starrte er in die Nacht. »Jetzt sind wir schon so nahe an Crazy Horses Leute herangekommen, und normalerweise weichen die Crow einem so großen Sioux-Lager aus.«

»O Gott, das alles ist so verwirrend. Manche Indianer verstehen einander — andere nicht. Weil Crazy Horse die Weißen haßt, läßt er sich nicht auf Verhandlungen mit den Vertretern der Regierungsstellen ein. Aber ihr beide könnt ihn unbehelligt aufsuchen, obwohl in euren Adern das Blut weißer Menschen fließt.«

Die Freunde wechselten einen Blick, und Skylar erkannte, daß es Dinge gab, die sie niemals verstehen würde.

Trotzdem versuchte Hawk zu erklären: »Bei den Sioux ist jeder Mann eine individuelle Persönlichkeit. Er muß seinem Weg folgen. Und keiner darf ihm sagen, wohin dieser Weg führen soll.«

»Also kann jeder tun, was er will?«

Hawk schüttelte den Kopf. »Meistens wollen die Männer und Frauen nach gewissen Regeln leben. In unserer Gesellschaft gibt es vier große Tugenden, die wir anstreben — Tapferkeit, Stärke, Großzügigkeit und Weisheit.«

»Und dies sind die Tugenden, die uns in all den Jahren halfen, am Leben zu bleiben«, ergänzte Willow.

»Natürlich muß jeder Krieger Tapferkeit beweisen«, betonte Hawk, »sein Heim verteidigen, erfolgreich zur Jagd gehen und seine Feinde herausfordern — so wie du gestern abend diesen Crow-Krieger.«

»Was meinst du?« fragte Skylar.

»Du — eine Frau — hast ihn geschlagen und gedemütigt. Darüber sprachen die Crow, während sie dich gefangenhielten und am Lagerfeuer saßen. Sloan und ich belauschten sie. In einer Schlacht ist es viel mutiger, den Feind direkt anzugreifen, als aus der Ferne auf ihn zu schießen.«

»Bei den Weißen ist es umgekehrt«, bemerkte Sloan. »Ein Army-Offizier beweist seine Fähigkeiten, indem er möglichst viele Feinde auf einmal tötet. Und das schafft er nur, weil er sie aus der Ferne angreift. Um in unserer Gesellschaftsordnung Ruhm und Ansehen zu gewinnen, muß man große Siege erringen.«

Hawk seufzte. »Und deshalb möchte Autie Custer die Sioux besiegen, weil er Präsident der Vereinigten Staaten werden will — der große weiße Vater. Nur aus diesem Grund hält er sich an die Abkommen, die er mit seinen Crow-Spähern geschlossen hat.«

»Ein Sioux braucht keinen großen Sieg«, sagte Sloan, »aber er muß stets ein tapferes Leben führen.«

»Und jeder Krieger kann den Kriegspfad wählen«, fügte

Willow hinzu. »Den anderen steht es frei, ihm zu folgen — oder auch nicht. Aber bei wichtigen Jagden oder Schlachten müssen die Akicitas die jüngeren Krieger kontrollieren, die mit ihrer Ungeduld den Feind oder den Büffel zu früh alarmieren könnten.«

»Die Akicitas?« fragte Skylar.

»Das sind indianische Polizisten«, erklärte Hawk.

» . . . die ihre Fahnen nach dem Wind drehen«, fügte Sloan hinzu.

»Das verstehe ich nicht«, seufzte sie.

»Man wählt sie aus verschiedenen Kriegerverbänden aus, so daß keiner allzuviel Kontrolle über den anderen hat«, sagte Hawk.

»Das klingt doch sehr demokratisch«, meinte sie lächelnd.

»Nun, wir leben in einer freien Gesellschaft. Crazy Horses Krieger scharen sich aus eigenem Antrieb um ihn, während die Soldaten der weißen Generäle gehorchen müssen — ob's ihnen paßt oder nicht. Wenn Sloan und ich hierherkommen, dann nicht als Weiße, obwohl wir in der Welt weißer Menschen leben.«

»Und was bin ich?« fragte Skylar.

Gleichmütig zuckte Hawk die Achseln. »Mein Eigentum.«

»Das meinst du nicht ernst . . .«

»Aber der Wigwam wird Ihnen gehören, Skylar«, versprach Sloan grinsend.

»Erst muß sie ihn aufbauen«, gab Hawk zu bedenken. »Und sie darf nicht vergessen, welchen Platz die Frauen einnehmen. Erst bedienen sie ihre Männer, dann dürfen sie selber essen.«

»Was?« fauchte sie.

»Und sei bloß vorsichtig! Viele Sioux stehlen anderen Kriegern die Ehefrauen.«

»Sogar Crazy Horse hat das einmal gewagt«, erzählte Sloan. »Deshalb wurde ihm ins Gesicht geschossen.

Glücklicherweise suchte seine Familie keine Vergeltung, sonst wäre ein gewaltiger Krieg ausgebrochen.«

»Und Black Shawl — der Frau, die er ihrem Mann No Water entführte — ist auch nichts passiert«, bemerkte Hawk und lächelte Skylar an. »Eigentlich hätte man ihr die Nase abschneiden müssen.«

Nun hatte sie genug gehört. Erbost stand sie auf und eilte zum Bach, an dem sie das Lager aufgeschlagen hatten.

»Skylar!« rief Hawk ihr nach.

Doch sie ignorierte ihn. In ihren warmen Umhang gehüllt, ging sie am Ufer entlang. Ein silberner Mond beleuchtete den Weg und spiegelte sich in funkelnden Wellen.

Das ist nicht meine Welt, dachte sie wütend. Oh, zum Teufel mit Hawk ...

Sie setzte sich an den Wasserrand, wusch ihr Gesicht, kühlte ihre erhitzten Wangen.

Warum war sie in so heftigen Zorn geraten? Sicher hatten die Männer nur die Wahrheit erzählt. Aber in welchem Ton — so spöttisch ... Würde Hawk denn niemals aufhören, sie herauszufordern? Konnte er ihr nicht verzeihen, was sie nach seiner Meinung verbrochen hatte?

Plötzlich fiel ein Schatten auf die gleißenden Wellen, und sie sprang entsetzt auf. Waren die Crow schon wieder herangeschlichen?

»Skylar!«

Erleichtert drehte sie sich um. Hawk war ihr gefolgt. Offenbar konnte er seinen Zorn nur mühsam bezähmen.

»Du kannst nicht ständig davonlaufen.«

»Aber ich sah keinen Grund, noch länger bei euch zu bleiben.«

»In der Sioux-Gesellschaft herrschen nun einmal gewisse Gesetze, und du mußt den Tatsachen ins Auge blicken.«

»Leider weiß ich nicht, wie man einen Wigwam aufbaut«, zischte sie.

»Wir werden im Zelt meines Großvaters wohnen«, erklärte er und streckte seine Hand aus. »Komm jetzt, gehen wir ins Lager.«

Aber sie wich zurück. »Wie gut, daß ich keine Sioux bin ...«

»Vielleicht hast du einen falschen Eindruck gewonnen. Ein Sioux liebt seine Frau und seine Kinder, und er schützt sie vor allen Gefahren. Wenn er stirbt, sorgen ihre Verwandten und die Freunde ihres Mannes für sie. Sie führt ein freies, stolzes, würdiges Leben. List und Tücke sind ihr fremd. Und sie hat es auch nicht nötig, solche Tricks anzuwenden.«

»Im Gegensatz zu den weißen Frauen.«

Hawk schwieg.

»Im Gegensatz zu mir!«

Als er sie immer noch wortlos anstarrte, schluckte sie mühsam ihre Tränen hinunter. Jetzt erkannte sie ihren Fehler. Sie hatte das Volk angegriffen, dem er sich so innig verbunden fühlte. Und einem solchen Kampf war sie nicht gewachsen.

»Ich hätte dich nicht zwingen sollen, mich hierherzubegleiten«, sagte er leise.

»Aber du hast es getan.«

»Weil du mich immer wieder in Wut bringst.«

»Und du mich ...«

»Immerhin bist du freiwillig in den Westen gekommen.«

»Ja, aber ...« Unsicher verstummte sie.

»Aber du bist nicht freiwillig mit mir verheiratet«, vollendete er den Satz.

Das hatte sie nicht gemeint. Doch sie fand nicht die richtigen Worte. »*Du* bist doch gegen diese Ehe.«

»Und du hast dich dafür entschieden, als ich dir die Wahl ließ. Deshalb mußt du mein Leben jetzt teilen — so, wie es nun einmal ist.« Wieder streckte er die Hand aus. »Gehen wir ins Lager.«

Doch sie zögerte.

»Verdammt!« fluchte er. »Ich gebe dir, was ich kann.«

»Vielleicht ist das nicht genug.«

»Und vielleicht mußt du mir mehr geben — um mehr zu bekommen.«

»Was könnte ich dir denn geben?«

»Die Wahrheit. Aber die würden dir wohl nicht einmal die Crow entlocken — selbst wenn sie dich noch so grausam foltern würden.« Hawk verlor die Geduld, packte ihre Hand und zog sie am Ufer entlang.

»Wahrscheinlich kannst du dir viel bessere Folterqualen ausdenken als die Crow!«

»Nun, jeder Sioux glaubt, er wäre seinen Feinden überlegen.«

»Und ich? Bin ich deine Feindin?«

»Du bist meine Frau.«

»Aber unerwünscht! Also gibt es sicher Augenblicke, wo du vergißt, daß wir verheiratet sind . . .«

Abrupt blieb er stehen und wandte sich zu ihr. Sie spürte die Nähe seines warmen Körpers, seine unbeugsame Kraft, die sie in dieser gefährlichen Wildnis tröstete und beruhigte — trotz der feindseligen Worte.

»Keine Sekunde lang, meine Liebe«, entgegnete er. »Und laß dich warnen — du solltest es auch nicht vergessen.«

»Werde ich sonst meine Nase verlieren?«

»Was für ein Unsinn!« Als er sie an sich zog, lächelte er. Aber sie sah ein bedrohliches Glitzern in seinen grünen Augen. »Squaw!«

17

Am nächsten Spätnachmittag erreichten sie Crazy Horses Lager. Schon Stunden zuvor hatte Skylar eine leichte Veränderung in der Luft bemerkt — so als könnten die Bäume sehen. Sloan erklärte ihr, man würde sie bereits seit dem vergangenen Tag beobachten.

Ehe sie im Camp ankamen, ritt ihnen ein Krieger entgegen, der ihr zunächst Angst und Schrecken einjagte. In ihren Augen sah er so aus wie ihre Crow-Entführer.

Hawk seufzte ungeduldig, weil sie die Unterschiede in der Bemalung und dem ganzen Auftreten nicht erkannte. Aber Sloan versicherte ihr, sogar ein Teil der Kavallerieoffiziere, die bereits jahrelang gegen die Indianer kämpften, würden manchmal Sioux mit Crow verwechseln.

Am Fluß reihten sich zahllose Zelte aneinander. Überall tummelten sich Indianer, und Skylar sah sich in wachsender Furcht um. Aber sie ließ sich nicht anmerken, was sie empfand.

Der Krieger, der die Neuankömmlinge empfangen hatte, war Willows Bruder, Ice Raven. Als sie ins Dorf ritten, wurden sie von lachenden Kindern umringt. Die Frauen, die vor den Zelten saßen, über offenen Feuern kochten oder Büffelhäute zusammennähten, schauten neugierig auf. Lächelnd nickten Hawk, Sloan und Willow den Kriegern zu, die von allen Seiten herbeieilten.

Vor einem großen Zelt in der Mitte des Lagers stiegen sie ab und begrüßten einen hochgewachsenen, würdevollen alten Mann mit langem, eisgrauem Haar, indem sie seine Unterarme umfaßten. Diesen Gruß erwiderte er sichtlich erfreut.

Während Hawk einigen jungen Burschen befahl, die Rinder und Ponys zu übernehmen, spürte Skylar den prüfenden Blick des alten Indianers und wußte nicht, was sie tun sollte. Ihr Mann sprach mit ihm. Dann hob er sie aus dem Sattel. »Jetzt muß ich gehen. Inzwischen bleibst du bei meinem Großvater.«

»Das ist dein Großvater?« wisperte sie.

»Ja.«

»Er sieht so — wild aus.«

»Sicher wird er dir nichts antun.«

»Das habe ich auch gar nicht befürchtet. Aber — ich verstehe seine Sprache nicht. Mußt du wirklich gehen?«

»Seit wann legst du so großen Wert auf meine Gesellschaft?« fragte er lachend.

»Oh — ich ...« Sie errötete verlegen.

»Keine Bange, du wirst es schon schaffen.«

Einladend wies der alte Mann auf die Zeltklappe. Hawk schob sie hindurch, folgte ihr aber nicht. Also mußte sie selber sehen, wie sie zurechtkam. Unbehaglich blickte sie sich um.

In der Mitte des großen Wigwams saß eine weißhaarige alte Indianerin und bestickte eine gebleichte weiße Rehhaut mit türkisblauem Garn. Vielleicht sollte das ein Kleid werden, so wie es die meisten Frauen hier trugen. Sie hob den Kopf und nickte, als hätte sie Skylar erwartet, deren Ankunft sie weder zu erschrecken noch zu überraschen schien.

Neben der Greisin kauerten Kinder — ein elf- bis zwölfjähriges Mädchen, ein Junge von etwa acht Jahren und drei kleinere Kinder. In einer Wiege lag ein Baby.

Das ältere Mädchen lächelte Skylar schüchtern an und ging zu ihr, gefolgt von den anderen. Als sie sich bückte, sprangen alle an ihr hoch. Lachend fiel sie zu Boden, und nachdem sie sich eine Weile gebalgt hatten, begann das Mädchen in der Sioux-Sprache zu sprechen. Sie machte dabei eine Trink-Bewegung — eine Geste, die Skylar nicht mißverstehen konnte. Sie setzte sich auf. »Ja, Wasser — bitte.«

Nun betrat Hawks Großvater das Zelt und beobachtete sie mit dunklen, unergründlichen Augen. Sein Gesicht war vom Alter, von Wind und Wetter gefurcht. Sie trank aus dem ausgehöhlten Kürbis, den das Mädchen ihr gereicht hatte, und bedankte sich. Dann fand ein kleineres Kind einen Schildpattkamm in ihrer Rocktasche, und sie zeigte ihm, was man damit machte.

Sie strich mit dem Kamm durch das feine schwarze Haar und hielt ihn dem Kind hin, das sie mit großen, mandelförmigen Augen anschaute. Plötzlich stockte ihr Atem. Denn sie erinnerte sich an die weißen Soldaten, die solche schönen, unschuldigen Kinder getötet hatten. Sie erschauerte unwillkürlich, wandte sich wieder zu dem alten Krieger und gewann den Eindruck, er würde ihre Gedanken erraten. Stimmte diese Vermutung? Offensichtlich. Sein Lächeln schien es zu bestätigen.

Leise begann die alte Frau, mit ihm zu reden.

»Deer Woman möchte dich fragen, ob du hungrig bist«, erklärte er, »doch sie spricht deine Sprache nicht.«

»Nein, danke, ich . . .« Erstaunt verstummte Skylar. Hawks Großvater sprach sehr gut Englisch. Nachdem sie sich von ihrer Verblüffung erholt hatte, überlegte sie, es wäre unhöflich, das Angebot abzulehnen. »Vielleicht ein bißchen. Aber wenn es Umstände macht . . .«

Ihre Stimme erstarb, als die alte Indianerin das Zelt verließ. Wenig später kehrte sie mit einer Schüssel voller Fleisch in dicker Sauce zurück. Skylar dankte ihr, kostete das Gericht und hoffte, man würde ihr nichts anmerken, wenn sie es angewidert hinunterwürgen müßte.

Aber es schmeckte köstlich. Während sie aß, beobachtete sie, wie die Kinder mit dem Schildpattkamm spielten. Der Großvater setzte sich ans Feuer. »Wie ich höre, sind deine Füße wund.«

»Oh, das ist nicht schlimm.«

»Deer Woman hat eine Salbe für dich.«

Nach dem Essen zog sie Stiefel und Strümpfe aus. Vorsichtig bestrich die alte Frau Skylars Sohlen mit der Salbe.

»Du kommst aus dem Osten?« fragte der Großvater.

»Ja.«

»Und du bist mit Hawk verheiratet?«

»Ja.«

»Wie ist es dazu gekommen?«

»Ich — habe im Osten seinen Vater kennengelernt.«

Der alte Krieger nickte. Offenbar genügte ihm diese Erklärung, die niemand anderer verstand. »Also hat David dich für Hawk gefunden.«

»Eh — ja.«

»Was hältst du von uns?« erkundigte er sich lächelnd.

Seine unverblümte Frage überrumpelte Skylar. »Das — kann ich noch nicht sagen. Ich bin eben erst hierhergekommen, und ich will versuchen, mich möglichst schnell einzuleben. Aber ich glaube, mit den Kindern habe ich mich sofort verstanden.«

»Sehr gut — ich bin ihr Urgroßvater. Vier gehören Pretty Bird, Hawks Kusine, Ice Ravens und Blades Schwester. Und zwei stammen von Red Fox, der im Kampf gefallen ist.«

»Oh, tut mir leid . . .«

»Danke. Nun, was hältst du von uns.«

»Natürlich muß ich noch viel lernen. Nur eins weiß ich schon jetzt — die Sioux sind tapfer, stark, großzügig und weise. Hoffentlich seid ihr auch zu mir großzügig.« Nach einer kurzen Pause fragte sie zögernd: »Und was hältst du von mir?«

Die unverbindliche Antwort erinnerte sie an seinen Enkel. »Das weiß ich noch nicht.«

Lächelnd nickte sie.

»Was soll ich denn von dir halten?«

»Ich — ich würde mir wünschen, daß du mich magst.«

»Hawks wegen?«

»Ja«, stimmte sie etwas unsicher zu.

»Übrigens, mein Enkel und mein Schwiegersohn haben mir Englisch beigebracht. Meistens verheimliche ich diese Sprachkenntnisse.«

»Dann werde ich nichts davon verraten.«

»Also willst du lernen, wie wir leben. Das freut mich, denn viele weiße Menschen urteilen zu schnell über uns. Sie glauben, hier in der Prärie wären alle Indianer gleich. Und sie behaupten, wir seien Wilde.« Seufzend hob er eine Hand und zeigte auf die schlanke Frau mit den ordentlich geflochtenen weißen Zöpfen. »Deer Woman lebte unter unseren Verbündeten, den Cheyennes im Norden — gute Menschen.«

»Natürlich sind deine Verbündeten gute Menschen«, meinte Skylar lächelnd.

»O ja. Unsere Verbündeten ... Oft sagen die Weißen, die Sioux seien besonders kriegerisch. Aber wir suchen keinen Krieg mit ihnen. Sie haben uns versprochen, wir könnten gewisse Gebiete behalten, bis das Gras nicht mehr wachsen, der Wind nicht mehr über der Prärie wehen und der Himmel nicht mehr blau leuchten würde. Friedlich lagerten die Cheyennes am Wachita. Die Frauen arbeiteten mit ihren Ahlen, die Männer reinigten ihre Jagdgewehre. Über dem Land lag eine dicke Schneedecke. Kinder spielten, Babys schrien. Plötzlich ertönten die Trompeten der weißen Soldaten. Unzählige Pferde sprengten durch den Schnee. Und dann kamen die weißen Männer ins Dorf und schossen, schlugen die Bewohner nieder und steckten die Wigwams in Brand. Ob sie Krieger oder alte Leute, Kinder, Frauen und Babys töteten, kümmerte sie nicht. Pretty Womans Tochter, die ein Kind auf dem Arm und eins unter dem Herzen trug, wurde grausam ermordet. In großen Pfützen breitete sich das Blut im Schnee aus. Wenn sie uns wild nennen — was sind dann die Weißen?

Deer Woman wurde für tot gehalten und einfach liegengelassen. Nur wenige überlebten. Du siehst also, meine Enkelin, der Mensch ist zu vielen Dingen fähig, und ich bin froh, daß deine Augen hinter die Dinge blicken, die sie sehen.«

»Danke«, flüsterte sie.

Inzwischen hatte die alte Frau Skylars Füße mit der Salbe eingerieben. Sie stand auf, holte das schöne Kleid, das sie bestickt hatte, und legte es ihr in die Hände.

Was sie sagte, verstand Skylar nicht, und der Großvater übersetzte: »Deer Woman schenkt dir das Kleid.«

»Oh, so etwas Schönes kann ich nicht annehmen ...«

»Doch, denn du hast uns Ponys und Rinder gebracht. Die Ponys helfen uns zu überleben, die Rinder bieten uns ein Festmahl. Also mußt du dieses Kleid tragen und auch das Geschenk der anderen Frauen in Ehren halten.«

»Das Geschenk der anderen Frauen?« Als sie ein Kichern hörte, drehte sie sich um.

Im Eingang des Wigwams standen mehrere Indianerinnen. Offenbar hatten sie schon die ganze Zeit hereingeschaut. Lachend lief das älteste Mädchen zu Skylar, zog sie auf die Beine und führte sie dann aus dem Zelt.

Die Frauen berührten sie, drehten sie im Kreis herum, strichen über ihr Haar. Beklommen dachte sie an die Geschichten, die sie gehört hatte. Angeblich würden die Sioux-Squaws ihre Gefangenen grausam foltern.

Aber diese Frauen taten ihr nichts zuleide. Mochte es im Lager auch Leute geben, die sie wegen ihrer weißen Haut verachteten — diese Indianerinnen waren ihr freundlich gesinnt. Könnte sie doch mit ihnen sprechen, alles über sie erfahren ...

Eifrig ergriffen sie Skylars Hände und zogen sie mit sich. Als sie ihr das Geschenk zeigten, bedankte sie sich gerührt, und sie war sicher, daß sie verstanden wurde.

Da Hawk und Sloan nur halbe Sioux-Wasichus waren und ihre andere Welt eben erst verlassen hatten, unterzogen sie sich willig dem Ritual eines reinigenden Schweißbades, dem Inipi. Darin befreiten sie sich von allem Unrecht, das sie vielleicht begangen hatten, und von fremden Mächten.

Danach schlüpften sie in enge Lederhosen und Mokassins und bereiteten sich auf den offiziellen Besuch bei Crazy Horse vor.

Er erwartete sie zusammen mit He Dog, einem seiner treuesten Anhänger, und sie begrüßten sich alle wie alte Freunde — aber zurückhaltend, wie es der Sioux-Art entsprach.

Bei der Besprechung saß Crazy Horse zwischen Hawk und Sloan. Auch Willow, Ice Raven und Blade gesellten sich hinzu.

Zuerst zündete der Häuptling seine Pfeife an, die er mit den anderen teilte, dann servierten seine Frau und ihre Mutter, die ebenfalls im Wigwam wohnte, den Gästen würziges Büffelfleisch. Nachdem sie gegessen und ihrem Gastgeber gedankt hatten, eröffnete Crazy Horse das Gespräch. »Warum ihr gekommen seid, weiß ich bereits. Auch die Sioux von den Regierungsbehörden haben mich besucht, die Männer Red Clouds, der einst so erbittert gegen die Weißen focht. Jetzt erklärt er mir, wir könnten sie niemals besiegen, weil sie in der Überzahl sind.«

»Red Cloud war in Washington«, erwiderte Hawk, »und er hat die unglaubliche Menge von Weißen tatsächlich gesehen.«

»Wie eine riesige Welle überschwemmen die weißen Siedler unser Land«, bemerkte Sloan.

»Zeit meines Leben schlossen wir mit den Weißen einen Vertrag nach dem anderen ab.« Ärgerlich runzelte Crazy Horse die Stirn. »Wir sagten, sie dürften keine Eisenbahnen bauen, und dann sahen wir sie Schienen legen, geschützt von weißen Soldaten. Vor unseren Angriffen fragten wir immer wieder, warum sie an diesem oder jenem Ort waren, obwohl sie versprochen hatten, sich dort nicht aufzuhalten. Die Black Hills gehören Sa Papa — und da können die Weißen nicht leben. Cougar-in-the-Night, deine Army sollte den Weißen verwehren, noch weiter in die Black Hills vorzudringen.«

»Glaub mir, meine Army verzweifelt. Sie versucht die Siedler aufzuhalten. Aber in den Black Hills liegt Gold. Und wenn die weißen Männer vom Goldfieber gepackt werden, kann man sie nicht bändigen.«

»Nach Red Clouds Meinung sind die Black Hills bereits verloren«, gab Hawk zu bedenken, und Crazy Horse wandte sich zu ihm.

»Du wohnst am Rand des Sioux-Gebiets. Dort führte auch dein Vater, den wir den weißen Sioux nannten, ein friedliches Leben. Und er nahm sich nur das Gold, das er außerhalb des heiligen Landes fand. Warum verstehen die anderen Weißen das nicht? Sie verlangen mehr und mehr. Und während sie von Frieden reden, überfallen sie Indianerdörfer. Wo soll das alles enden?«

»Es wird nicht enden«, erwiderte Hawk wahrheitsgemäß.

»Vermutlich willst du mich auffordern, mit den Weißen über den Verkauf der Black Hills zu verhandeln.«

»Ja.«

»Aber du weißt, daß ich nicht zu ihnen reiten werde.«

»Das weiß ich.«

»Nun, du hast mir die Einladung überbracht, und ich lehne sie ab. Cougar, auch du weißt Bescheid. Kehr zu deiner Army zurück und versichere, du hättest alles getan, was in deiner Macht stand, um mich zu beschwatzen. Ich verhandle nicht mit den Weißen, und ich werde dem Verkauf der Black Hills niemals zustimmen. Vielleicht werden sie diese Berge trotzdem besiedeln. Dann begeben sie sich in Gefahr. Der weiße Mann fordert den Krieg heraus, während ich mich von ihm fernhalte. Wenn er mich angreift, muß ich ihn abwehren. So ist das nun einmal.«

»Möglicherweise können wir immer noch ein Blutvergießen vermeiden«, warf Hawk ein.

Crazy Horse starrte Sloan an. »Aber die Army wünscht unseren Tod.«

Entschieden schüttelte Sloan den Kopf. »Nicht die Army. Nur einige Generäle. Natürlich können sie die Indianer, die für die Regierungsbehörden arbeiten, nicht einfach töten. Wenn sie friedliebende Menschen umbrächten, würde der ganze Osten in heller Empörung aufschreien.«

»Spielt das eine Rolle?«

»Ja. Wenn ein Mann bei den Weißen herrschen will, müssen ihm andere diese Macht verleihen. Er wird vom Volk gewählt. Wenn jemand einen großen Sieg gegen die Sioux erringt, würden ihn manche Leute bevorzugen. Aber es gibt auch besonnene, gute weiße Männer, Crazy Horse. So wie jene, die damals für die Befreiung der schwarzen Sklaven eintraten. Und sie sagen, man dürfe keinen Menschen töten, der den Frieden wünscht.«

»Also findest du, ich sollte vergessen, was die Weißen uns zuleide taten, und den Frieden suchen?«

Wieder schüttelte Sloan den Kopf. »Was geschehen ist, bedrückt mich zutiefst. So viele Brüder wurden grausam niedergemetzelt. Wenn Crazy Horse angegriffen wird, muß er kämpfen. Zusammen mit Sitting Bull und Gall und anderen. Du bist unser Rückgrat. Vielleicht wird die Zeit kommen, wo die Sioux zahlenmäßig so unterlegen sind, daß sie keine Chance mehr haben. Jetzt kannst du nur eine einzige Entscheidung treffen — du mußt dich gegen die Weißen wehren.«

Lächelnd hob Crazy Horse die Brauen und schaute Hawk an. »Er ist kein weißer Mann.«

»In gewisser Weise doch. Die Botschaft, die wir dir überbringen, ist wichtig. Aber ebenso wichtig ist deine Antwort. Cougar wird der Army erzählen, Crazy Horse sei stark und viele Sioux — und *Verbündete!* — würden hinter ihm stehen. Hoffentlich werden die Generäle dem weißen Vater erklären, sie könnten die Black Hills nicht stehlen, so wie das übrige Land. Ja, die Weißen werden bis hierher vordringen. Doch vielleicht können die Sioux ihr Ziel erreichen, wenn eine Grenze gezogen und ein Preis bezahlt wird.«

Crazy Horse zuckte die Achseln. »Sicher wird die Army gegen uns kämpfen. Doch dieser Tag ist noch nicht angebrochen. Wenn es soweit ist, verteidigen wir uns. Hawk, du hast deine neue Frau mitgebracht?«

Obwohl ihn die unvermittelte Frage irritierte, nickte Hawk. Er wußte, daß der alte Freund nicht nur seine Neugier befriedigen, sondern auch das Ende der politischen Besprechung anzeigen wollte.

»Hat sie dich freiwillig begleitet?«

Nicht ganz. Hawk hatte sie zwar bedroht, aber nicht gewaltsam hierhergeschleppt. Ein Sioux durfte nicht lügen.

Aber er war auch nicht bereit, die Wahrheit zu verraten. Statt dessen wechselte er das Thema.

»Unterwegs wurden wir von Crow überfallen. Nie zuvor habe ich einen Crow im Osten des Sioux-Gebiets gesehen. Sie entführten meine Frau. Aber wir folgten ihnen und befreiten Skylar.«

»Und die Crow-Krieger?«

»Sie sind tot.«

»Wie ich höre, hast du Crow-Ponys mitgebracht.«

»Ja.«

Verwundert wandte sich Crazy Horse zu He Dog. »Das verstehe ich nicht. Warum attackieren die Crow eine weiße Frau innerhalb unserer Jagdgründe, in der Nähe ihrer eigenen Landsleute? Manchmal dienen die Crow den Weißen als Späher — und unterstützen sie im Kampf gegen uns. Sehr sonderbar ... Allerdings gab es einen Zwischenfall. Ein paar junge Oglala überfielen ein Crow-Lager, stahlen mehrere Ponys und die Tochter eines Kriegerhäuptlings. Doch das Mädchen wollte entführt werden. Jetzt ist sie mit Stand-Against-Darkness verheiratet. Vielleicht wollen die Crow Rache üben. Aber dieses Dorf können sie nicht angreifen, zu viele Sioux sind hier versammelt. Sei vorsichtig, wenn du zurückreitest, Hawk. Nimm ein paar Krieger mit.«

»Cougar, Willow und ich können für uns selber sorgen.«

»Aber deine Frau reitet mit euch. Allein schon ihr Haar muß jeden Mann reizen. Du bist weiß — und ein Sioux, du bist Thunder Hawk, der seine Tapferkeit oft genug bewiesen hat. Aber vielleicht wirst du manchmal von deinem Blut getäuscht und siehst die Gefahr nicht klar genug. Für einen Crow wäre deine Frau eine kostbare Beute.«

Höflich neigte Hawk den Kopf. »Crazy Horse, deine Weisheit wächst mit jedem Jahr.«

»Seine Frau hat einen Crow geschlagen und sich verbissen gewehrt«, berichtete Sloan, und Crazy Horse hob die Brauen.

»Dann ist es gut, daß ihr alle Feinde getötet habt, Hawk. Also ist sie so temperamentvoll? Eine tapfere Frau, die kämpfen wird, um ihr Heim und ihre Kinder zu schützen. Nicht nur bei Männern, sondern auch bei Frauen ist Mut eine Tugend.«

»Oh, sie ist tatsächlich tapfer und sehr temperamentvoll«, bestätigte Willow lächelnd.

Dann fing er einen warnenden Blick seines Vetters auf und verschwieg, daß Skylar während des fingierten Postkutschenüberfalls ebenso erbittert gekämpft hatte wie gegen die Crow. »Aber im Grunde ihres Herzens ist sie eine Taube«, fügte er hinzu.

»Nun, ich habe gelernt, keine Frauen mehr zu stehlen«, bemerkte Crazy Horse belustigt. »Jetzt bin ich mit meiner Frau Golden Sun glücklich. Ich wünsche dir alles Gute, Hawk, denn du hast schmerzliche Verluste erlitten. Deine zweite Heirat freut mich, selbst wenn du eine Weiße gewählt hast. Auch deine Kinder werden weiß sein ...« Bei diesen Worten nahm seine Stimme einen melancholischen Klang an. »Ich möchte deine Gemahlin möglichst bald kennenlernen.«

»Würdest du morgen mit uns essen?« fragte Hawk.

Natürlich wollte der Häuptling nicht nur Skylars äußere Erscheinung begutachten, sondern auch ihre hausfraulichen Fähigkeiten prüfen. Er würde nicht annehmen, daß sie einen Wigwam bauen oder Büffel häuten konnte, aber zumindest würde er eine anständige Mahlzeit erwarten. Glücklicherweise war sie eine gute Köchin. An jenem Abend in seiner Jagdhütte hatte sie eine köstliche Suppe zubereitet.

Wie würde sie es aufnehmen, wenn er ihr erklärte, er habe Crazy Horse eingeladen und sie müsse die Männer bewirten, dürfe aber nicht mit ihnen essen?

Sie würde gehorchen. Und wenn nicht? Nun, dann würde seine Großmutter die Rolle der Gastgeberin übernehmen.

»O ja, ich komme sehr gern«, beteuerte Crazy Horse. »Da wir auf eure Ankunft vorbereitet waren, haben die Frauen einen Wigwam für euch gebaut. Sicher haben sie deine Skylar inzwischen hineingeführt, und sie wird dich dort erwarten.«

»Oh, einen Wigwam für uns allein! Wie großzügig ...«

»So sind wir nun einmal. Und du hast noch keine Frau, Sloan?«

»Weil ihn zu viele Frauen umschwärmen«, scherzte Willow.

»Ah, die Frauen!« seufzte Sloan, und seine schwarzen Augen wirkten unergründlich. »Sie sind schön — und gefährlich. Deshalb muß man sich vor ihnen hüten. Nein, ich habe keine Frau, Crazy Horse.«

»Und keine Kinder«, fügte der Häuptling bekümmert hinzu.

»Keine, mein Freund.«

Nach einer Weile erhoben sich die Gäste, verabschiedeten sich und traten in die kühle Nacht hinaus. Unzählige Sterne funkelten am dunklen Samthimmel.

»Schlaf gut, mein Vetter!« Ice Raven zeigte in die Richtung des neuen Wigwams, den die Frauen für Skylar gebaut hatten. Dann schlug er auf Hawks Schulter und folgte seinen Brüdern zu Pretty Birds Zelt.

»Was für ein hübscher Wigwam!« bemerkte Sloan. »Mit Mayfair läßt sich's natürlich nicht vergleichen. Aber es gehört ganz allein ihr. Ich habe ihr doch gesagt, bei den Sioux würde das Zelt der Frau gehören. Sei froh, daß du mit ihr allein bist, wenn du ihr erzählst, du hättest Crazy Horse eingeladen ...«

»Mögen alle bösen Götter dieses Waldes über dich herfallen, Sloan«, murmelte Hawk.

»Wenigstens hast du eine ganze Nacht Zeit, um Skylar zu besänftigen«, erwiderte Sloan lachend. Aber plötzlich wurde er ernst und schaute zum Sternenhimmel hinauf. »Um diese Nacht beneide ich dich. Bis morgen.« Er wandte sich ab und folgte Hawks Vettern.

Vor den Wigwams loderten Flammen, graue Rauchwolken stiegen empor. Hawk zögerte nur kurz, ehe er das neue Heim seiner Frau aufsuchte.

18

Die Indianerinnen hatten ein sehr schönes Zelt aus weißen Büffelhäuten genäht und seinen Lebenslauf darauf gemalt — Hawks Kindheit, seinen Sonnentanz, die Kämpfe mit den Crow. Und andere Szenen zeigten seine Abreise mit dem weißen Vater, den Kriegsdienst bei der Army, die Heirat und Sea-of-Stars Tod, sein Leben in Mayfair, die Rückkehr zum Großvater mit einer neuen Frau.

Doch er konnte den Anblick der wunderbaren Bilder nicht genießen, während er in der Mitte des Wigwams stand, denn Skylar war offenbar verschwunden. Hatte sich ein Krieger hereingeschlichen und sie entführt? Seine Augen gewöhnten sich an den schwachen Flammenschein, und da sah er ein Bündel im Hintergrund liegen. Blondes Haar hing über den Rand einer Büffeldecke. Erleichtert ging er zu ihr und kniete nieder.

Sie bewegte sich, versuchte die Decke wegzuschieben. Im Zelt war es sehr warm. Ein Feuer brannte in der Mitte — von jemandem entfacht, der wußte, wie man das machte. Und Skylar trug ein hübsches Rehlederkleid, das eine Indianerin — vermutlich Deer Woman — kunstvoll bestickt hatte.

Plötzlich blinzelte sie, starrte ihn angstvoll an, und erst jetzt wurde ihm bewußt, daß er seine Sioux-Kleidung trug — nur die Lederhose und Mokassins, sonst nichts.

»Ich bin's, Skylar. Also hast du den Tag überlebt. Sogar die Gesellschaft meines Großvaters.«

Nachdem sie sich von ihrem Schrecken erholt hatte, nickte sie. »Er war sehr freundlich.«

»Ja, er ist ein großartiger, weiser Mann, und er spricht viel besser Englisch, als er's eingestehen möchte. Du hast ihn sicher gut verstanden.«

»Mühelos.«

»Und du wurdest auch nicht skalpiert.«

»Nein, aber . . .«

»Was?«

»Vor einem Zelt sah ich die Skalps weißer Menschen hängen, an hohen Pfählen.«

»Gewisse Kavalleristen sammeln indianische Skalps. Überrascht dich das?«

»Allmählich überrascht mich gar nichts mehr.«

Hawk lächelte. »Nun hast du hier im Westen dein eigenes Heim. Das Zelt gehört dir. Selbst wenn wir uns scheiden lassen, bleibt es in deinem Besitz.«

»Kann man sich bei den Sioux so leicht scheiden lassen?«

»Sehr leicht.«

»Bei den Weißen nicht.«

Er schaute ihr in die Augen. Woran mochte sie im Moment denken?

In dieser Nacht erschien sie ihm seltsam verletzlich. Vielleicht lag es an den blonden Locken, die über das Lederkleid hingen, oder am schwachen Licht. Oder sie war aus tiefem Schlaf gerissen worden und hatte keine Zeit mehr gefunden, um sich gegen ihn zu wappnen.

Wie auch immer, er wollte sich mit ihr vereinen, sein Verlangen stillen und sie danach bis zum Morgen in den Armen halten — und vor der Gefahr schützen, der sie entflohen war. Vor der Angst, die sie nicht eingestehen wollte. Vor der Vergangenheit, die sie in den Westen getrieben hatte.

»Nein, im Gesellschaftssystem der Weißen ist eine Scheidung viel schwieriger«, bestätigte er.

»Jetzt sind wir bei den Sioux.«

»Allerdings. Ein Sioux würde eine Frau niemals unbesehen heiraten und anerkennen, was auf einem Blatt Papier steht.«

»Dann haben die Sioux-Gesetze was für sich.«

»Vielleicht«, entgegnete er belustigt. »Aber auch ein Sioux kann seine Frau auf seltsame Weise gewinnen. Wenn sein Bruder im Kampf fällt, muß er dessen Frau — oder Frauen übernehmen.«

»Und wenn er schon ein Zelt voll eigener Gemahlinnen hat . . .«

» . . . dann wird's eben noch enger. Natürlich müssen beide Parteien einer solchen Regelung zustimmen. Eine Frau darf ihrem Schwager danken, sein Verantwortungsgefühl loben und ihren eigenen Weg gehen. Das kommt manchmal vor.« Grinsend streckte er sich neben Skylar aus. »Wenn du und deine Schwester Indianerinnen wärt, könnte ich demnächst eine Zweitfrau heiraten.«

Würden ihre silberblauen Augen eine gewisse Eifersucht verraten? Nein, sie blieben kühl und ausdruckslos.

»Also möchtest du mehrere Frauen haben?«

»Ich wollte nicht mal eine, erinnerst du dich?«

»Nun sind wir bei den Sioux, und du hast eine Frau am Hals, die dir nicht zusagt. Überlegst du, ob du dir eine zweite nehmen sollst, die deinem Geschmack eher entspricht?«

»Würdest du den Wigwam mit ihr teilen?«

»Niemals!« Sie lächelte honigsüß. »Vorher würde ich verschwinden.«

»Und wenn ich dich zurückhalte?«

»Hier im Sioux-Gebiet mußt du mich gehen lassen.«

»Wie, bitte?«

»Inzwischen habe ich einiges gelernt. Ein großer, bedeutsamer Krieger darf nicht von einer Frau belästigt werden. Und ein angesehener Mann wie du würde seiner Gattin erlauben, ihn zu verlassen, wenn sie das wünscht. Dein Stolz sollte dir verwehren, auch nur einen Gedanken an den Entschluß einer so unwichtigen Person zu verschwenden.«

Lachend schüttelte er den Kopf. »Ja, viele Sioux würden dir beipflichten. Aber vergiß nicht, meine Liebe — auch die Indianer sind Menschen und kennen Gefühle wie Leidenschaft und Eifersucht. Und nach meiner weißrot beeinflußten Ansicht sind Ehefrauen ein Ärgernis. Mehr als eine auf einmal wäre einfach unerträglich.«

Skylar lächelte und senkte die Wimpern. Dann richtete sie sich auf und musterte ihn neugierig. »Woran ist deine Sioux-Frau gestorben?«

Obwohl es ihm widerstrebte, schmerzliche Erinnerungen heraufzubeschwören, antwortete er: »An den Pocken.«

»Tut mir leid.«

»Es ist schon so lange her.«

»Trotzdem leidest du immer noch darunter.«

Irritiert erwiderte er: »Wie ich bereits sagte, es ist lange her.«

Und doch — die Frau, mit der er zuletzt in einem Wigwam gelegen hatte, war Sea-of-Stars gewesen. Was für eine sanftmütige, liebevolle, treuergebene Ehefrau ... Ihm zuliebe hatte sie sogar Englisch gelernt, um auch seiner anderen Welt anzugehören, und ihn gebeten, er möge ihr von der schottischen Heimat seines Vaters erzählen.

»Wenn du willst, gehe ich spazieren«, schlug Skylar vor. »Vielleicht möchtest du allein sein.«

»Was?« fragte er verwirrt.

Gewiß, er hatte seine erste Frau von Herzen geliebt, aber nicht so leidenschaftlich wie die zweite. Welch ein Unterschied zwischen der schwarzhaarigen Sea-of-Stars und der goldblonden Skylar, dachte er. Die junge Indianerin hatte ihm in allen Dingen recht gegeben, während Skylar energisch auf ihrer eigenen Meinung beharrte. Und Sea-of-Stars war Teil einer anderen Welt voller zarter Pastell- und warmer Erdfarben gewesen, grün wie das Gras und die Bäume, blau wie die fernen Berge und der Himmel. Jetzt erschien ihm das Leben viel bunter, so rot wie sein Blut, das durch Skylars Reize erhitzt wurde, und wie sein glühender Zorn, den sie so oft erregte.

Als sie sich erhob, fielen die weichen Lederfransen ihres neuen Kleids bis zu den Waden herab. Ihre Füße waren nackt, ihr zerzaustes Haar spiegelte den rötlichen Feuerschein wider. Auch Hawk stand auf. »Dieses Zelt gehört dir.«

»Ja, aber ich bin ebenso großzügig wie die Sioux.«

»Wohin würdest du denn gehen?«

»Einfach nur spazieren — oder ich besuche deinen Großvater, Willow oder Sloan.«

»Das soll ich meiner Frau erlauben? So großzügig bin *ich* nicht. Meine Freunde und Verwandten müssen sich ihre eigenen Frauen suchen.«

»Was für eine lächerliche Diskussion!« warf sie ihm vor. »Ich wollte dich doch nur allein lassen ...«

»Aber ich möchte nicht allein sein.«

Was sie erschreckte, wußte er nicht — war es der Klang

seiner Stimme oder sein durchdringender Blick? Jedenfalls wich sie zurück und stolperte über die Decke, die von ihrem Körper geglitten war. Als sie auf die Büffelhäute stürzte, die am Boden lagen, nutzte Hawk die Gelegenheit, warf sich über sie und saß rittlings auf ihren Hüften. Der Saum ihres Lederkleids rutschte nach oben. Darunter trug sie nichts, und er spürte ihre weichen Schenkel.

»Wirklich, Hawk«, begann sie und versuchte die sinnliche Glut zu ignorieren, die er schürte, »ich wollte nur gehen, damit du ungestört an die Vergangenheit denken kannst ...«

»Ich will nicht nachdenken.«

»Ach ja, dir schwebt was anderes vor.« Herausfordernd starrte sie in seine Augen. »Die Nächte gefallen dir am besten, sogar in einem Wigwam.«

»Ganz besonders in einem Wigwam. Ich liebe den Duft der Erde, die Nachtluft, die Hitze des Feuers auf deiner Haut ...«

»Darfst du solche Dinge genießen, während du wichtige politische Besprechungen führst?«

»So sehr ich die Lebensart der Sioux auch schätze — manchmal bin ich doch lieber ein Weißer. Meine roten Brüder glauben, die Intimität mit einer Frau würde sie schwächen, bevor sie in den Kampf ziehen. Also verzichten sie darauf, ehe sie den Kriegspfad betreten. Statt dessen unterziehen sie sich verschiedenen reinigenden Ritualen. Manchmal folge ich diesem Beispiel.«

»Tatsächlich?«

Lächelnd strich er ihr das Haar aus der Stirn. »Schau nicht so bestürzt drein, meine Liebe! Im Augenblick ist kein Kampf geplant. Meine weiße Hälfte würde die Enthaltsamkeit überflüssig finden.«

»Oh ...«, wisperte sie.

Ungeduldig öffnete er die Lederhose und schob seine Knie zwischen ihre Schenkel. Dann neigte er sich herab, und während er sie küßte, streichelte er ihre Hüften. Seine behutsamen Finger öffneten die weiche Pforte ihrer Weiblichkeit, suchten die empfindsamste Stelle. Mit diesen aufreizenden Zärtlichkeiten zauberte er ein zufriedenes Lächeln auf ihre Lippen. Stöhnend wand sie sich umher.

Nun konnte er nicht länger warten. Er verschmolz mit ihr, hob den Kopf und schaute ihr in die Augen. Qualvoll langsam bewegte er sich.

Doch sie drängte ihn, den Rhythmus zu beschleunigen. In seinen Ohren rauschte das Blut, eine heftige Erschütterung durchfuhr beide Körper. Gemeinsam erreichten sie einen beglückenden Höhepunkt.

Sobald sich seine Herzschläge beruhigten, stand er auf, schlüpfte aus der Hose und den Mokassins. Dann setzte er sich zu Skylar und strich über ihr neues Lederkleid, das sie inzwischen nach unten gestreift hatte. »Deer Womans Werk?«

»Ja.«

»Ich bin froh, daß du dieses Geschenk angenommen hast. Aber nachts mußt du's nicht tragen.« Er zog ihr das Kleid über den Kopf, faltete es ordentlich zusammen und legte es beiseite.

Mit großen Augen schaute sie ihm zu. »Erstaunlich ...«

»Was denn?«

»Wie vorsichtig du mit diesem Kleid umgehst ...«

Hawk hob sie hoch, und sie sanken auf das weiche Lager aus Büffelhäuten und Fellen. »Nun, Deer Woman hat sich sehr viel Mühe damit gegeben.«

»Und wenn eine gute, ehrenwerte, fleißige Tante das schwarze Seidenkleid genäht hätte, daß du mit aller Macht ruinieren mußtest?«

»Würde es eine gute, ehrenwerte, fleißige Tante geben, hätte sie dir niemals erlaubt, ohne sie in den wilden, unzivilisierten, gefährlichen Westen zu reisen.«

»Jemand hat dieses Kleid mühsam angefertigt.«

»Keine Tante?«

Trotz der Wärme im Zelt erschauerte sie, und er drückte sie an sich. »Meine Schwester«, flüsterte sie.

»War sie die ganze Zeit allein im Osten?«

»Mein Vater starb vor langer Zeit. Und meine Mutter kurz vor Lord David Douglas' Tod.«

»Das muß sehr schmerzlich für dich gewesen sein.«

»Oh, du kannst es dir gar nicht vorstellen.«

»Doch.«

Abrupt richtete sie sich auf und schaute ihm in die Augen. »Glaub mir, ich habe nichts getan, um deinem Vater zu schaden. Weil er meine verzweifelte Situation kannte, wollte er mir helfen. Und ich dachte, auch er würde mich brauchen.«

»Skylar, ich möchte endlich wissen, was geschehen ist.«

»Da gibt's nichts zu erzählen.«

»Verdammt ...«

»Es genügt, wenn du weißt, daß ich deinem Vater nichts angetan habe. Ganz im Gegenteil, ich mochte ihn. Das schwöre ich.«

»Also gut, ich glaube dir.«

Mißtrauisch sah sie ihn an, und ihre silberblauen Augen erschienen ihm wie magische Sterne. »Leider wurdest du zu dieser unmöglichen Ehe gezwungen, und das bedauere ich zutiefst ...«

»Hör auf, Skylar.«

»Aber ich ...«

»Alles ist gut.«

»Wirklich?«

»Mittlerweile habe ich mich mit meinem Schicksal abgefunden.«

»Weil dir die Nächte gefallen?« wisperte sie.

»Genau.« Sein Mund suchte ihre Brüste, seine Zunge spielte mit einer harten Knospe. Zitternd schlang sie die Finger in sein Haar.

Wie seltsam ... Soeben hatte er sie mit heißer Leidenschaft geliebt und restlose Erfüllung gefunden. Und nun erwachte die Sehnsucht von neuem. Skylars schöner Körper, ihr Duft, der Geschmack ihrer zarten Haut — dies alles erregte ihn maßlos ...

Erst im Morgengrauen schliefen sie ein.

Als Skylar erwachte, fühlte sie sich erschöpft, glücklich und — geliebt.

Hawk hatte ihr erklärt, die Sioux würden ihre Frauen lieben. Seit dieser Nacht wußte sie, was er meinte — wenn sie auch bezweifelte, daß es tatsächlich Liebe war, was er für sie empfand.

Sie öffnete die Augen und begegnete seinem Blick. Inzwischen war das Feuer erloschen, aber durch die Ritzen des Zelts drang helles Sonnenlicht herein. Deutlich sah sie seine muskulöse Brust, die breiten Schultern, die schlanken Hüften.

Wie gut sie seinen wohlgeformten Körper mittlerweile kannte ... Sein markantes Gesicht, das glatte Haar, die sinnlichen Lippen. Was sie früher so sehr gefürchtet hatte, ersehnte sie jetzt. Mein Mann, dachte sie. Ein Ehemann, der seine Frau nicht will.

Prüfend schaute er sie an. Konnte er ihre Gedanken lesen?

Er liebkoste ihre Wange, und ein atemberaubender Kuß entfachte ein neues Verlangen, obwohl die Lust erst vor wenigen Stunden gestillt worden war.

Danach lag er reglos neben ihr, und sie schloß müde die Augen. Noch nie war sie so erfüllt gewesen, so zufrieden, so glücklich. Obwohl so vieles zwischen ihnen stand, schien ein Herz zum anderen zu finden. Skylar hatte niemals erwartet, daß ihr ein Mann soviel bedeuten würde.

Und jetzt war Hawk ihr Leben.

Irgend etwas in seinem Blick veranlaßte sie zu fragen: »Stimmt was nicht?«

»Nur keine Bange, alles ist in bester Ordnung. Aber soeben habe ich etwas herausgefunden.«

»Was denn?«

»Die Tage gefallen mir genauso gut wie die Nächte«, gestand er, sprang auf und zog sich an.

Als er das Zelt verließ, kuschelte sie sich lächelnd in die warmen Pelzdecken. O ja, auch sie liebte die Nächte *und* die Tage.

19

Nachdem sie in ihr Lederkleid geschlüpft war, hörte sie einen leisen Ruf. Little Rabbit, eine von Pretty Birds kleinen Töchtern, spähte schüchtern ins Zelt und bedeutete ihr, sie müsse sich waschen. Lächelnd nickte Skylar und folgte ihr zum Fluß. Sie wanderten am Ufer entlang, zu einer Stelle, wo mehrere fröhliche Frauen im Wasser planschten und sich gegenseitig anspritzten.

Bei Skylars Anblick jubelten sie. Was sie sagten, verstand sie nicht, doch sie erriet, daß sie mit ihnen baden sollte. Sie zögerte. Vor so vielen neugierigen Augen mochte sie sich nicht ausziehen. Aber das Kleid wurde ohne Umschweife über ihren Kopf gestreift, und die Indianerinnen führten sie in den Fluß.

In den kalten Wellen erschauerte sie, und sie wäre sofort ans Ufer zurückgekehrt, hätten es die kichernden Frauen gestattet. Junge und alte, dicke und dünne, tollten um Skylar herum. Und eine erschien ihr besonders schön, sie hatte schräg gestellte Augen und ein geheimnisvolles Lächeln. Alle ihre Bewegungen wirkten sinnlich.

Als ihr etwas zugeflüstert wurde, schaute sie lachend zum Wasserrand. Dort stand ein Mann im Schatten eines Strauchs, so daß Skylar ihn nicht erkannte. Statt schamhaft in den Wellen unterzutauchen, strich die schwarzhaarige Schönheit aufreizend über ihren Körper. Die anderen Frauen schien das nicht zu stören. Offenbar waren sie an solche Situationen gewöhnt.

Wenig später stiegen sie aus dem Fluß, kleideten sich an und ließen ihr Haar von der Sonne trocknen. Skylar sah die hübsche Indianerin im Gebüsch verschwinden und überlegte, wo Hawk stecken könnte. Warum hatte er sie schon so zeitig am Morgen verlassen? Sie fühlte sich zwar nicht gekränkt, aber etwas beunruhigt. Wie sollte sie diesen Tag verbringen?

Hawks kleine Nichte reichte ihr einen Kamm, aus einem Knochen geschnitzt, und Skylar hoffte, man würde keine menschlichen Gebeine verwenden, um solche Gegenstände herzustellen. Während sie sich kämmte, schlenderten die Frauen zum Dorf, und sie folgte ihnen.

Unterwegs merkte sie, daß sie den Kamm verloren hatte. Um ihn zu suchen, eilte sie zum Badeplatz zurück. Plötzlich erklang das Gelächter einer Frau. Skylar spähte zwischen den Büschen hindurch.

Auf einer kleinen Lichtung stand die schöne Indianerin mit den ungewöhnlichen Augen. Sie hatte sich nicht abgetrocknet, und das dünne Rehlederkleid klebte an ihrem nassen Körper. Sanft und leise, in verführerischem Ton, sprach sie mit einem Krieger, der Skylar den Rücken zuwandte. Sie wollte sich diskret zurückziehen. Aber als er antwortete, erkannte sie seine Stimme.

Hawk.

Mühsam rang sie nach Atem, erstaunt über den Schmerz, der ihr die Kehle zuschnürte. Gehörte diese Frau zu seiner Vergangenheit? Wenn ja, war sie ein sehr zielstrebiger Teil seines früheren Lebens.

Skylar stürmte zwischen den Sträuchern davon, fast blind vor Wut. In ihrem Haar blieb ein Zweig hängen, und als sie sich befreien wollte, umfaßten Hawk ihre Schultern. »Laß mich los!«

»Skylar, hör zu . . .«

»Rühr mich nicht an!« Sie zog den Zweig aus ihren feuchten Locken, schüttelte Hawks Hände ab und wandte sich erbost zu ihm. Hoffentlich würde sie nicht in Tränen ausbrechen. Gerade jetzt, wo sie gedacht hatte . . . Was denn, fragte sie sich spöttisch. Daß er sich ganz wahnsinnig in sie verlieben würde? Einfach lächerlich! Sollte er sich doch mit seiner Geliebten im Gebüsch treffen! Was machte ihr das schon aus? »Du hattest kein Recht, mich hierherzuschleppen. Warum bist du nicht allein zu den Sioux geritten — ohne mich zu erniedrigen?«

»Halt den Mund, Skylar.«

Statt dessen holte sie tief Atem, bekämpfte die Eifersucht und den Kummer, der sie zu überwältigen drohte. »Hättest du mich doch in Mayfair zurückgelassen. Dann könntest du dich jetzt in aller Ruhe amüsieren . . .«

Seine Augen verengten sich. »Nicht so laut! Ich warne dich.«

»Wage es bloß nicht, mich vor irgendwas zu warnen . . .« Empört schnappte sie nach Luft, als er sie hochhob, über seine Schulter warf und zum Ufer trug. »Laß mich runter!«

Abrupt stellte er sie auf die Füße. Sie schwankte, und ehe sie ihr Gleichgewicht wiederfand, zog er ihr das Lederkleid aus.

Fluchend, aber erfolglos griff sie danach.

Einen Augenblick später flog sie durch die Luft und fiel in den eisigen Fluß.

Als Skylar prustend auftauchte und aus dem Wasser kletterte, stand er vor ihr und packte ihre Handgelenke. »Dieses Benehmen dulde ich nicht.«

»Verdammt, ich . . .«

»Jetzt gehen wir ins Dorf, und du wirst dich wie eine brave Ehefrau verhalten. Niemand erwartet von dir, die Arbeit einer Indianerin zu verrichten. Aber heute abend mußt du eine gute Mahlzeit zubereiten, für deinen Mann und seine Gäste.«

»Wer kommt denn zu uns?«

»Crazy Horse und andere Freunde.«

»Bist du verrückt? Niemals werde ich ...«

»Doch.«

»Offenbar versuchst du gerade, eine zweite Gemahlin zu erobern. Sag ihr, sie soll für euch kochen. Deine weiße Ehefrau wird die Flucht ergreifen.«

»Was?«

»Du hast mich richtig verstanden.«

»Ich hätte wirklich Lust, meine weiße Ehefrau zu ertränken oder zu erdrosseln. Und wenn du mich noch lange demütigst ...«

»Wenn *ich dich* demütige!«

»Solltest du meinem Ansehen im Sioux-Dorf schaden, riskierst du unser Leben. Bevor ich das zulasse, binde ich dich an einem Pfahl fest und peitsche dich aus.«

Natürlich war das eine leere Drohung. Er würde es sicher nicht wagen. Oder doch? »Laß mich los!«

Zu ihrer Verblüffung stieß er sie von sich, und sie fiel wieder in den Fluß. Hastig watete sie zum anderen Ufer, stieg hinauf und eilte davon.

»Willst du nackt ins Dorf zurückkehren, meine Liebe?« rief Hawk.

»*Du* hast mir doch das Kleid weggenommen!«

»Nur weil du eine Abkühlung nötig hattest.«

»Sehr schön, ich habe mich abgekühlt. Und ich finde es überflüssig, meine Blößen zu bedecken. Hier hält man ohnehin nichts von Moral.«

»Viel mehr als anderswo, Lady Douglas! Komm zurück, bevor ich ...«

Er sprach weiter, doch sie hörte nicht mehr zu. Wie erstarrt blieb sie stehen und schaute zum anderen Ufer hinüber. Die junge Schönheit planschte wieder im Wasser, ihr Rehlederkleid hing über einem Ast. Lachend unterhielt sie sich mit einem Krieger, der nur eine enge Lederhose und Mokassins trug, und spritzte ihn naß. Von der Seite betrachtet, sah er wie Hawk aus — genauso groß und kräftig gebaut.

Als er sich zu Skylar wandte, erkannte sie ihn. Sloan. Belustigt hob er die Brauen, und erst jetzt wurde ihr wieder bewußt, daß sie splitternackt war. Ein starker Arm packte sie von hinten. Unbemerkt war Hawk durch den Fluß zu ihr gewatet.

Die Indianerin drehte sich lächelnd um und winkte ihnen zu, ihre vollen Brüste wippten in den Wellen. Am liebsten wäre Skylar im Erdboden versunken. O Gott, vorhin hatte sie Sloan mit ihrem Mann verwechselt.

»Lauf nie wieder nackt davon, Lady Douglas!« fauchte Hawk in ihr Ohr. »Oder du verbringst eine ganze Nacht am Marterpfahl!« Gnadenlos zerrte er sie ins eisige Wasser zurück.

Nun bereute sie ihre unbegündete Eifersucht. Sie hatte sich idiotisch benommen, und sie wußte nicht, wie sie sich entschuldigen sollte. Am anderen Ufer angekommen, schlüpfte sie zitternd in ihr Kleid. Hawk packte ihr Haar, riß ihren Kopf nach hinten und zwang sie, ihn anzuschauen. »Heute abend wirst du dich wie die beste Sioux-Squaw aller Zeiten benehmen, verstanden?«

Der Schmerz trieb ihr beinahe Tränen in die Augen. »Zum Teufel mit dir . . .«

»Nein, Skylar, diesmal bist du im Unrecht. Ich habe dir einen Wunsch erfüllt und das Geld nach Osten geschickt. Trotzdem bist du nicht bereit, mir auch nur ein bißchen entgegenzukommen.«

Als er sie abrupt losließ, stolperte sie nach hinten und stieß gegen einen breiten Ast. Sie kniff die Augen zusammen, klammerte sich an den letzten Rest ihres Stolzes, ihrer Würde. So sehr es ihr auch widerstrebte, sie mußte ihrem Mann zustimmen. Vor der Abreise hatte er das Geld abgeschickt, und sie war ihm etwas schuldig.

Natürlich konnte sie sich nicht in eine vollkommene Sioux-Squaw verwandeln. Irgend jemand mußte ihr helfen, das Abendessen für Crazy Horse vorzubereiten.

Bedrückt kehrte sie ins Dorf zurück. Dort scharten sich mehrere Indianer um eine Kriegergruppe, die offenbar losreiten wollte.

Ehe sie auf ihre Ponys stiegen, vervollständigten einige Männer ihre Kriegsbemalung. Niemand schien Skylar zu bemerken.

Plötzlich begegnete sie dem Blick eines großen Sioux, und er kam mit schnellen Schritten zu ihr. Ein roter Farbstreifen verdeckte eine Narbe in seinem markanten Gesicht. Die Arme vor der Brust verschränkt, musterte er sie ungeniert. Nie zuvor hatte sie einen so bedrohlichen Indianer gesehen, und sie wich angstvoll zurück. Aber da trat Hawk an ihre Seite und legte einen Arm um ihre Schultern.

»Crazy Horse«, begann er und fügte einige Worte in der Sioux-Sprache hinzu. Dann sagte er auf englisch: »Skylar, ich habe dich mit Crazy Horse bekannt gemacht. Nun mußt du ihn begrüßen.«

Wie gern hätte sie ihrem Mann die Ellbogen in die Rippen gestoßen ... Aber sie beherrschte sich mühsam und nickte dem furchteinflößenden Krieger zu. Zu ihrer Überraschung verzogen sich seine Lippen zu einem Lächeln, das ihm fast liebenswerte Züge verlieh.

Auch Skylar lächelte, wenn auch etwas gezwungen. Dann kehrte er mit Hawk zu den anderen Kriegern zurück. Blitzschnell schwangen sie sich auf ihre Pferde, und der Häuptling hob sein Gewehr. Als er einen gellenden Schrei ausstieß, zuckte Skylar erschrocken zusammen.

Sloan winkte ihr zu. Vor kurzem hatte er ihren nackten Körper gesehen, und diese Erinnerung trieb ihr das Blut in die Wangen. Trotzdem hob sie eine Hand, um seinen Gruß zu erwidern. In ihm hatte sie einen wahren Freund gefunden, der bereit war, sie bedingungslos zu akzeptieren — im Gegensatz zu ihrem Ehemann.

Sie beobachtete, wie er Hawks bronzebraunen Arm berührte und mit ihm sprach. Offenbar stellte er eine Frage und erhielt eine zustimmende Antwort.

Ohne Skylar einen Blick zu gönnen, sprengte Hawk davon. Aber Sloan ritt zu ihr.

»Was haben Sie vor?« fragte sie besorgt.

»Wir wollen jagen.«

Erleichtert atmete sie auf. Also würden sie sich nicht auf den Kriegspfad begeben.

Sie musterte seine bronzebraune bemalte Brust, die einzelne Feder, die in seinem Haar steckte. »Wenn Sie einer Army-Truppe begegnen, wird man Sie erschießen.«

»Heute treffen wir sicher keine Weißen. Wir reiten nach Westen.«

»Ins Crow-Gebiet?«

»Wahrscheinlich nicht ganz so weit ...«

»Diese Jagd ist nur ein Vorwand, nicht wahr? In Wirklichkeit wollen Sie sich vergewissern, daß keine Crow in der Nähe sind.«

»Wir jagen, weil sich die Jahreszeit dafür eignet. Und vielleicht halten wir nach ein paar Crow-Kriegern Ausschau.«

»Seien Sie vorsichtig, Sloan. Und Hawk soll auch aufpassen ...«

»Skylar, wir beide wissen, was wir tun.«

»Sogar die tüchtigsten, erfahrensten Generäle werden manchmal vom Pferd geschossen.«

»Keine Bange, wir werden uns in acht nehmen. Übrigens, was gibt's zum Dinner?« Seine Augen funkelten boshaft.

»Oh, ich werde ein Festmahl vorbereiten«, entgegnete sie leichthin, »und ich ...« Verwirrt unterbrach sie sich. Hawk war neben seinem Freund aufgetaucht.

»Kommst du mit uns, oder willst du den ganzen Tag mit meiner Frau flirten?«

»Eigentlich würde ich lieber mit deiner Frau flirten«, konterte Sloan ungerührt. »Ich habe mich gerade nach dem Dinner erkundigt, und ich glaube, wir dürfen uns auf ein Festmahl freuen.«

»Du bist nur zu ihr geritten, um nach dem Dinner zu fragen?«

»Nun, die Kochkunst deiner Gemahlin interessiert mich. Außerdem wollte ich sie über unsere Pläne informieren. Ich finde, darauf hat sie ein Recht.«

»Wir wollen jagen«, bemerkte Hawk.

»Und ihr werdet nach Crow Ausschau halten!« ergänzte Skylar vorwurfsvoll.

Mit schmalen Augen starrte Hawk seinen Freund an, der beschwichtigend eine Hand hob. »Ich habe ihr erklärt, wir wüßten, was wir tun ...«

»Worauf ich betonte, auch der erfahrenste Mann könnte getötet werden«, fiel Skylar ihm ins Wort.

»So schnell lasse ich mich nicht umbringen«, versicherte Hawk. »Falls du dir meinetwegen Sorgen machst, du hast nichts zu befürchten. Sollte mir etwas zustoßen, läßt Großvater dich nach Mayfair zurückbringen.«

»Oh, ich sorge mich nicht.«

»Am besten kümmern wir uns alle nur noch ums Dinner«, schlug Sloan grinsend vor, und Hawk neigte sich zu seiner Frau hinab.

»Marterpfahl!« stieß er hervor, drückte die Knie in Tors Flanken und ritt davon.

»Marterpfahl?« wiederholte Sloan verwundert.

Seufzend zuckte Skylar die Schultern. »Kann eine Sioux-Squaw irgendwas gegen ihren Ehemann unternehmen?«

»Nun, sie hat das Recht, sich scheiden zu lassen.«

»Darf sie ihn nicht an einem Marterpfahl festbinden und ihre Wut an ihm auslassen?«

Sloan lachte leise. »Darauf müssen Sie leider verzichten. Wenn er Sie verprügelt, könnten Ihre Verwandten protestieren und sein Ansehen in der Gemeinde untergraben. Aber hier haben Sie keine Verwandten. Skylar ...«

»Ja?«

»Hat er Ihnen so weh getan?«

Unbehaglich errötete sie. »Nein. Anfangs erschreckte er mich fast zu Tode. Aber er hat mich nie mißhandelt. Es ist nur ...«

»Dieses Dinner mit Crazy Horse bedeutet ihm sehr viel.«

»Deshalb werde ich mich als vorbildliche Ehefrau erweisen.«

»Zu schade, daß wir drei keine richtigen Sioux sind!« meinte Sloan lächelnd. »Sonst könnte ich Sie stehlen und Hawk mit ein paar hübschen Ponys entschädigen.«

»Offensichtlich sind Sie ja auch ohne Ehefrau sehr beschäftigt.«

»Was? Ah — Sie spielen wohl auf Earth Woman an.«

»So heißt sie? Die erdverbundene Frau? Was für ein passender Name ...«

»Jetzt zeigen Sie wieder mal Ihre Krallen, nicht wahr?«

»Ich dachte nur ... Ach, das ist nicht so wichtig.«

»Hüten Sie sich vor solchen Gedanken, Skylar. In der Sioux-Gesellschaft herrscht eine strenge Moral.«

»Obwohl manche Krieger die Ehefrauen ihrer Gefährten stehlen?«

»Dafür werden sie in angemessener Weise bestraft.«

»Werden die Squaws verprügelt?«

»Nur ganz selten. Sagen Sie — gehen die weißen Männer immer freundlich und sanft mit ihren Frauen um?«

Skylar holte tief Atem. »Nein, gewiß nicht. Unter den weißen Männern gibt es die gräßlichsten Ungeheuer.« Dann zwang sie sich zu einem Lächeln. »Jetzt will ich Sie nicht länger aufhalten, Sloan. Genießen Sie Ihre Jagd.«

»Bis heute abend!« Er winkte ihr zu, dann ritt er den anderen Kriegern nach.

Stundenlang folgten sie der Spur einer Elchherde. Hawk unterhielt sich mit Crazy Horse und seinen Vettern, dann gesellte er sich zu Sloan, der die Nachhut des kleinen Trupps bildete.

»Dunkle Schatten im Paradies?« fragte Sloan gedehnt.

»An dem Zwischenfall heute morgen warst du schuld. Skylar dachte, *ich* wäre der Mann, der sich mit Earth Woman traf.«

»Warum hast du ihr dann nicht einfach die Wahrheit erzählt?«

»Die hätte sie nicht verdient, nachdem sie mich für einen Ehebrecher hielt.«

»Ah ...«

»Außerdem weigert sie sich immer noch, *ihr* Geheimnis zu enthüllen.«

»Sie ist auf der Flucht.«

»Glaubst du, sie wird von der Polizei gesucht?« fragte Hawk verwundert.

»Das nicht ... Aber sie ist ein bißchen durcheinander. Vorhin fragte sie mich, ob die Sioux-Squaws etwas gegen ihre Ehemänner unternehmen könnten.«

»Tatsächlich?«

»Hast du gedroht, du würdest sie an einen Marterpfahl binden?«

Hawk zuckte die Achseln. »Natürlich nicht ernsthaft ...«

»Vielleicht ist sie deiner Gefühle nicht sicher — oder ihrer eigenen. Sie ist nicht meine Frau. Also kann ich sie nicht zwingen, irgendwas zu verraten. Jedenfalls erzählte sie mir, du hättest ihr niemals weh getan.«

»Verdammt, Sloan, mußtest du sie wirklich danach fragen?«

»Aber irgend jemand hat sie verletzt. Jemand, der in ihrer Vergangenheit eine Rolle spielte und den sie immer noch fürchtet. Womöglich rannte sie ihrem Ehemann davon ...«

»Ich bin ihr Ehemann, und sie war nie zuvor verheiratet. Es sei denn, dieser Kerl war ein Eunuch.«

»Oh ... Dann ist sie vor einem grausamen Vater, Bruder oder Onkel geflohen — wer weiß? Sie sagte, manche weißen Männer seien gräßliche Ungeheuer.«

»Ungeheuer?«

»Ja.«

Hawk runzelte die Stirn und dachte an jene Nacht, wo Skylar schreiend aus einem Alptraum erwacht war. Danach hatte sie sich angeblich an nichts erinnert — nur an Ungeheuer.

»Ist das vielleicht irgendein Anhaltspunkt?« fragte Sloan.

»Keine Ahnung. Bald werde ich's erfahren. Ich habe Henry gebeten, Nachforschungen anzustellen.«

»Warten wir's ab ...« Sloan zeigte nach vorn. »Oh, ich glaube, unsere Jagdtruppe hat was entdeckt.«

»Eine Crow-Bande?«

»Nein, sonst hätten wir sicher einen Kriegsruf gehört. Übrigens verstehe ich noch immer nicht, warum die Crow an jenem Abend über Skylar herfielen. Die müssen verrückt gewesen sein. Was zum Teufel haben sie in dieser Gegend zu suchen?«

»Das weiß ich auch nicht. Sehr sonderbare Zeiten sind das ...«

Sloan warf seinem Freund einen scharfen Blick zu. »Warum? Ist noch was geschehen?«

»Neulich wandte sich ein merkwürdiger Mann an Henry Pierpont und gab ihm den Familienring der Douglas, der sich eigentlich im Grab meines Bruders befinden müßte — an seinem Finger. Und ich wurde gebeten, nach Schottland zu reisen und in der Nacht der Mondjungfrau den Druidenstein aufzusuchen.«

Sloan starrte ihn ungläubig an. »Wie könnte David noch leben — nachdem du ihn selbst bestattet hast?«

»Ich begrub eine verkohlte Leiche.«

»Und jetzt wird angedeutet, er wäre noch am Leben? Das kommt mir wie ein mieser Trick vor, und du solltest dir keine allzu großen Hoffnungen machen. Seit fünf Jahren ist dein Bruder tot. Vor kurzem starb dein Vater. Vielleicht versucht dich ein entfernter Verwandter nach Schottland zu locken, um dich zu beseitigen und deinen Titel sowie die Ländereien zu erben.«

»Daran habe ich auch schon gedacht.«

»Würde es dir was ausmachen, nicht mehr Lord Douglas zu heißen?«

»Natürlich nicht.«

»Deine Frau würde es auch nicht stören.«

»Um so mehr wird sie sich aufregen, wenn ich sie in den Osten zurückbringe und mit ihr übers Meer fahre.«

»Also willst du abreisen?«

»Nicht vor dem Abschluß der Verhandlungen. Aber ich kann es kaum erwarten, die Wahrheit herauszufinden.«

»Glaubst du, es besteht ein Zusammenhang zwischen diesem Ring und den Ereignissen im Sioux-Gebiet?«

»Was meinst du?«

»Nun, deine mysteriöse Frau, das seltsame Verhalten der Crow ... Und jemand erweckt den Anschein, David würde noch leben.«

»Eine Verbindung zwischen Schottland und den Black Hills? Das kann ich mir nicht vorstellen.«

»Und warum haben die Crow deine Frau entführt?«

»Jedenfalls muß Schottland warten. Das Crow-Problem ist mir wichtiger — insbesondere, weil Skylar darin verstrickt ist.«

»Schon immer war der Crow-Stamm unser Feind, aber ein berechenbarer, tapferer Gegner, der auf unsere Art kämpfte. Wir achten einen tüchtigen Krieger ebenso wie sie. Was soll das alles bedeuten? Ich finde keine Erklärung, und das beunruhigt mich.«

»Mich auch, verdammt noch mal — vor allem, weil die

Crow völlig unerwartet auftauchten, an einem Ort, wo sie nicht sein dürften.«

»Jetzt sind sie alle tot.«

Ja, das stimmte. Der Zwischenfall gehörte der Vergangenheit an, und Hawk wollte vorerst nicht mehr daran denken. Um die Aufmerksamkeit der anderen Sioux zu erregen, stieß er einen Vogelschrei aus, obwohl die Crow diese Imitation erkennen könnten.

Leise erwiderte Crazy Horse den Ruf. Jetzt wußten Hawk und Sloan, daß ihre Gefährten keine Crow getroffen, sondern die Elchherde eingeholt hatten. Sie zogen Pfeile aus ihren Köchern, ergriffen die Bögen. Schnell wie der Wind galoppierten sie hinter ihrer Jagdbeute her.

20

Kurz nachdem die Männer davongeritten waren, ging Deer Woman zu Skylars Wigwam. Höflich klopfte sie an die Zeltklappe, wie eine Nachbarin in der Stadt an die Haustür. Sie brachte Büffelfleisch, Beeren und Maiskörner mit, die sie vermutlich einem fahrenden Händler abgekauft hatte. Hinter ihr schleppte Little Rabbit einen Wassereimer und einen schweren Kochtopf herein.

Skylar dankte der alten Frau und dem kleinen Mädchen. Sobald sie den Eindruck gewann, daß Deer Woman ihr die ganze Arbeit abnehmen wollte, schüttelte sie energisch den Kopf und bot den beiden Platz an.

Obwohl die Indianerinnen kein Wort verstanden, schwatzte sie unentwegt, in sanftem, freundlichem Ton. »Zu Hause habe ich immer gern gekocht, trotz der zahlreichen Dienstboten. Keine Sklaven, sondern Angestellte ... Eigentlich waren wir niemals richtige Südstaatler. Einige meiner Verwandten lebten allerdings in Virginia und kämpften für die Konföderation. In unserem Grenzstaat

Maryland spionierte einer dem anderen nach, und da passierten noch schlimmere Dinge. Aber das ist schon lange her. Meine Schwester und ich spielten oft in der Küche. Als unsere Mutter krank war, halfen wir ihr, so gut wir konnten. Damit lenkten wir uns von unserem Kummer ab, vom Haß gegen unseren Stiefvater. Inzwischen hat er für sein Verbrechen bezahlt. Ich weiß nicht, ob er noch lebt ... Nein, sicher ist er noch am Leben. Deshalb muß Sabrina möglichst schnell vor ihm fliehen. Sie kommt hierher, und das verdanke ich Hawk. Sicher, es war albern von mir, ihn zu attackieren. Dazu hatte ich wirklich keinen Grund. Was für eine seltsame Ehe ...«

Deer Woman und Little Rabbit wechselten einen Blick. Offenbar fürchteten sie, Thunder Hawk hätte nicht nur eine weiße, sondern auch eine verrückte Frau geheiratet.

Während Skylar redete, arbeitete sie eifrig. Die Indianerinnen hatten ihr auch Tee und Kaffee mitgebracht. Und so servierte sie ihnen Tee, den sie mit Zucker aus Mayfair süßte. Skeptisch runzelte Deer Woman die Stirn. Aber die abenteuerlustige Little Rabbit kostete das Getränk, lächelte entzückt und ermunterte ihre Urgroßmutter, es ebenfalls zu versuchen. Zu ihrer Genugtuung beobachtete Skylar, wie gut ihrer Sioux-Verwandten der süße Tee schmeckte.

Von fröhlichem Gelächter angelockt, erschienen nun weitere Frauen, und Skylar kochte noch mehr Tee. Schließlich trat auch Earth Woman ins Zelt, und Skylar verbarg ihr Unbehagen. Die Besucherin überreichte ihr ein Kleid aus dunklerem Rehleder mit einer exquisiten Stickerei aus feinen Federn, das sie wohl oder übel annehmen mußte.

Da sie die Sitten der Sioux allmählich kennenlernte, verschenkte sie ihre gesamte Reisegarderobe. Dabei redete sie unablässig. Kichernd probierten die Frauen lange Unterhosen und Korsetts an.

Aber Skylar ließ sich von der allgemeinen Heiterkeit

nicht ablenken und bereitete zielstrebig das Dinner für die Männer vor. Obwohl sie alles allein erledigen wollte, halfen ihr die Indianerinnen.

Mittlerweile hatte sie weitere Zutaten für ihren Eintopf erhalten. Crazy Horses Krieger waren zwar mit der amerikanischen Regierung verfeindet und verachteten die Sioux, die den Behörden dienten, aber das hinderte sie nicht daran, ihnen diverse Waren abzukaufen. Außer den Gewürzen Salz und Pfeffer, die Skylar aus ihrer eigenen Satteltasche geholt hatte, konnte sie Zwiebel und anderes Gemüse in den Topf werfen.

Verlockende Düfte wehten durch den Wigwam, als sich die Frauen verabschiedeten, um das Abendessen für ihre Männer zu kochen. Nur Earth Woman blieb zurück. »Heute morgen waren Sie mir böse, nicht wahr?«

O Gott, sie sprach englisch ... Bestürzt versuchte sich Skylar zu entsinnen, was sie im Lauf des Nachmittags gesagt hatte. Doch was nicht für fremde Ohren bestimmt war, hatte sie wohl schon vor der Ankunft des Mädchens erzählt. »O nein, ich war nicht böse. Ich ärgerte mich nur, weil ich dachte ...«

»... daß Ihr Mann eine Sioux-Geliebte hat.«

Lächelnd warf Earth Woman ihr langes schwarzes Haar in den Nacken. »Ich bin keine Sioux, sondern eine Cheyenne, und ich war noch sehr jung, als unsere Gemeinde am Sand Creek niedergemetzelt wurde — kurz nach meiner ersten Hochzeit. Mit meinem zweiten Mann begleitete ich Black Kettle, der das Sand Creek-Massaker ebenfalls überlebt hatte, auf seinen Reisen. Da tauchte Son-of-the-Morning-Star, Long Knife Custer, auf und ermordete alle Frauen und Kinder am Washita. Mein Mann und Black Kettle starben. Dann wurde mein dritter Mann in einem Kampf gegen die Crow verstümmelt. Die Amerikaner nahmen ihn gefangen, und ich lernte im Fort Abraham Lincoln die englische Sprache, während er qualvoll dahinsiechte und seinem Leiden erlag. Seither gehen seine Brüder für mich auf die Jagd. Die Sioux achten mich, weil ich soviel durchmachen mußte und meinem Mann bis zuletzt die Treue hielt. Jetzt will ich nicht mehr heiraten, denn ich fürchte, die Geister haben meinem Blut irgend etwas beigemischt, das tapferen Kriegern den Tod bringt. Cougar-in-the-Night wünscht sich keine Gemahlin. Also sind wir nur Freunde. Auch Ihr Mann ist mein Freund.«

Ein Freund? Schlief diese Frau mit allen ihren Freunden? Heiße Eifersucht erfüllte Skylars Herz. Andererseits bewunderte sie Earth Woman, die soviel erlitten und sich energisch einen Platz in einer männlich orientierten Gesellschaft erkämpft hatte. Und sie war sehr selbstbewußt. Obwohl sie in einer tugendhaften Sioux-Gemeinde lebte, schämte sie sich ihrer Sinnlichkeit nicht.

»Ein guter Freund?« würgte Skylar hervor.

»Mittlerweile liegt die erste Blüte meiner Jugend hinter mir. Vor vielen Jahren, nach Sea-of-Stars Tod, als auch ich mich einsam und verzweifelt fühlte — ja, da waren Hawk und ich sehr gute Freunde. Es ist so lange her. Seien Sie mir nicht böse.«

»Das bin ich nicht. Ich war nur gekränkt.« Zögernd fügte Skylar hinzu: »Und ich hatte Angst.«

Earth Woman umarmte sie. »Den Sioux liegt es nicht, Emotionen zu zeigen. Aber Sie sind hier willkommen. Und vor mir müssen Sie sich nicht fürchten. Ihr Mann begehrt nicht mich, sondern Sie. Das sollten Sie eigentlich wissen.«

»Glauben Sie das wirklich?«

Seufzend verdrehte Earth Woman die Augen. »Wie blind manche Menschen sind ...« Und dann verließ sie das Zelt, wobei sie anmutig ihre Hüften wiegte.

Der Jagdtrupp kehrte mit erlegten Elchen zurück. Sloan und Hawk hatten je zwei Tiere erlegt. Da sie die Beute nicht brauchten, wurde sie armen Stammesangehörigen überlassen — zwei kinderreichen Witwen, die nicht von Verwandten versorgt wurden, und zwei verheirateten alten Kriegern. Während Hawk den Leuten seine Geschenke gab, sah er Crazy Horse zu Skylars Wigwam gehen. »Oh, verdammt!« murmelte er.

»Was ist los?« fragte Sloan, der neben ihm stand.

»Erledige hier alles Weitere, ja?« bat Hawk, lächelte einer alten Frau zu, die sich wortreich bedankte, und stürmte in sein Zelt.

Crazy Horse saß im Feuerschein und erwartete ihn. Zu Hawks Verblüffung lagen sein Tabakbeutel und die Pfeife, die er mit seinen Gästen teilen wollte, in der Mitte des Zelts. Im Hintergrund stand Skylar, in ehrerbietiger Entfernung. Aber ihre Miene wirkte keineswegs unterwürfig — eher belustigt. Sie hob die Hand und bedeutete ihm, wo er seinen Platz als Gastgeber einnehmen sollte. Warnend starrte er sie an und hoffte, sie würde nichts im Schilde führen.

Wenig später erschienen Sloan, Willow, Ice Raven, Blade und He Dog. Sie rauchten und tranken den Whiskey, den Hawk aus Mayfair mitgebracht hatte. Dann servierte Skylar den Eintopf in hölzernen Schüsseln, ohne die Männer anzusehen.

Nur ein einziges Mal warf sie Hawk einen kurzen Blick zu. Dieses seltsame Funkeln in ihren Augen beunruhigte ihn. Aber er bewunderte ihre anmutigen Bewegungen, ihren dienstbeflissenen Eifer — und vor allem ihr Schweigen.

Deshalb verwirrte ihn ihre Rache um so mehr.

He Dog schüttete den Whiskey wie Wasser in sich hinein, und Crazy Horse, dem das Essen zu schmecken schien, folgte diesem Beispiel. Eifrig schenkte Skylar die Becher voll, immer wieder. Doch die Gäste konnten gar nicht genug bekommen. Bald hörten sie zu essen auf und tranken nur noch.

Hawk schob einen Bissen in den Mund. In der Tat, der

Eintopf war köstlich, aber verdammt scharf. Diese Pfeffermenge hätte genügt, um die Hälfte aller geschlachteten Büffel im ganzen Westen zu würzen.

Mühsam rang Crazy Horse nach Luft, und He Dog hustete. Sogar Sloan würgte ein bißchen. Hawk leerte seinen Becher, stellte die Schüssel beiseite, stand auf und starrte seine Frau an. Unschuldig hob sie die Brauen. Nachdem er sich bei den Männern entschuldigt hatte, ging er zu ihr. Sein Mund, sein Hals, seine Nase und seine Augen brannten wie Feuer. Natürlich verlor keiner der Gäste ein Wort über den mißlungenen Eintopf. Crazy Horse, ein höflicher Krieger, nahm an, Skylar könnte nicht besser kochen, und er wollte seinen Freund nicht in Verlegenheit bringen.

»Lady Douglas ...«, begann Hawk. Er war so wütend, daß er fürchtete, er würde sich an Skylar vergreifen. Doch er beherrschte sich mühsam, hob einen ausgehöhlten Kürbis auf und drückte ihn in ihre Hand. »Wasser!« krächzte er.

»Stimmt was nicht? Ich habe doch alles getan ...«

»... um mich zu demütigen. Hol doch endlich das Wasser!«

Ihre Silberaugen verengten sich. »Hol dir dein verdammtes Wasser ...«

Weiter kam sie nicht. Er umklammerte ihr Handgelenk, erklärte den Gästen, seine Frau sei mit den unterschiedlichen Würzmethoden zweier Kulturkreise nicht vertraut, und zerrte sie aus dem Zelt.

»Jetzt reicht's mir, Lord Douglas!« kreischte sie, während er sie zum Fluß zog. »Den ganzen Tag habe ich Squaws bewirtet, deine Ex-Geliebte empfangen und mich abgerackert ...«

»Abgerackert? O nein, du hast überlegt, wie du mich am besten blamieren könntest.«

Auf der kleinen Lichtung, wo sich Sloan mit Earth Woman getroffen hatte, blieben sie stehen. Inzwischen war es kühl geworden, Skylar fröstelte. »Aber ich habe das Büffelfleisch doch nur ein bißchen gepfeffert ...«

»Damit hättest du eine Büffelherde umbringen oder das Sioux-Problem ein für allemal lösen können. Beinahe wäre die Hälfte der wichtigsten Widerstandskämpfer erstickt.«

»Was für ein Unsinn!« Empört riß sie sich los, kehrte ihm den Rücken und wollte ins Dorf zurücklaufen. Aber er packte sie an den Haaren und hielt sie fest. »Wie kannst du es wagen!« protestierte sie.

Aber er wagte es. Er stieß sie zu Boden und warf sich auf sie. Als sie in seine schimmernden grünen Augen starrte, erkannte sie, daß er nicht nur wütend, sondern auch maßlos erregt war.

»Bastard!« flüsterte Skylar atemlos. Doch sie wehrte sich nicht, grub ihre Finger in seine Schultern und erwiderte seinen Kuß mit der gleichen Glut. »Oh, ich werde dich umbringen!« stöhnte sie.

»Erst wenn ich mit dir fertig bin.«

»Auf den Knien wirst du mich um Verzeihung bitten!« Hungrig glitten ihre Lippen über seinen Hals, seine Brust. In wachsender Begierde schmiegten sie sich aneinander, fast verzweifelt. Über ihnen bebte der Sternenhimmel, als würde er einen wahnwitzigen Tanz vollführen.

Immer noch von wildem Zorn erfaßt, erlebte Hawk einen überwältigenden Höhepunkt und preßte Skylar an sich, die von den heißen Wellen ihrer eigenen Erfüllung erschüttert wurde. Nur langsam kehrten sie auf den Waldboden am Flußufer zurück, in die kühle Nacht.

Die Augen voller Tränen, starrte sie ihn an, und er fühlte sich wie ein Narr. Warum hatte er so restlos die Beherrschung verloren?

Plötzlich raschelte es im Gebüsch. Zum Teufel mit Skylar, das hätte er früher hören müssen, statt ihren Reizen zu verfallen. Instinktiv sprang er auf und spähte in die Schatten ringsum.

Skylar streifte hastig ihr Kleid nach unten und erhob sich. Sie schaute über seine Schulter und begann zu schreien — viel zu spät. Im selben Augenblick traf ihn ein Kriegsbeil am Hinterkopf, und er wußte nichts mehr.

Abrupt verstummte Skylars Schrei, als ihr eine starke Hand Mund und Nase zuhielt. Der Angreifer war nicht allein, ein zweiter Krieger umschlang sie von hinten. Vergeblich wehrte sie sich und versuchte in Hawks Richtung zu schauen. Ein schwarzes Dunkel drohte sie zu ersticken, die ganze Welt drehte sich ...

Nein, sie durfte nicht die Besinnung verlieren. Hawk ...

Endlich entdeckte sie ihren Mann, der reglos am Boden lag. Mit aller Kraft biß sie in die Finger, die ihr den Atem nahmen. Sobald sich der Griff lockerte, stieß sie einen gellenden Schrei aus. Eine andere Hand preßte sich auf ihre Lippen, noch brutaler und schmerzhafter. Wie durch einen Nebel starrte sie funkelnde Augen an, eine vernarbte Stirn.

»Noch ein Laut und ich schneide Ihnen die Kehle durch!«

Englisch! Er sprach englisch! Aber er sah wie ein Crow aus. Oder doch nicht? Da sie erst seit kurzem im Indianergebiet lebte, erkannte sie die Unterschiede zwischen den einzelnen Stämmen nicht, die besonderen Merkmale der Kleidung und Kriegsbemalung.

Sie rammte ihren Ellbogen in seine Rippen, und er schnappte nach Luft. Diesen Moment nutzte sie, um sich zu befreien.

Beinahe hätte sie Hawk erreicht. Aber da schlossen sich zwei Hände um ihre Kehle und zerrten sie nach hinten. Neue Sterne wirbelten vor ihren Augen umher. Doch sie gewann den Eindruck, die Brust ihres Mannes hätte sich bewegt.

Irgend jemand erteilte einen Befehl — in einer fremdartigen Indianersprache. Nicht Sioux, dachte sie benommen.

»Wenn Sie noch einmal schreien«, zischte eine heisere Stimme in ihr Ohr, »bohre ich mein Messer in Ihren Hals und schaue zu, wie das Blut über Ihre Brust rinnt ...«

Weitere verschwommene Gestalten erschienen vor ihren Augen. Vier — fünf — sechs ...

Unbarmherzig zerrte der Mann sie mit sich. Als sie ein Pferd erreichten, ließ er ihre Kehle los, hielt ihr aber immer noch den Mund zu. Ein anderer half ihm, Skylar auf den Rücken des Tieres heben. Und dann sprengten sie davon.

Fast eine halbe Stunde dauerte der halsbrecherische Galopp, dann drosselten sie das Tempo. Ein Reiter kam ihnen entgegen. Seine Worte verstand sie nicht, entnahm aber seinen Gesten, daß er den anderen erklärte, sie müsse gefesselt werden. Offensichtlich wollten sie keine Zeit damit verschwenden. Sie hatten es eilig.

Kein Wunder. Sicher fürchteten sie, die Sioux-Krieger würden sich sofort auf den Weg machen, wenn sie Hawk am Flußufer fanden.

Würden sie ihr folgen — der Frau, die ihnen eine viel zu stark gepfefferte Mahlzeit serviert hatte, um ihren Mann zu blamieren? Spielte das überhaupt noch eine Rolle? Womöglich war Hawk tot ... Würde sie den schrecklichen Schmerz in ihren Herzen jemals überwinden?

Natürlich würden die Sioux den Angreifern nachreiten. Ihr Stolz verbot ihnen, eine solche Beleidigung ungerächt hinzunehmen.

Großer Gott, sie *mußten* sie retten. Wenn Hawk jenen wuchtigen Schlag mit dem Kriegsbeil überlebte, wollte sie auch am Leben bleiben. Und wenn er starb ...

Daran wollte sie nicht denken. Sie haßte den Geruch ihres Entführers, der sie so brutal festhielt, während sie weiterritten, verabscheute den Klang seiner Stimme, den Glanz seiner Augen. Zweifellos wollte er sie töten, mit Hilfe der anderen Männer.

O nein, das waren keine Männer, sondern Ungeheuer.

21

Stöhnend kam Hawk zu sich. Crazy Horse kniete neben ihm und betastete seinen Schädel, der schmerzhaft pochte. Trotzdem richtete er sich auf und ließ seinen Blick über die kleine Lichtung wandern. Seine Freunde umringten ihn, und er starrte sie der Reihe nach an. »Wo ist sie?«

»Verschwunden. Sloan und die anderen holen gerade ihre Pferde. Natürlich werden wir sie sofort verfolgen.«

»Wer war's?«

»Crow.«

»Hier? In der Nähe deines Lagers, Crazy Horse?«

»Bald sind es tote Crow, das schwöre ich dir. Kannst du reiten? Wir wollen deine Frau befreien, aber es ist keine Schande, wenn du mit deinem angeschlagenen Schädel zurückbleibst. Seltsam — sie haben nicht nachgesehen, ob du tot bist, und dich auch nicht skalpiert.«

»Dazu hatten sie keine Zeit.« Hawk stand vorsichtig auf, und als er schwankte, stützte ihn der Häuptling. Eine heftige Übelkeit erfaßte ihn. Viel schlimmer als seine dröhnenden Schläfen war die Angst um Skylar. »Verdammt, was geht hier vor?«

»Da sind die Pferde«, verkündete Crazy Horse.

Sloan, He Dog, Willow, Blade und Ice Raven ritten heran, von einem Dutzend Krieger begleitet. Während He Dog den Hengst des Häuptlings mit sich führte, hielt Sloan Tors Zügel in einer Hand.

»Kannst du auch wirklich reiten . . .?« begann Crazy Horse.

Aber Hawk hatte sich bereits auf sein Pferd geschwungen und folgte Blade, der vorausgaloppierte. Schon nach wenigen Sekunden fand er die Spur der Feinde, die durch den Fluß führte — ein mißglückter Versuch, die Sioux abzuschütteln, die jeden Stein und jeden Grashalm in den Black Hills kannten.

Am anderen Ufer nahmen sie die Fährte wieder auf

und sprengten zu einem niedrigen, mit Gestrüpp bewachsenen Hügel. Willow hob eine Hand, und Blade sprang vom Pferd, als sich die Spur zu gabeln schien.

»Was zum Teufel ist passiert?« stieß Hawk hervor.

»Wenn ich das bloß wüßte!« erwiderte Sloan. »Normalerweise hörst du einen Zweig in meilenweitem Umkreis knacken. Wärst du nicht so damit beschäftigt gewesen, deine Frau zu mißhandeln ...«

»O nein, ich habe sie nicht mißhandelt!« Nur mühsam bezwang Hawk seinen Zorn. »Aber ich geb's zu — ich war beschäftigt. Oh, verdammt, Sloan ...« Er stieg ab, eilte zu Blade und bückte sich, um im bleichen Mondlicht die gegabelte Fährte zu studieren. »Nach links!«

Blade nickte. In dieser Richtung zweigte eine Spur ab, die tiefere Hufabdrücke aufwies, und das bedeutete, daß ein Pferd zwei Personen getragen hatte.

»Bald holen wir sie ein«, versprach Sloan, während sie weiterritten.

»Ich weiß nicht, wie lange ich bewußtlos war«, gab Hawk zu bedenken.

»Nicht lange.«

»Wieso weißt du das?«

Sloan schaute Crazy Horse an, der die Achseln zuckte. »Kurz nachdem du mit deiner Frau das Zelt verlassen hattest, erklärte Cougar-in-the-Night, Skylar könnte sicher besser kochen. Er verließ das Zelt und kam mit Earth Woman zurück. Sie gestand, sie hätte den Pfeffer heimlich in den Topf gestreut, und da ging ich dich suchen, um dich von der Unschuld deiner Frau zu überzeugen. Als ich den Fluß erreichte, hörte ich einen schrillen Schrei, und wenig später fand ich dich.«

Bedrückt starrte Hawk in die Nacht. Wenn Skylar etwas zustieß, würde er sterben, den Verstand verlieren, sich in Asche vergraben und sein Haar ausreißen.

Er allein trug die Schuld an diesem schrecklichen Zwischenfall. Niemals hätte er seine Vorsicht außer acht lassen dürfen. Weil er stets auf der Hut gewesen war, hatte er den Krieg und alle Gefahren der Prärie überlebt. Nur Skylar schaffte es, ihn von diesen Prinzipien abzubringen ... Und gerade jetzt, wo er erkannte, wieviel sie ihm bedeutete, sollte er sie verlieren?

Nein, verdammt noch mal! Und wenn er jeden einzelnen Crow im Westen töten mußte — er würde sie zurückgewinnen.

»Da vorn!« rief Crazy Horse plötzlich. »Hört doch!«

In schnellem Tempo ritten sie dahin. Der Indianer, der Skylar auf seinen Knien festhielt, lockerte den Griff allmählich. Wenn sie sich befreien, vom Pferd springen und in einem Gebüsch untertauchen könnte ...

Aber wie sollte sie ihren Entführern entrinnen? Zwei hatten eine andere Richtung eingeschlagen, doch sie müßte es immer noch mit vier Männern aufnehmen. Und inzwischen waren sie weit vom Sioux-Lager entfernt.

Einer der Indianer lenkte sein Pferd zu ihr, sprach mit ihrem Peiniger und zeigte mit dem Daumen über seine Schulter. Offenbar wurden sie verfolgt.

»Hilfe!« schrie sie.

Sofort preßte sich eine schmutzige Hand auf ihren Mund. »Zum Teufel, seien Sie still! Sonst ersteche ich Sie!«

Um zu verhindern, daß die brutalen Finger ihren Kopf nach hinten bogen und ihr das Genick brachen, mußte sie sich am Schenkel des Mannes festklammern. Dabei berührte sie eine Scheide unterhalb seines Knies — und den Stahl eines Messers. Sie zog es heraus und stach mit aller Kraft in sein Bein. Fluchend drohte er ihr die schlimmsten Folterqualen an. Aber er ließ sie instinktiv los, und sie warf sich zu Boden.

Unsanft landete sie auf hartem Felsgestein und schrie vor Schmerzen, als ihr Knöchel umknickte. Doch das kümmerte sie nicht. Sie sprang und hinkte ins Gestrüpp so schnell sie konnte, das blutige Messer immer noch in der Hand.

Hinter sich hörte sie zornige Stimmen und Hufschläge.

Ein Hilferuf erklang, eine wohlbekannte weibliche Stimme, gefolgt vom gellenden Schmerzensschrei eines Mannes.

»Kommt!« Hawk drückte die Knie in Tors Flanken, galoppierte einen schmalen Waldweg entlang und sah Skylar zu einem Pfad laufen, der parallel zu seinem verlief. Drei Reiter versuchten sie einzukreisen, und einer der fast nackten Crow hatte sie fast erreicht.

Ohne lange zu überlegen, zog Hawk das Messer aus der Scheide an seiner Wade und schleuderte es durch die Luft. Offenbar traf er den Crow mitten ins Herz, denn der Mann fiel lautlos vom Pferd.

Hawk sprengte zwischen den Bäumen hindurch. Die anderen Feinde fürchtete er nicht, denn er wußte, daß seine Freunde ihm den Rücken decken würden. Und so folgte er Skylar. Schimmernd flatterte ihr goldblondes Haar in der Nacht. Als sich die Hufschläge näherten, drehte sie sich um, erkannte ihn und blieb taumelnd stehen. Er umschlang ihre Taille, hob sie auf Tors Rücken, berührte mit zitternden Fingern ihr Gesicht.

»O Gott, du bist gekommen!« schluchzte sie. »Ich hatte solche Angst — weil ich dachte, du wärst tot . . .«

»Pst — ganz ruhig«, flüsterte er und drückte sie fest an sich. In ihrer Hand steckte ein blutiges Messer, das er ihr gewaltsam entwinden mußte.

Er schwang den Hengst herum, kehrte zu seinen Gefährten zurück und sah vier reglose Gestalten am Boden liegen. Im Schenkel des Mannes, den er mit seinem Messer getötet hatte, klaffte eine Wunde. Zweifellos stammte sie von dem Messer, das Skylar umklammert hatte. Sloan und Willow standen neben den Leichen, schüttelten die Köpfe und sprachen leise miteinander.

»Was gibt's?« fragte Hawk.

»Ich weiß nicht — es ist so seltsam«, erwiderte Sloan und zündete ein Streichholz an seiner Schuhsohle an, um den Mann zu beleuchten, in dessen Brust Hawks Messer steckte. »Obwohl dieser hier wie ein Crow gekleidet und bemalt ist, glaube ich nicht, daß er zu unseren Erzfeinden zählte.«

»Und was für ein Indianer war er?« Hawk wollte vom Pferd springen und den toten Krieger selbst inspizieren. Aber Skylar hielt sich an ihm fest, und er mochte sich nicht losreißen. Außerdem vertraute er auf Sloans Urteil.

»Ein Halbblut. Irgendwie erinnern mich seine Züge an die Arikara.«

Nun meldete sich Crazy Horse zu Wort. »Auch die Arikara waren stets unsere Feinde. Aber dieser Mann gab sich für einen Crow aus. Sehr merkwürdig.«

»Allerdings«, bestätigte Sloan. »Wenn ich mich recht entsinne, habe ich ihn schon einmal gesehen.«

»Wo?« fragte Hawk.

»Er hing beim Fort Abraham Lincoln herum und versuchte sich als Späher zu verdingen.«

»Und weil die weiße Army ihn nicht anheuerte, ging er zu den Crow«, ergänzte Crazy Horse. »Was bedeutet das?« Verächtlich spuckte er auf den Toten.

»Keine Ahnung«, entgegnete Sloan.

Zwei der Sioux, die sie begleitet hatten, schwangen sich von ihren Pferden. Offensichtlich wollten sie die Leichen skalpieren. Aus ihrem Lager war eine Frau entführt worden, und sie hatten sich auf den Kriegspfad begeben, um sie zurückzuholen. Deshalb standen ihnen die Skalps von Rechts wegen zu. Diese Indianer waren Feiglinge gewesen, die einen Krieger von hinten angegriffen und eine wehrlose Squaw verschleppt hatten. Also mußten sie verstümmelt werden, damit sie im späteren Leben kein Unheil mehr anrichten konnten.

Kurz entschlossen schwenkte Hawk seinen Hengst herum. Einen so grausigen Anblick mochte er Skylar nicht zumuten. Deshalb würde er später über das Problem der sonderbaren ›Crow‹ nachdenken.

Sie lehnte schweigend an seiner Brust und zuckte nicht einmal zusammen, als die Sioux mit schrillem Triumphgeschrei die Skalps der Feinde erbeuteten.

»Alles in Ordnung?« fragte er leise, und sie nickte. »Gott sei Dank! Dann kannst du es heute abend genießen, mich auf den Knien zu sehen.«

Verwundert wandte sie sich zu ihm, und er wischte einen Schmutzfleck von ihrer Wange. »Earth Woman hat gestanden, daß sie den Pfeffer in deinen Kochtopf gestreut hat.«

»Oh, dieses Biest!«

»Tut mir leid. Aber auch du müßtest dich bei mir entschuldigen.«

»Wieso?«

»Weil dein Verdacht gegen mich unberechtigt war. Ich habe mich heute morgen nicht mit Earth Woman getroffen.«

»Also gut — tut mir leid.«

»In Zukunft sollten wir einander glauben. Dann wäre das Leben viel einfacher. Was meinst du dazu?«

»Einverstanden.«

Er versetzte Tor in schnelleren Trab. Inzwischen ritten die anderen hinter ihnen her. Als sie das Lager erreichten, eilten ihnen trotz der späten Stunde mehrere Männer, Frauen und Kinder entgegen. Die Squaws übernahmen die Skalps.

Um dem allgemeinen Trubel auszuweichen, trug Hawk seine Frau so schnell wie möglich ins Zelt. »Bist du verletzt?«

»Nein, nur mein Fußknöchel ist umgeknickt. Und weil dieser Mann seine Hand auf meinen Mund preßte, biß ich mir in die Lippen ...« Plötzlich hielt sie inne. »Hawk — seltsamerweise sprach er englisch.«

»Sloan sagte, der Kerl sei ein Halbindianer gewesen, den er bei einem Army-Fort gesehen habe.«

»Kommen solche Attacken oft vor?«

»Ja und nein. Die Crow und die Sioux sind schon endlos lange verfeindet, bekämpfen sich erbittert und stehlen einander die Pferde. Aber dieser Angriff ist mir ein Rätsel — trotz deines blonden Haars, das für viele Indianer eine kostbare Beute wäre.«

»Tatsächlich?« fragte sie lächelnd, und er atmete erleichtert auf. Zum Glück hatte Skylar das schreckliche Abenteuer gut überstanden.

»Und jetzt möchte ich dich auf den Knien sehen.«

Es gab keinen Zweifel mehr — es ging ihr wirklich gut. Hawk ließ sich auf ein Knie nieder. »Hiermit bitte ich dich inständig um Verzeihung. Genügt das?«

»Könntest du etwas mehr Demut in deine Stimme legen?«

»Ich gebe mir doch ohnehin die größte Mühe. Sei mir nicht mehr böse, Skylar. Ich weiß, du hast den ganzen Tag gearbeitet und dich wie eine perfekte Sioux-Squaw verhalten. Hast du mir jetzt verziehen?«

»Ja, natürlich. Immerhin hast du mir das Leben gerettet.«

»Diese seltsamen Crow hätten dich nicht getötet«, entgegnete er und stand auf.

»Doch, ganz bestimmt.«

»Nun bist du in Sicherheit.«

»O Hawk, ich war so verzweifelt, denn ich dachte, du wärst tot.«

»Wenn dieser Schurke mich erschlagen hätte, würde Mayfair dir gehören. Und du wärst endlich die verwitwete Lady Douglas.«

Skylar zuckte gleichmütig die Achseln. »Die will ich gar nicht sein.«

»Soll ich dir was gestehen?« fragte er grinsend.

»Was denn?«

»Eigentlich freut's mich, daß ich eine Ehefrau habe.«
»Tatsächlich?«
»In solchen Nächten ganz besonders.«
»Aber das war eine furchtbare Nacht. Und du bist verletzt. Dein Kopf ...«
»Sicher, der hat verdammt weh getan. In meinen Schläfen pocht es immer noch. Und nachdem ich dich so unterwürfig um Verzeihung gebeten habe, verdiene ich ein bißchen zärtliche Fürsorge, nicht wahr?«
Lächelnd zog sie ihr Rehlederkleid über den Kopf. Dann schaute sie ihn erwartungsvoll an. Er hob sie hoch und sank mit ihr auf das Lager aus Pelzdecken und Büffelhäuten.
Nicht nur das Feuer, das in der Mitte des Zeltes brannte, erwärmte Skylar und Hawk. Liebevoll umarmten sie sich, und die Nacht, die so grauenhaft begonnen hatte, schenkte ihnen ein paradiesisches Glück.

22

Noch drei Tage blieben sie in Crazy Horses Lager, dann bereiteten sie ihre Abreise vor. Sie wollten nach Süden reiten, zu dem Ort, wo die Verhandlung zwischen den Regierungsvertretern und den Sioux stattfinden sollte. Dort würden sie in zwei Tagen eintreffen und danach den Weg südostwärts fortsetzen, von Montana nach Dakota.
Skylar verabschiedete sich herzlich von Hawks Familie und den anderen Indianern, die sie während ihres Besuchs kennengelernt hatte. Als sie auf den Pferden saßen, stellte sie erstaunt fest, daß Ice Raven und Blade sich ihnen anschließen würden.
Welch eine Ironie, dachte sie. Nun würde sie mit allen vier Kriegern, die damals die Postkutsche überfallen hat-

ten, über die Black Hills reiten, wie eine Indianerin gekleidet.

Crazy Horse wechselte ein paar Worte mit Hawk, die sie nicht verstand. Aber aus irgendeinem Grund weckten sie ihr Unbehagen. Lächelnd winkte sie dem Häuptling zu, und er erwiderte den Gruß. Sie war froh, weil er sie zu mögen schien. In diesen Tagen hatte er ihre Zuneigung gewonnen, obwohl er gegen die Weißen kämpfen würde. Er war ein integrer Mann, den man immer wieder in die Enge getrieben hatte. Und sie konnte ihm nicht verübeln, daß er seine Existenz verteidigte.

Auch Earth Woman stand inmitten der Dorfbewohnern, die von den Besuchern Abschied nahmen. Nachdem sie sich bei Skylar wegen des Pfeffers entschuldigt hatte, waren sie Freundinnen geworden. Aber Crazy Horse und Sloan hatten ihr schwere Vorwürfe gemacht. Infolge dieses Zwischenfalls war Hawk wütend und unvorsichtig gewesen, was den Angriff der vermeintlichen Crow erleichtert hatte.

Als sie das Sioux-Lager am Fluß verließen, rannten die Kinder neben ihnen her. Sloan warf ihnen selbstgeschnitzte Pfeifchen und Knöpfe von Kavallerieuniformen zu, Ice Raven und Blade schenkten ihnen ein paar Pfeile.

Im Wald lenkte Skylar ihren Rotschimmel an Tors Seite. »Warum begleiten uns deine Vettern, Hawk? Ich dachte, sie wollten sich von den Weißen fernhalten und bei Crazy Horse bleiben.«

Nur zögernd antwortete er: »Niemand versteht, warum die Crow und andere Indianer dich immer wieder entführen.«

»Ist es nicht begreiflich, daß sie über eine weiße Frau herfallen?«

»Diese Attacken waren außergewöhnlich. Irgendwas stimmt da nicht. In einer knappen Woche wurdest du zweimal verschleppt. Und das ist sehr eigenartig, sogar unter verfeindeten Indianern. Deshalb müssen wir vorsichtig sein. Aber du brauchst dich nicht zu fürchten. Wir sind eine starke Truppe.«

»Also reiten Ice Raven und Blade mit uns, um mich zu beschützen?«

»Ja. Allerdings werden sie nicht an der Konferenz über den Verkauf der Black Hills teilnehmen und umkehren, bevor wir den Verhandlungsort erreichen.«

»Dann wagen sie sich nur mir zuliebe so weit nach Osten. Wie nett von den beiden ...«

»Wir sind stets bestrebt, unsere Frauen zu schützen.«

»Und ein Krieger, der sich mehrere Ehefrauen wünscht, wird alle Hände voll zu tun haben ...«

»Höre ich eine gewisse Eifersucht aus deiner Stimme heraus, Lady Douglas?« fragte er belustigt.

»O nein, ich bin nicht eifersüchtig.«

»Ich schon. Glücklicherweise hattest du keine suspekte Vergangenheit, bevor du zu mir kamst. Aber ich weiß so wenig von dir. Habe ich Grund zur Eifersucht?«

»Das fragt ein Mann, der zahllose Liebhaberinnen hatte?«

»Wenigstens liegt meine Vergangenheit wie ein offenes Buch vor dir ...«

»... über das ich wohl noch sehr oft stolpern werde.«

Hawk lachte leise. »Nun, die Vergangenheit läßt sich nicht ändern.«

»Nur die Gegenwart — und die Zukunft.«

»Das stimmt.«

Eindringlich schaute er sie an, und sie fühlte sich versucht, ihm die ganze Wahrheit zu erzählen. Doch das Band, das sie vereinte, war noch zu dünn und konnte leicht zerreißen. Wie sollte sie erklären, daß sie alles getan hätte, um dem hochangesehenen Mörder ihres Vaters zu entfliehen? Sie zeigte, wo die Sonne gerade hinter einem smaragdgrünen Grashügel voller Dotterblumen verschwand. »Mein Gott, was für ein prächtiger Sonnenuntergang!«

»Reiten wir hinüber? Um die Wette?« Er spornte Tor an, und Skylar folgte ihm.

Natürlich konnten sich ihre Reitkünste nicht mit seinen messen, und außerdem saß er auf dem besseren Pferd. Nutmeg ermüdete schon in der Mitte des Tales, das sie durchquerten. Lachend kehrte Hawk zu ihr zurück, hob sie aus dem Sattel und sank mit ihr ins Gras. Eine Zeitlang balgten sie sich fröhlich, dann sprang er auf und zog sie hoch. »Gleich werden die anderen kommen. Das wäre ein guter Lagerplatz. Meinst du nicht auch?«

Sie schaute sich um. »Hier gibt's kein Wasser.«

»Riechst du's nicht?«

»Was?«

»Das Wasser am Fuß des Hügels.«

Skeptisch runzelte sie die Stirn und lief zu der Stelle, auf die er zeigte. Tatsächlich — da plätscherte ein schmaler Bach.

Ihre Begleiter ritten heran und stiegen ab. Während Hawk und Willow die Sachen auspackten, die sie für ihr Camp brauchten, ging Skylar zu Sloan. »Hat er das Wasser wirklich *gerochen*?«

»Natürlich. Aber vielleicht kannte er den Bach. Hier haben wir schon ein paarmal kampiert.« Grinsend zwinkerte er ihr zu und begann sein Pferd abzusatteln.

Sie schliefen im Schutz eines Wäldchens, von jeweils zwei Männern bewacht, die in regelmäßigen Abständen abgelöst wurden.

Auch nach seiner Wache hielt Hawk Augen und Ohren offen.

Im leisen Gezwitscher der Nachtvögel glaubte er eine Warnung zu hören. Er spürte die Gefahr, aber er sah sie nicht. Langsam schleppten sich die Stunden dahin, während er Skylar in den Armen hielt. Die Nacht verstrich ereignislos, und sobald der Morgen dämmerte, ritten sie weiter.

Am dritten Tag erreichten sie den Versammlungsort. Bevor sie sich dem Lager der weißen Regierungsvertreter, Army-Soldaten, Journalisten und fahrender Händler näherten, zügelten Ice Raven und Blade ihre Pferde. Skylar hätte ihnen gern die Hände geschüttelt und sie vielleicht sogar umarmt. Aber sie wußte, daß die Sioux keinen Wert auf Gefühlsäußerungen legten. Wenn verheiratete Frauen den männlichen Verwandten ihrer Gatten begegneten, wahrten sie eine gewisse Distanz. Und so verabschiedete sie sich nur von den beiden und dankte ihnen. Während sie den Rückweg antraten, ritt sie mit ihren restlichen drei Begleitern zum Camp.

»Hawk! Major! Willow!« Ein rothaariger, sommersprossiger junger Lieutenant eilte ihnen entgegen und grinste breit. »Ihr zwei seht wie waschechte Rothäute aus. Und Willow — nun ja ...«

»Klar, ich bin nun mal Willow, oder?«

Hawk wechselte einen Blick mit Sloan. »Natürlich ärgert er sich, weil seine Haut nicht zu seinem roten Haar paßt.«

»Ein Ire ...« Traurig schüttelte Sloan den Kopf.

»Oh, die Iren sind in Ordnung, wenn man sie mit den Sioux kreuzt.«

»Ein irischer Sioux!«

»Gelegentlich kommt so was vor.«

Der junge Mann lachte. Und als er Skylar entdeckte, stockte sein Atem. »O Gott, ist dieses hinreißende Geschöpf ein Halbblut? Niemals hätte ich gedacht ...«

»Danby, das ist meine Frau«, erklärte Hawk. »Vor kurzem kam sie aus Baltimore in den Westen.«

»Oh ...« Die Kinnlade des Offiziers klappte nach unten. »Also, ich hätte geschworen — tut mir leid, Hawk ...«

»Skylar, darf ich Ihnen Lieutenant Danby Dixon vorstellen?« fiel Sloan ihm ins Wort. »Danby — Lady Douglas.«

»Bitte, nennen Sie mich Skylar«, forderte sie den Iren auf und lächelte ihn an. »Freut mich, Sie kennenzulernen, Sir. Und vielen Dank, daß Sie mich hinreißend finden.«

Verlegen erwiderte er ihr Lächeln. »Guten Tag, Lady Douglas — eh — Skylar.« Ein paar Sekunden lang starrte er sie noch an, dann schien er sich zu besinnen. »Hawk, Major, Willow, auf die Sioux kommen verdammt harte Zeiten zu. Offensichtlich sind die Leute in Washington unfähig, ein Versprechen zu halten. Und jetzt, vor der Konferenz, werden ihre Abgesandten immer nervöser. Der General frißt schon beinahe seinen eigenen Hut, und er kann es kaum erwarten, Ihren Bericht zu hören, Major. Warum diese Besprechung überhaupt stattfindet, weiß ich nicht — wo unsere Regierung die Black Hills doch ohnehin vereinnahmen will.«

Als er sie zu den Zelten begleitete, sah Skylar Zivilisten, Militaristen in Uniformen und indianische Späher, die ihre traditionelle Kleidung mit einzelnen Teilen aus Army-Beständen ergänzt hatten.

Plötzlich rannte ihnen eine junge Frau mit wehendem Pferdeschwanz entgegen. »Heiliger Himmel!« rief sie bei Skylars Anblick.

»Sarah, die Pfarrersfrau«, verkündete Danby, und es klang wie eine Warnung.

Offenbar war es das Rehlederkleid, das die Frau so schockierte. Skylar kam sich plötzlich albern vor in ihrem Aufzug. Allzu viele Frauen hielten sich nicht im Lager auf. Aber die wenigen, die sie entdeckte, trugen respektable Kleider mit weiten Röcken und Unterröcken, etwas modifiziert, um den Gegebenheiten der Prärie zu entsprechen.

»Oh, Sie Ärmste!« jammerte Sarah. »Lord Douglas, wurde diese liebe junge Dame von den Sioux gefangengehalten? Nun soll sie vermutlich zu ihrer Familie zurückgebracht werden. Spricht sie englisch?«

»Sogar sehr gut, Sarah. Das ist Skylar, meine Frau.«

Verblüfft riß sie die Augen auf. »Also bewahrheitet sich

das Gerücht, das Sie geheiratet haben. Tut mir leid, Lady Douglas ...« Sie unterbrach sich unbehaglich. »Falls Sie interessiert sind — bei einem der Händler, die sich gerade in unserem Lager aufhalten, finden Sie anständige Kleider.«

Skylar schaute Hawk belustigt an, und er lächelte ihr zu. »Sicher ist meine Frau sehr interessiert. Meine Liebe, in Sarahs Obhut bist du — einigermaßen gut aufgehoben.«

»Machen Sie sich nicht über mich lustig, Lord Douglas!« protestierte die Pfarrersgattin errötend. »Danby, könnten Sie die Gentlemen zum General führen? Er wird ihnen ein paar *zivilisierte* Sachen zum Anziehen geben. Und vielleicht bringt er ihnen bessere Manieren bei. Dann werden sie ein naive, gottesfürchtige Frau wie mich nicht mehr verspotten.«

Hawk lachte. »Laß dich bloß nicht zum Narren halten, Skylar! Diese naive Frau ist eine Tigerin.«

»Bitte, Danby!« kreischte Sarah.

Nur zu gern zeigte sich der Lieutenant bereit, ihren Wunsch zu erfüllen. »Major, Lord Douglas — würden Sie mir folgen? Wenn Sie Sarah begleiten wollen, kümmere ich mich um Ihr Pferd, Lady Douglas.«

Skylar dankte ihm und stieg ab.

»Also, Ihr blondes Haar paßt wirklich nicht zu dieser Kleidung«, kritisierte Sarah.

»Leider habe ich meine *zivilisierte* Garderobe verschenkt.«

Die besondere Betonung entging der Pfarrersfrau. Schaudernd griff sie sich an die Kehle. »Nachdem Sie eben erst aus dem Osten gekommen waren, wurden Sie diesen Heiden ausgeliefert!«

»Auch mein Mann ist ein halber Heide.«

Sarah bekreuzigte sich. »Nun, wir haben hart genug gearbeitet, um ihn auf den rechten Weg zu bringen.«

»Oh ...« Als Skylar ihr folgte, spürte sie die neugierigen

Blicke der Lagerbewohner und straffte die Schultern. Amüsiert überlegte sie, wie viele Leute sie für eine einstige Gefangene der Sioux hielten und glaubten, Hawk, Sloan und Willow hätten sie eben erst befreit.

Doch dann meldete sich ihr Gewissen. Sicher trauerten einige dieser Menschen um Verwandte und Freunde, die blutrünstigen Indianern zum Opfer gefallen waren. Sie selbst neigte dazu, Partei für die Sioux zu ergreifen, da sie sich aus erster Hand über deren Probleme informiert hatte.

Auf beiden Seiten ist der Krieg grausam, sagte sie sich.

Sarah führte sie zu einem Händler, inspizierte seine Waren und feilschte ungeniert um alles, was Skylar brauchen konnte. Schließlich wurden mehrere Kleidungsstücke in einen Korb gepackt.

»Heute abend wird Ihnen der General ein Zelt zuweisen, Lady Douglas«, erklärte Sarah. »Jetzt kommen Sie erst mal mit mir. Daniel, mein Mann, ist draußen bei den Soldaten. Also können Sie ungestört diesen gräßlichen Fetzen ausziehen und sich waschen.«

»Dieser gräßliche Fetzen ist ein Geschenk, das mir sehr viel bedeutet.«

»Oh . . .« Die Pfarrersfrau starrte Skylar verwirrt an. »Nun, eines Tages werden wir die Indianer zu unserem Glauben bekehren. Davon ist Daniel fest überzeugt. Wenn sie keine Heiden mehr sind, erkennen sie sicher, daß sie nicht morden dürfen und die Gesetze der Weißen befolgen müssen. Und was Ihr Geschenk betrifft — sobald Sie sich umgezogen haben, können Sie's ja einpacken.«

Zwei Stunden später duftete Skylar nach Sarahs Lavendelseife und trug ein Kattunkleid, Seidenstrümpfe und Lederschuhe. Daniel kam ins Zelt, so selbstgerecht wie seine Frau, aber auch ebenso gutherzig. Bald danach erschienen Hawk, Sloan, Willow, der General und mehrere Adjutanten.

Schweigend nippte Skylar an ihrem Sherry und hörte

den Männern zu, die über ihre Probleme diskutierten. Die Soldaten schienen die gebrochenen Verträge zu bedauern und ihre Pflicht nur widerstrebend zu erfüllen.

»Also werden Crazy Horses Leute nicht zur Konferenz kommen?« fragte ein ernsthafter älterer Captain namens Clark.

»Auf keinen Fall«, bestätigte Sloan.

Der Captain seufzte deprimiert. »Dann stehen uns schlimme Zeiten bevor.«

»Weil die Weißen einfach nicht begreifen, daß das Maß voll ist«, bemerkte Hawk. »Die Sioux wollen keine weiteren Zugeständnisse machen, was man ihnen wohl kaum verübeln kann.«

»Auch ich finde unsere Politik abscheulich. Aber auf dem Schlachtfeld wird sich kein Indianer nach meinen Ansichten erkundigen, bevor er mich skalpiert.«

Nun mischte sich Skylar ein. »Sir, ein Sioux-Krieger würde Ihre Bedenken nicht verstehen und glauben, Sie kämpfen aus eigenem Antrieb — so wie er selbst.«

Die Männer starrten sie verwundert an, und Hawk prostete ihr lächelnd mit seinem Sherryglas zu. Dann wandte er sich an den General. »Nach der langen Reise würden wir uns gern zurückziehen. Soviel ich weiß, wurde ein Quartier für uns vorbereitet.«

»Natürlich, Lord Douglas, Danby wird Sie zu Ihrem Zelt führen.«

Skylar wünschte allen Anwesenden eine gute Nacht und bedankte sich bei Sarah.

Wenig später betrat sie mit ihrem Mann ein großes Zelt. Hawk schlüpfte aus dem weißen Hemd, das er vor der Besprechung angezogen hatte, und warf es auf einen Klappstuhl. »Jetzt brauchen wir dringend unseren Schlaf.«

Skylar nickte, kleidete sich bis auf ihr Hemd aus und sank auf das schmale Feldbett. Nachdem Hawk die Tischlampe gelöscht hatte, legte er sich zu ihr und nahm sie in die Arme. »Hast du's bequem?«

»Ja.«

»Offensichtlich findest du dich in Zelten genauso gut zurecht wie in einem Haus. Ich bin sehr stolz auf dich.«

»Danke ...« Lächelnd schloß sie die Augen und schlief ein.

Aber Hawk blieb die ganze Nacht wach. Kurz vor dem Morgengrauen sah er einen Schatten hinter der dünnen Zeltplane, eine Silhouette im rötlichen Schein des Lagerfeuers. Die Gestalt schlich zum Eingang. Blitzschnell sprang er auf.

»Hawk?« flüsterte Skylar angstvoll, und der Schatten verschwand. »Was ist denn los?«

»Nichts. Nur ein Traum.« Er streckte sich wieder neben ihr aus, und strich beruhigend über ihre blonden Locken.

»Ein Traum — von Ungeheuern ...« Die Wange an seine breite Brust geschmiegt, schlief sie wieder ein.

Bald sind wir zu Hause, in Mayfair, dachte er. Dort können uns die Crow nichts mehr anhaben.

Warum fürchtete er trotzdem, die Ungeheuer würden ihnen folgen?

Die Konferenz wurde außerhalb des Lagers abgehalten. Den Platz hatten die Anführer der beiden größten Indianerreservate so gewählt, daß kein Häuptling einen längeren Weg zurücklegen mußte als die anderen, und so war niemand beleidigt.

Skylar ritt mit Hawk, Sloan und Willow auf einen Hang und beobachtete, wie sich die US-Abgesandten und die Indianer versammelten.

Während die Sonne den Zenit erreichte, galoppierten die Krieger aus den Bergen herab. In dichten Staubwolken, von zahllosen Ponyhufen aufgewirbelt, erklang gellendes Geschrei. Manche Indianer waren halb nackt, andere in Leder gekleidet. In den langen schwarzen Haaren steckten einzelne Federn. Aber einige trugen einen üppigen, farbenprächtigen gefiederten Kopfschmuck. Zu Tausenden ritten sie heran, hoben die Waffen, drohten mit ihren Fäusten.

»Wird's Ärger geben?« fragte Hawk.

»Knapp zweihundert Weiße und ein paar Tausend Indianer — was soll da schon passieren?« entgegnete Skylar ironisch.

»Wenn sie diese US-Abgesandten und Army-Offiziere abschlachten, wissen sie, was ihnen blüht.«

»Viele unschuldige Männer würden sterben.«

»Und die ganze Army würde über die Indianer herfallen, mit dem Segen sämtlicher Bürger in den Vereinigten Staaten.«

»Jetzt wird Red Cloud sprechen«, kündigte Sloan an.

Ein hochgewachsener würdevoller Krieger trat vor. Aber ehe er das Wort ergreifen konnte, galoppierte ein Sioux heran, den Skylar erkannte. Er hieß Little-Big-Man, und er hatte ihren Mann in jener Nacht begleitet, als sie vor den Crow gerettet worden war. Nackt bis auf einen schmalen Lendenschurz, saß er auf seinem Pony. Die langen Federn seines Kopfschmucks flatterten im Wind. Als er an Red Cloud vorbeiritt, schwang er sein Gewehr hoch und brüllte aus Leibeskräften.

»Was sagt er?« fragte Skylar beunruhigt. Doch sie erhielt keine Antwort. Hawk, Sloan und Willow lauschten angespannt. Dann ritten sie näher zu ihr. »Was . . .?«

»Er hat gedroht, alle Weißen zu töten, die den Indianern das Land stehlen«, erklärte Willow.

Entsetzt preßte Skylar ihre Hand auf den Mund, um einen Schrei zu unterdrücken. Jetzt zielte der Krieger auf einen US-Abgesandten. Aber er feuerte keinen Schuß ab.

Young-Man-Afraid, der für eine Regierungsbehörde arbeitete, drängte sich mit seinen Polizisten durch die Menge und entwaffnete den kampflustigen Sioux.

»Gott sei Dank!« seufzte Skylar.

»Tatsächlich — es gibt Ärger«, bemerkte Sloan leise.

»Aber . . .«

Hawk wandte sich zu Willow. »Bleib bei meiner Frau.« Und dann raste er zum Versammlungsort hinab, dicht gefolgt von Sloan. Wütendes Geschrei erklang, es wirkte sehr bedrohlich. Nur zweihundert Weiße — und ein paar Tausend Indianer ...

Inmitten des Getümmels zügelte Hawk seinen Hengst und begann mit durchdringender Stimme zu sprechen.

»Was hat er gesagt?« fragte Skylar besorgt.

»Daß die Indianer die weißen Konferenzteilnehmer nicht ermorden dürfen«, erwiderte Willow, »sonst würden die Truppen aller amerikanischen Staaten über die Black Hills herfallen.«

»Werden sie auf ihn hören?«

»Hoffentlich.«

Nun schien Sloan die Worte seines Freundes zu bekräftigen, worauf die Indianer noch lauter brüllten.

»Am besten bringe ich dich jetzt ins Lager zurück, Skylar«, sagte Willow.

»Aber ...«

»Bitte, mach ihm nicht das Leben schwer. Er hat ohnehin schon genug Sorgen.«

»Natürlich.« Als sie ihr Pferd herumschwang, hörte sie ein dumpfes Geräusch und ein schmerzliche Stöhnen. Erschrocken drehte sie sich um.

Willow griff sich an den Kopf.

»Reit hinunter!« befahl er, dann fiel er aus dem Sattel. Hinter ihm sah Skylar einen reitenden Indianer — und am Boden den großen Stein, den er auf Willow geschleudert hatte.

Welchem Stamm der Indianer angehörte, wußte sie nicht. Aber er war prächtig gekleidet, in voller Kriegsbemalung. Schreiend sprengte er auf sie zu.

Sie drückte ihre Knie in Nutmegs Flanken und versuchte davonzugaloppieren. Doch ihr Angreifer war schneller. Er sprang von seinem Pony, zerrte sie aus dem Sattel und warf sie zu Boden. Verzweifelt wehrte sie sich und rief um

Hilfe. Seine Finger schlossen sich um ihren Hals. Wollte er sie nur zum Schweigen bringen — oder töten?

Plötzlich raste ein Messer durch die Luft. Der Indianer starrte sie an, fiel auf sie herab. Blut quoll aus seinem Mund. Mit aller Kraft schob sie die schwere, schlaffe Gestalt beiseite und schaute in die Richtung aus der das Messer herangeflogen war.

Da stand Sarah an Hawks Seite — die gute, geistesgegenwärtige Sarah. Offenbar hatte sie beobachtet, in welcher Gefahr Skylar schwebte und ihn geholt. Nun steckte sein Messer im Nacken des Toten. Hawk eilte zu seiner Frau, kniete nieder und schaute in die glasigen Augen des Indianers.

»Wer war er?« flüsterte sie.

»Elk-Who-Runs, ein Sioux von der Behörde, für die Red Cloud arbeitet.«

»Ein Sioux?«

»Ja. Offensichtlich wird die Konferenz kein gutes Ende nehmen.«

»Das verstehe ich nicht. Ein Krieger, der während dieser wichtigen Besprechung eine Frau attackiert ...«

»Sarah, würden Sie Skylar ins Camp bringen. Ein paar Soldaten werden Sie begleiten.«

Inzwischen hatten sich einige uniformierte Männer eingefunden, die zustimmend nickten.

»Kommen Sie!« Sarah ging zu Skylar, ergriff ihren Arm und half ihr auf die Beine. Unsicher wandte sich Skylar zu Hawk. Aber er gönnte ihr keinen Blick. »Ich glaube, Sie haben mir das Leben gerettet, Sarah. Vielen Dank.«

»Als ich beobachtete, was hier geschah, schickte ich David zu dem armen Willow, der reglos am Boden lag, und holte Hawk. Reiten wir ins Lager.«

»Aber — Willow ...«

»Abgesehen von einer schmerzhaften Wunde an der Schläfe ist ihm nichts passiert. Sein Stolz wurde viel tiefer verletzt.«

»O Gott, ich mache mir solche Sorgen!« Skylar drehte sich wieder um. Inzwischen waren Hawk und der Tote verschwunden. Und die riesige Indianerschar brüllte immer noch. »Mein Mann — und Sloan . . .«

»Die beiden tun ihre Pflicht — und es ist *unsere* Pflicht, sie nicht daran zu hindern.«

Widerstrebend folgte Skylar der Pfarrersfrau, deren Pferd neben Nutmeg stand. Sie hörte Young-Man-Afraids erhobene Stimme und sah, wie Hawk, Sloan und mehrere Offiziere verzweifelt versuchten, Frieden zu stiften. »Warum hat mich dieser Sioux angegriffen?«

»Nur weil Sie ein Rehlederkleid tragen, sind Sie noch lange keine Sioux-Squaw, Skylar. Bitte, steigen Sie auf! Wir müssen uns beeilen.«

Rastlos wanderte Skylar in ihrem Zelt umher. Schon seit mehreren Stunden wartete sie auf Hawk.

Als er endlich hereinkam, vergaß sie, wie kühl er sie behandelt hatte, und warf sich in seine Arme. »Mein Gott, ich habe mir solche Sorgen gemacht . . .«

»Was zum Teufel geht da vor? Das war bereits der dritte Anschlag auf dein Leben. Willow ist verletzt, und du wurdest beinahe erwürgt.«

»Vielleicht hätte ich nicht zum Versammlungsort reiten dürfen.«

»Skylar, was bedeutet das alles?«

»Ich verstehe nicht . . .«

»Wovor bist du geflohen, als du meinen Vater getroffen hast?« Wütend packte er ihre Schultern und schüttelte sie.

»Nicht vor den Crow, das kann ich dir versichern«, erwiderte sie ärgerlich und riß sich los.

»Dieser Mann war ein Sioux!«

»Aber ich habe den Indianern doch nichts angetan.«

»Heute hättest du sterben können!« fauchte er und warf sie aufs Feldbett. »Wäre Sarah nicht zu mir gekommen . . .

Um Himmels willen, du mußt mir endlich erzählen, was da geschieht!«

»Das weiß ich nicht.«

In seinen Augen schien ein grünes Feuer zu brennen. »Verdammt, Skylar ...« Ohne ein weiteres Wort wandte er sich ab und verließ das Zelt.

Die Stunden schleppten sich dahin. Unruhig warf sie sich auf dem Bett umher. Wo mochte Hawk stecken? Warum kam er nicht zurück? Und wieso glaubte er, sie könnte ihm das seltsame Verhalten der Indianer erklären? Schließlich schlief sie vor Erschöpfung ein.

Diesmal träumte sie nicht von Ungeheuern. Sie spürte eine sanfte, sinnliche Berührung. Seine Hände umfaßten ihre Brüste, seine Finger glitten zwischen ihre Schenkel. Und seine Lippen verschlossen ihr den Mund.

Stöhnend erwachte sie. Es war kein Traum. Zu spät erinnerte sie sich, daß sie ihm böse war. Nach allen Regeln der Kunst hatte er sie verführt. Ungeduldig stillte er sein Verlangen, und sie konnte ihrer eigenen Leidenschaft nicht widerstehen.

Aber danach warf sie ihm vor: »Du hast mich im Schlaf überrumpelt!«

»Und du weißt nicht, was *du* mir antust, Skylar.« Abrupt kehrte er ihr den Rücken.

Am nächsten Morgen erklärte der Militärarzt, Willow könne die Reise zurück nach Mayfair antreten.

Der Stein hatte eine große Beule an seiner Schläfe hinterlassen. Ansonsten war er unverletzt.

Hawk hob Skylar in den Sattel. Schweigend ritten sie mit Willow und Sloan aus dem Lager.

Die Konferenz war erwartungsgemäß verlaufen — ohne Ergebnis.

23

Sloan wußte, daß man ihn auf Mayfair stets willkommen hieß. Doch er war zu aufgewühlt, um die Gesellschaft seiner Freunde zu ertragen. Glücklicherweise mußte er erst in einigen Tagen das Fort Abraham Lincoln aufsuchen. Bis dahin würde er sich beruhigen. Im Augenblick gewann sein Sioux-Blut die Oberhand, und es gab zu viele Army-Kommandanten, die er am liebsten skalpiert hätte. Er ritt nach Gold Town und nahm sich ein Zimmer im Miner's Well, einem allseits beliebten Etablissement mit einem gemütlichen Speiseraum, wo schmackhafte Mahlzeiten serviert wurden.

Dahinter lag der Ten Penny Saloon, aus dem man sich Whiskey und andere Getränke bringen lassen konnte. Diskret wurden sie durch den Hintereingang geliefert. Andere Gelüste stillte man noch diskreter. Wenn ein Gast gewisse Wünsche verspürte, schickte er einen Boten in den Saloon, und wenig später klopfte es leise an der Tür.

Sloan trank nur selten Whiskey. Oft genug hatte er beobachtet, wie das Feuerwasser die Indianer schwächte und die Seelen großer Krieger zerfraß.

Deprimiert und wütend hatte er nach der Konferenz, die nur eine Farce gewesen war, das Army-Camp verlassen. Es half ihm nicht, daß er sich immer wieder sagte, nach dem Studium in West Point sei er freiwillig bei der Kavallerie geblieben. Vier Jahre lang hatte er gegen einstige Kameraden und Freunde gekämpft und dann an einem Kreuzzug teilgenommen, der sein Indianervolk vernichten sollte. Gewiß, er tat sein Bestes, um den Strom der weißen Siedler einzudämmen und den Sioux Gerechtigkeit zu verschaffen. Doch er war eine Flamme im Wind, die nicht hell genug leuchtete und den roten Brüdern keinen Ausweg aus der Katastrophe zeigen konnte.

Nachdem er gebadet und saubere Zivilkleidung angezogen hatte, beschloß er sich ein paar Drinks zu gönnen.

Vielleicht würden sie ihm zu einer erholsamen Nachtruhe verhelfen. Die brauchte er, wenn er seine Selbstkontrolle zurückgewinnen wollte, die es ihm ermöglichte, zwischen den Welten zu wandern und beiden die Treue zu halten.

Befreit vom Reisestaub ging er über den Hof zum Ten Penny. Joe, der rundliche kleine Barkeeper, servierte ihm eine Flasche von seinem besten Tennessee-Whiskey. Beim ersten Schluck erschauerte Sloan, der zweite rann etwas angenehmer durch seine Kehle.

Inzwischen war es dunkel geworden, und der Saloon würde bald von Goldgräbern, Reisenden und abenteuerlustigen Leuten wimmeln. Im Augenblick saßen nur ein paar alte Männer an einem Tisch und spielten Karten.

Während er seinen dritten Whiskey trank, kam Loralee herein, die attraktive, geschäftstüchtige Eigentümerin des Saloons.

»Schätzchen, du siehst ziemlich mitgenommen aus«, meinte sie und lächelte Sloan an. Obwohl sie sich dem fünfzigsten Geburtstag näherte, wirkte sie so sinnlich wie ihre jüngsten Mädchen. Graue Strähnen durchzogen ihr blondes Haar, aber sie besaß immer noch ein schönes Gesicht mit bernsteinfarbenen Augen, eine wohlgeformte Figur und ein charmantes Wesen. »Und verdammt wütend«, fügte sie hinzu.

Sloan grinste und schenkte ihr etwas Whiskey ein, nachdem Joe ein Glas für seine Chefin gebracht hatte. »Ich bin nur müde, Loralee.«

»Wie gern würde ich dir helfen! Leider kann ich's nicht. Ich hab's mir zur Regel gemacht, die Männer in meinem Bett niemals zu lieben. Und du wirkst einfach umwerfend, wenn du lächelst.«

»Danke. Das soll wohl ein Kompliment sein.«

»Was sonst?«

Er hätte ihr erklären sollen, die Welt sei ein schrecklicher Abgrund — zum Teufel mit der Liebe ...

Nur ein einziges Mal war er verliebt gewesen, in eine Frau, die ihm ewige Treue geschworen hatte. Aber ihr Vater warnte sie und betonte, man könne nie wissen, wann Sloans wildes Indianerblut zum Vorschein kommen würde, trotz der untadeligen Herkunft seiner Mutter. Deshalb schlug er ihr vor, einen Weißen aus Nebraska zu heiraten, der in die Fußstapfen seines Papas treten und einen Sitz im US-Kongreß erobern sollte. Und so war anstelle der ewigen Treue gesellschaftlicher Ehrgeiz getreten.

Gelegentlich sah Sloan seine Jugendliebe wieder. Ihr Mann, längst ein Kongreßmitglied, hatte inzwischen fast alle Haare und Zähne verloren. Die gesellschaftlichen Ambitionen seiner Gemahlin konnte er befriedigen, ihre erotischen Wünsche nicht. Wann immer sie Sloan traf, versuchte sie die Vergangenheit wiederzubeleben. Vielleicht wußte sie nicht, wie schmerzlich sie ihn verletzt hatte. Das spielte keine Rolle. Er genoß die Gunst schöner Frauen — aber er traute ihnen nicht mehr.

»Willst du reden?« fragte Loralee.

Seufzend schüttelte er den Kopf. »Im Augenblick fühle ich mich so rastlos wie ein eingesperrter Tiger. Also bin ich keine gute Gesellschaft.«

»Gerade ist ein bildhübsches Mädchen aus dem Osten angekommen. Genau richtig für dich. So was brauchst du heute nacht.«

»Lieber nicht.« Er stand auf und küßte ihre Stirn. »Jetzt gehe ich mit meiner Whiskey-Flasche ins Bett und betrinke mich, bis ich nichts mehr weiß.«

Nachdem er ein paar Münzen auf die Theke geworfen hatte, verließ er den Saloon, durchquerte den Hof und betrat Mrs. Smith-Soames' wohlanständiges Etablissement. Mit schweren Schritten stieg er die Treppe hinauf. In seinem Zimmer lehnte er sich an die Tür und holte tief Atem. Flammen loderten im Kamin. Davor standen elegante Bibliothekssessel. Ein wuchtiges Bett, ein Schreib- und ein Toilettentisch ergänzten die Einrichtung.

Er setzte sich ans Feuer und goß Whiskey in ein Glas. »Auf das falsche Leben!« murmelte er und beobachtete, wie sich der Flammenschein in der goldbraunen Flüssigkeit spiegelte.

Allmählich beruhigte er sich. Was um Himmels willen hatte er zu erreichen gehofft? Alle Bemühungen um einen dauerhaften Frieden waren sinnlos, der weiße Mann würde die Indianer immer weiter zurückdrängen. Erschöpft strich er über seine Stirn. Er mußte verrückt gewesen sein, als er geglaubt hatte, sein Dienst in der amerikanischen Army könnte den Sioux helfen. Wo doch die meisten Generäle behaupteten, die Ermordung indianischer Kinder würde das Problem lösen ...

Plötzlich wurde die Tür geöffnet und geschlossen. Er runzelte die Stirn, griff nach dem Colt, der neben ihm auf einem Tischchen lag, und starrte den ungebetenen Gast verwirrt an.

In seinem Zimmer brannten keine Lampen. Nur das Kaminfeuer warf ein schwaches Licht auf die umwerfende Schönheit, die hereingekommen war.

Vielleicht ist sie gar nicht so schön, dachte er. Der Whiskey verschleiert meinen Blick, läßt alles weich und verschwommen erscheinen, so wie er die Kanten meines Zorns abgeschliffen hat ...

Reglos stand sie bei der Tür und schien zu lauschen. Kastanienbraune Locken fielen auf ihre Schultern und umrahmten ihr ebenmäßiges Gesicht, ein elfenbeinweißes Oval mit hohen Wangenknochen und vollen Lippen.

War das Loralees neues Mädchen aus dem Osten? Irgendwelche Geräusche im Flur schienen sie zu erschrecken. Offenbar hatte man sie zum erstenmal ins Gasthaus geschickt, und sie fühlte sich unsicher.

Aber sogar Loralees Huren zogen sich ordentlich an, ehe sie den Hof überquerten. Und diese Frau trug einen spitzenbesetzten weißen Morgenmantel, der den Blick auf eine wadenlange Unterhose, Seidenstrümpfe und ein

Korsett mit blauen Satinbändern freigab — auf wohlgerundete Brüste und sanft geschwungene Hüften.

Zweifellos hatte Loralee geglaubt, sie würde ihm etwas Gutes tun, wenn sie ihm diese bezaubernde Frau offerierte.

Sie starrte ihn an, als hätte sie seine Anwesenheit eben erst bemerkt. In ihren Augen las er nacktes Entsetzen. Hatte Loralee sie nicht vor seinem Sioux-Blut gewarnt? Andererseits mußte jede Hure, die in den Westen reiste, mit einer solchen Kundschaft rechnen.

Warum wurde ihm heiß? Lust — reine Lust, sagte er sich spöttisch. In der Tat, er mußte seiner alten Freundin recht geben. Dieses Mädchen war genau das Richtige für ihn.

»Treten Sie doch näher«, bat er.

»Was?« wisperte sie.

Sloan stand auf. »Treten Sie näher«, wiederholte er.

Doch sie rührte sich nicht von der Stelle. Er zuckte die Achseln und nahm einen Schluck Whiskey. Warum verhielt sie sich so seltsam? In Gold Town hatten schüchterne Huren nichts verloren. Die Goldgräber legten keinen Wert auf gezierte Damen.

»Um ehrlich zu sein, ich habe mich gegen Ihren Besuch gesträubt, Miss. Aber nun sind Sie da, also kommen wir zur Sache.«

»Oh — ich ...«

Mit drei Schritten war er bei ihr. »Wenn Sie nicht hierbleiben wollen, verschwinden Sie.«

»Jetzt?« Dieser Gedanke schien sie zu bestürzen. Vielleicht fürchtete sie, Loralee würde ihr Vorwürfe machen, wenn sie ihre Pflicht nicht erfüllte. Aber er war nicht in der Stimmung für alberne Spiele.

»Ja, jetzt, verdammt noch mal! Wenn Sie nicht hierbleiben möchten, müssen Sie gehen. Ist das klar?«

»Ich ...«

»Raus mit Ihnen!«

»Nein!« Verzweifelt schüttelte sie den Kopf.

Er packte ihren Arm, schob sie von der Tür weg und schob den Riegel vor. Dann stemmte er seine Hände in die Hüften und starrte sie an. »Falls Sie nicht mit mir gesehen werden wollen, hier kann niemand rein.«

»Niemand kann rein?«

»Natürlich nicht.« Mühsam bezähmte er seine Ungeduld. Was für eine seltsame Hure ... Warum tat Loralee ihm so etwas an? Hatte sie seine schlechte Laune nicht bemerkt?

Trotzdem wuchs sein Verlangen. Jetzt, wo er dicht vor ihr stand, erkannte er ihre atemberaubende Schönheit. Diese Frau müßte im Salon eines Aristokraten Tee servieren, statt sich in einer Goldgräberstadt zu prostituieren. Offenbar hatte sie einen kostspieligen Geschmack, denn ihre spärliche Kleidung war von erlesener Eleganz. Nun, wenn sie's richtig anfing, konnte sie in Gold Town ihr Glück machen.

Sein Blick ruhte auf ihrem elfenbeinweißen Hals, er sah ihren Pulsschlag pochen, und sie starrte ihn immer noch angstvoll an. Sloan ergriff ihre Hand. Schmale Finger, manikürte Nägel.

Herausfordernd öffnete er seine obersten Hemdknöpfe und preßte ihre Hand an seine nackte Brust. »Haben Sie Probleme mit Indianern?«

Verblüfft riß sie sich los. »Sind Sie ein Indianer?«

»Sehe ich norwegisch aus?« fragte er langsam.

Sie zeigte auf das Kavalleriejackett, das am Fußende des Betts lag. »Nun, ich dachte, Sie wären ein Offizier.«

»Darüber wundere ich mich selber. Ich frage Sie noch einmal — haben Sie Probleme ...«

Doch sie hörte nicht mehr zu und schien wieder auf Geräusche im Flur zu lauschen.

Verdammt, jetzt konnte er sich nicht länger beherrschen. Er nahm ihr Gesicht in beide Hände, preßte seinen Mund auf ihren, schob seine Zunge zwischen ihre weichen Lippen. An seiner nackten Haut spürte er ihre festen, runden Brüste, und seine Leidenschaft verdrängte alle anderen Gefühle — Zorn, Enttäuschung und Bitterkeit.

Mit aller Kraft stieß sie ihn von sich. In seiner wilden Begierde hätte er sie beinahe hochgehoben und aufs Bett geworfen.

»Zum Teufel, so verschwinden Sie doch endlich!« schrie er.

Da hörte er eine Männerstimme, draußen im Flur: »Wenn ich das jüngere Mädchen zuerst finde ...«

Verwirrt beobachtete er, wie die junge Frau in die Mitte des Zimmers rannte. »Was soll das? Ich dachte, Sie wollen gehen.«

»Ich — ich ...« Mühsam rang sie nach Atem. Dann schien sie einen Entschluß zu fassen. »Verzeihen Sie, bitte. Sie haben recht — ich bin nur erschrocken, weil Sie wie ein Indianer aussehen.«

»Dann gehen Sie doch!«

»Aber — ich würde lieber hierbleiben. Könnte ich was trinken?«

»Soll ich Tee bestellen?« fragte er spöttisch.

»Tee — ja, das wäre ...« Dann bemerkte sie seine ungläubige Miene. »Nein, kein Tee ...«

»Ich habe Whiskey. Von Loralee.«

»Das wäre — wunderbar.«

Verwundert schenkte er ihr einen Whiskey ein. Als sie das Glas entgegennahm, klimperte sie kokett mit den Wimpern. Langsam wanderte sie zum Kamin, nahm einen Schluck und hustete.

»Hören Sie«, begann Sloan, »offensichtlich haben Sie heute nacht irgendwelche Schwierigkeiten. Damit will ich mich nicht belasten. Ich bringe Sie jetzt in den Saloon zurück ...«

»Nein, ich fühle mich sehr gut«, protestierte sie. Lächelnd entblößte sie perfekte weiße Zähne. Nach dem nächsten Schluck hustete sie nicht mehr. In einem Zug leerte sie das Glas, und er goß ihr noch etwas ein. »Danke.«

»Prost!« Er stieß mit ihr an, und sie schüttete den Whiskey wieder in sich hinein.

Gewiß, er kannte trinkfeste Saloon-Mädchen, die den Umsatz enorm steigerten. Aber diese junge Frau war offenbar nicht an Alkohol gewöhnt. Als sie ein wenig schwankte, nahm er ihr das Glas weg. »Ich glaube, das genügt.«

»Nein, ich ...« Nervös fuhr sie sich mit der Zunge über die Lippen. »Ich brauche noch einen Drink.«

»Aber Sie können sich doch kaum auf den Beinen halten.«

»Trotzdem. Und außerdem sind Sie ...«

»Betrunken? Nur halb. Genau in der richtigen Stimmung. Allzu leicht werden Sie Ihr Geld nicht verdienen. Und Sie dürfen sich auch nicht einreden, ich sei kein Indianer.«

»Was?« Jetzt schwankte sie etwas heftiger, tastete nach einem Halt, und er hielt sie fest. »Oh — mir schwindelt ...«, stammelte sie.

»Kein Schluck mehr! Sonst sind Sie nicht einmal zehn Cent wert.«

Ihr Gelächter klang fast hysterisch. »Oh, das hängt davon ab, wer meinen Wert beurteilt.«

Eindringlich schaute er in ihre Augen. »Ich. Von mir aus können Sie sich einreden, ich sei kein Indianer. Das ist mir egal.« Noch nie hatte er eine Frau so heiß begehrt.

Er hob sie hoch, und sie schloß die Augen. Nachdem er sie aufs Bett gelegt hatte, glaubte er sekundenlang, sie hätte die Besinnung verloren.

Nein, sie lächelte immer noch. »So schwindlig ...«, murmelte sie. »Ich glaube, ich schwebe ...«

»Ja, diesen Zustand wünsche ich mir auch.« Er zog am Satinband, das ihr Korsett zusammenhielt, und es öffnete sich. Ein anderes Band — und die Unterhose glitt von ihren Hüften. Nur noch mit dem geöffneten Morgenmantel bekleidet, lag sie vor ihm, und der Anblick nahm ihm den Atem.

Ungeduldig knöpfte er seine Hose auf und schob die Schenkel der jungen Schönheit auseinander. Da hob sie die Lider.

»Was ...«, begann sie, als er sich auf ihren verlockenden Körper warf. Doch er hörte ihre leise Stimme kaum, schlang die Finger in ihr Haar und küßte sie hungrig. Seine andere Hand glitt zwischen ihre Beine, spürte weiches Kraushaar. Und dann drang er in sie ein. In seinem fieberheißen Verlangen bemerkte er zunächst nicht, welche Barriere er durchstieß. Und nachdem er erkannt hatte, daß die junge Frau unberührt gewesen war, gab es kein Zurück mehr.

Sie schrie nicht, sie stöhnte nicht, sie rührte sich nicht.

Und der einzige Vorteil dieses Fiaskos war die rasende Begierde, die ihn zu einem schnellen Höhepunkt trieb.

Danach zog er sich sofort zurück, richtete sich auf, betrachtete ihre geschlossenen Augen, das wachsbleiche Gesicht. Er fühlte sich betrogen. Und er war wütend. Auf diese Frau und sich selbst. Gewiß, er hatte getrunken. Doch das konnte sein Verhalten nicht entschuldigen.

Entschuldigen? Sie war als Hure zu ihm gekommen — und sie hatte ihn hintergangen ... Nun lag sie da und biß sich in die zitternde Unterlippe.

»Schau mich an!« befahl er und umfaßte ihr Kinn.

Widerstrebend öffnete sie die Augen. Tränen verschleierten ihren Blick.

»Weiß Loralee, daß du nicht die leiseste Ahnung von deinem Gewerbe hast?«

»Was?«

»Solche Überraschungen mißfallen mir«, erklärte er und richtete sich auf. »Was dachte sie sich nur, als sie dich hierherschickte? Jetzt mußt du endlich zurückgehen ...«

»Nein, o Gott, nicht jetzt!« würgte sie hervor.

Fürchtete sie sich vor Loralee? Vielleicht hatte sie ihre Chefin belogen. Aber verdammt noch mal ...

Sie zitterte am ganzen Körper. »Um Gottes willen, wirf mich nicht hinaus, nicht — nachdem ...«

Nach dieser Katastrophe? Wenn sie in Gold Town ihren Lebensunterhalt verdienen wollte, mußte sie noch einiges lernen.

»Bitte! Jetzt kann ich nicht gehen.«

Seufzend stand er auf, zog sich aus und legte sich zu ihr. Als er sie an seinen nackten Körper zog, zuckte sie zusammen. »Was soll das?« fragte er ärgerlich. »Soeben sagtest du doch, du würdest gern hierbleiben.«

»Ja.«

Ihr Haar duftete köstlich, und ihre warme Haut fühlte sich wundervoll an. Doch er bezwang das neue Verlangen, das ihn erfaßte. Er hatte genug Erfahrungen mit Frauen gesammelt, um zu wissen, daß er ihr jetzt eine Erholungspause gönnen mußte. Und so hielt er sie einfach nur in seinen Armen und ließ sie schlafen.

Aber am Morgen konnte er sich nicht mehr beherrschen. Als er erwachte, sah er ihre schönen, vollen Brüste direkt vor seinem Gesicht — viel zu verführerisch. Jede Hure fing irgendwann an. Bis jetzt hatte er noch keiner die Grundbegriffe der Liebeskunst beigebracht. Nun wollte er dieser jungen Frau klarmachen, was für einen amüsanten Beruf sie ausübte.

Im Tageslicht erschien sie ihm schöner denn je. Mit Händen und Lippen liebkoste er ihren Körper, die rosigen Knospen ihrer Brüste, die sich sofort aufrichteten, den flachen Bauch, die wohlgeformten Schenkel. Leise stöhnte sie und wand sich umher.

Und dann erwachte sie. Entsetzt starrten ihre blauen Augen ihn an. »O Gott — nein! Ich muß gehen ...«

»Die ganze Nacht warst du hier. Und jetzt mußt du plötzlich gehen?«

»Ich ...«

»Nein, du bleibst hier.«

Diesmal schrie sie auf, als er in sie eindrang, und grub ihre Zähne in seine Schulter. Langsam und vorsichtig begann er, sich zu bewegen.

Ihre Finger bohrten sich in seinen Rücken. »Nein, ich kann nicht . . .«

»Doch«, erwiderte er und richtete sich auf, um ihr Gesicht zu betrachten.

Mit beiden Fäusten trommelte sie gegen seine Brust. »Ich kann nicht, ich kann nicht!« schluchzte sie. Und dann stockte ihr Atem. Eine heftige Erschütterung durchfuhr ihren ganzen Körper, und Sloan lächelte triumphierend. Wenig später überließ er sich seinen eigenen drängenden Gefühlen, und die Intensität seiner Erfüllung verblüffte ihn.

Danach lag er neben ihr und musterte sie belustigt. »Du *kannst* es nicht, aber irgendwie hast du's trotzdem geschafft.«

Zu seiner Überraschung schimmerten Tränen in ihren Augen.

»Bastard!« fauchte sie.

Wütend hob sie die Fäuste, und er umklammerte ihre Handgelenke. »Wenn du dich so benimmst, wirst du in dieser Stadt nicht viel verdienen. Zum Beispiel müßtest du lernen, daß ein Goldgräber dich bezahlt, damit du *ihn* erregst — nicht andersrum.«

»Oh!« kreischte sie, riß sich los und schwang die Beine über den Bettrand. Erbost rannte sie zur Tür, in ihren weißen Morgenmantel gewickelt.

Auf einen Ellbogen gestützt, beobachtete er, wie sie sich vergeblich bemühte, den Riegel zurückzuschieben. Schließlich stieg er aus dem Bett und öffnete ihr die Tür. Dann verneigte er sich höflich. »Komm doch wieder!«

»Niemals!« fauchte sie und starrte seinen nackten Körper an. »Niemals, du arroganter Rüpel!«

Und dann ergriff sie die Flucht, die sonderbarste Hure,

die ihm je begegnet war — und die er nicht so bald vergessen würde.

In seinen Schläfen pochte es schmerzhaft. Natürlich, er hatte zuviel Whiskey getrunken. Stöhnend ging er zum Waschtisch und bespritzte sein Gesicht mit kaltem Wasser.

24

Skylar wußte nicht, warum Hawk ihr aus dem Weg ging, seit sie in Mayfair eingetroffen waren.

Die erste Nacht verbrachte er in seinem eigenen Zimmer. Als sie am nächsten Morgen erwachte, schaute sie sich deprimiert um. Welch ein Luxus ... Aber ihr Wohlbefinden hing nicht von eleganten Möbeln ab, von weicher, sauberer Bettwäsche, sondern von der Nähe des Mannes, den sie zufällig geheiratet hatte — und den sie über alles liebte.

Sie stand auf und beschloß mit ihm zu reden, wenn sie die Attacken der Indianer auch nicht erklären konnte. Vor ihrer Heirat war sie keinem einzigen Crow begegnet. Und sie kannte auch niemanden, der ein Massaker in einem Crow-Lager angerichtet oder eine Squaw entehrt hätte.

Doch sie wollte versuchen, die Hintergründe ihrer Flucht aus Baltimore zu erklären. Hawk würde ihr vielleicht nicht glauben und sie für verrückt halten. Hatte Dillman ihr nicht prophezeit, man würde an ihrem Verstand zweifeln, wenn sie die Wahrheit erzählte? Aber Hawk verdiente es, alles zu erfahren. Zu einer glücklichen Ehe gehörte Vertrauen. Deshalb durften keine Geheimnisse zwischen ihnen stehen — jetzt nicht mehr.

Während sie sich hastig wusch und anzog, überlegte sie, ob Sabrina bereits in Gold Town eingetroffen war.

Ihre Schwester könnte bestätigen, was Skylar ihrem Mann mitteilen würde. Andererseits fühlte sie sich verpflichtet, das schwierige Gespräch allein durchzustehen, ohne Sabrinas Hilfe.

Als sie an Hawks Tür klopfte, bekam sie keine Antwort. Sie hatte lange geschlafen. Wahrscheinlich war er schon seit Stunden wach.

Sie eilte zur Treppe, hörte Stimmen, die aus der Halle heraufdrangen.

Abrupt hielt sie inne. Meggie sprach mit jemandem. Und dann erklang eine Stimme, die Skylar nur zu gut kannte. *Dillman* ... Vorsichtig spähte sie über das Geländer. Da saß er in seinem Rollstuhl, begleitet von zwei jungen Adjutanten — oder Leibwächtern? Kalte Panik stieg in ihr auf. Was für eine Närrin war sie gewesen! Längst hätte sie Hawk die Wahrheit anvertrauen — und ihrer Schwester eine falsche Identität verschaffen müssen. Dank seiner Position konnte Dillman alle erdenklichen Möglichkeiten nutzen, um Nachforschungen anzustellen. Vermutlich hatte er sich über den Inhalt der Telegramme informiert und Sabrina verfolgt ...

»Willkommen auf Mayfair, Senator Dillman!« Hawk trat aus der Tür des Arbeitszimmers und ging zu seinem Besucher. Er trug ein weißes Hemd, dunkle Reithosen und hohe Stiefeln, sein Haar war im Nacken zusammengebunden.

»Lord Douglas! Ich kannte Ihren Vater, bedauerlicherweise nur flüchtig. Welch ein ungewöhnlicher Mann — ein Visionär ... Sein Tod hat mich tief bekümmert, und ich möchte Ihnen mein herzliches Beileid aussprechen.«

»Danke, Sir.«

»Darf ich Ihnen meine Assistenten vorstellen? Thomas Henley und Bo Dykes.«

»Es ist mir ein Vergnügen, Gentlemen. Bitte, folgen Sie mir ins Speisezimmer. Meggie, würden sie uns Kaffee und ein Frühstück servieren? Wie ich gestehen muß, überrascht es mich, daß Sie erst jetzt in den Westen gekommen sind, Senator. Die Konferenz mit den Sioux verlief nicht so, wie es den Wünschen der Regierung entsprochen hätte — deren Ansichten ich übrigens nicht teile.«

»Das ist der Grund meines Besuchs, Lord Douglas. Ich möchte möglichst viel von Ihnen lernen, was die Indianersituation betrifft. Auch ich kann den Standpunkt der Generäle, die alle Rothäute umbringen wollen, nicht gutheißen. Jeder vernünftige Mensch müßte erkennen, wie viele Fehler die Weißen im Westen begangen haben.«

»Wenn Sie das tatsächlich glauben, vertreten Sie eine ungewöhnliche Meinung.« Auf dem Weg zum Speisezimmer blieb Hawk stehen und wandte sich zu seiner Haushälterin. »Meggie, würden Sie meine Frau bitten, uns Gesellschaft zu leisten? Sandra soll uns Kaffee bringen.«

»Natürlich, Mylord.« Als Meggie die Treppe heraufkam und Skylar entdeckte, schnappte sie erschrocken nach Luft. »Mein Gott, Lady Douglas, Sie sehen ja elend aus! So weiß wie ein Leichentuch! Offensichtlich sind Sie krank. Ich gebe Seiner Lordschaft sofort Bescheid.«

Ehe Skylar widersprechen konnte, rannte Meggie wieder in die Halle hinunter.

Doch dann war Skylar froh, weil sie keine Gelegenheit gefunden hatte, der Frau zu versichern, sie sei nicht krank. Verzweifelt floh sie in Hawks Bibliothek. An diesem Morgen hatte sie beschlossen, ihrem Mann die Wahrheit zu erzählen.

Und jetzt saß die Wahrheit da unten im Speisezimmer.

Nachdem Sloan in Mrs. Smith-Soames' respektablem Speiseraum gefrühstückt hatte, beschloß er Loralee zu besuchen und ging zum Ten Penny hinüber. An einem der Spieltische saßen ein paar Betrunkene. Zunächst ignorierte er sie und trat an die Theke. Er bat Joe um einen Kaffee, dann fragte er, ob Loralee schon zu sprechen sei, und Joe erbot sich, nach ihr zu sehen.

Während Sloan seinen Kaffee trank, beobachtete er die grölenden Männer. Einer von ihnen hieß Ralph Marks, ein etwa vierzigjähriger Mann, der sein Glück als Goldgräber, Späher und Spieler versuchte hatte, ohne jemals auf einen grünen Zweig zu kommen. Früher war er mal ein attraktiver, kräftig gebauter junger Bursche. Nun war er vom Alkohol gezeichnet, mit rotem, aufgedunsenem Gesicht und glasigen Augen. Neben ihm saß ein Cherokee-Halbblut namens Horse McGee, der hin und wieder sein Geschäftspartner war. Horse war kein Trinker, aber ein Dieb. Im Süden von Gold Town hatte er mehrere Postkutschen ausgeraubt. Außerdem saßen zwei Crow am Tisch, die gelegentlich für die Army arbeiteten und den Sioux-Kriegern nachspionierten. Schließlich zählte noch Abel McCord zu der kleinen Gruppe, ein Army-Offizier im Ruhestand, der angeblich in der Lokalpolitik Karriere machen wollte.

Was für eine sonderbare Gesellschaft, dachte Sloan. Um so sonderbarer, weil sie sternhagelvoll waren. Und sie sprachen ein bißchen zu laut, so als hätten sie seine Anwesenheit gar nicht bemerkt.

»Ich weiß noch immer nicht, woher dieses Geld kommt«, murrte Horse.

»Ich sag's dir doch!« rief Abel aufgeregt. »Da ist dieser Kerl aus dem Osten, der das Geld geradezu auf die Straße wirft. Und ich kann eine ganze Menge verdienen, wenn ich diese weiße Frau schnappe, tot oder lebendig. Ich muß nur im Ten Penny eine Nachricht für einen Mr. Hurst hinterlassen.«

Running Jack, einer der Crow, verdrehte die Augen.

»Mit vereinten Kräften können wir das verdammte Mädchen sicher aufspüren«, meinte Abel.

Entschieden schüttelte Running Jack den Kopf. »Vergiß nicht, wie viele Männer schon gestorben sind, die hinter ihr her waren. Immerhin ist sie mit Hawk Douglas verheiratet.«

Aber Abel ignorierte ihn. »Beide Frauen sind fünfhundert Dollar wert. Und das alles in Gold. Was wir mit ihnen machen, ist ihm egal — wenn nur diese Blondine stirbt.«

Nun hatte Sloan genug gehört. Er stellte seine Kaffeetasse auf die Theke und sprang hinter Abels Stuhl. Mit einer Hand packte er den Mann an den Haaren, mit der anderen hielt er ihm ein Messer an die Kehle. »Ein Toter kann nichts mit fünfhundert Dollar anfangen.«

»Wer zum Teufel . . . Ah, Sloan! Überlegen Sie doch, fünfhundert Dollar für zwei Frauen . . .«

»Halt den Mund, Abel, du verdammter Narr!« fauchte Horse und starrte Sloan furchtsam an. »Du redest mit einem Mann, der mit Hawk als Oglala aufgewachsen ist.«

Als das Messer Abels Haut aufritzte, jammerte er: »Mehr weiß ich auch nicht, Sloan — nur was Sie soeben hörten . . .«

»Wieso wissen Sie, was ich gehört habe?«

»Ihr elenden Feiglinge! Da steht ein verdammter Halbindianer hinter mir, bedroht mein Leben, und ihr sitzt da wie faule Legehennen!«

»Diese Jungs werden sich nicht rühren, Abel«, erklärte Sloan grinsend. »Horse weiß, daß ich Ihnen den Hals aufschlitzen würde, ehe er Luft holen kann. Natürlich wär's schwierig, alle fünf auf einmal umzubringen. Aber wer will schon so ein Risiko eingehen?«

Keiner rührte sich. Aus einer winzigen Schnittwunde an Abels Hals quoll ein Blutstropfen.

»Also, Abel«, fuhr Sloan drohend fort. »Sie wissen, wer hinter alldem steckt. Machen Sie den Mund auf!«

»Diesen Mann können Sie nicht töten. Sie sind Major bei der Army.«

»Allerdings. Und außerdem ein halber Sioux. Fragen Sie doch Ihre beiden Crow-Freunde! Niemand versteht soviel von Folterqualen wie ein Sioux. Also reden Sie endlich, Abel!«

Als Hawk die Treppe hinaufstieg, ließ Skylar sich nirgends blicken.

Erstaunt blieb er stehen und lauschte. War das ein neuer Trick? Wußte sie, daß ihn ein Senator mit seinen Begleitern besuchte? Wollte sie sich rächen, weil er ihr in letzter Zeit so kühl begegnete?

Verdammt, sie verstand einfach nicht, was in ihm vorging. An jeder Ecke schienen ihr Gefahren aufzulauern, und er konnte nicht dagegen kämpfen, weil er im dunkeln tappte.

Ein Leben ohne Skylar wäre unerträglich. Seit wann er sie liebte, wußte er nicht. Und er hätte nie gedacht, daß er so tiefe, leidenschaftliche, fast verzweifelte Gefühle empfinden könnte. Und daß ihm ein Blick in ihre silberblauen Augen genügen würde, um alle Vorsicht in den Wind zu schlagen ...

Jetzt wagte er sich nicht mehr in ihre Nähe, ehe er die Wahrheit kannte.

Aus der Bibliothek, die neben seinem Schlafzimmer lag, drang ein Geräusch. Er öffnete die Tür und sah sie neben dem Globus stehen. Nun mußte er Meggie recht geben. Sie war tatsächlich leichenblaß. »Bist du krank?« fragte Hawk.

»Nein — ich muß mit dir reden.«

»Wir haben Besuch, Skylar, ein Senator aus dem Osten.«

»Das weiß ich. Hawk, du darfst ihm nicht trauen.«

»Was?«

Sie eilte zu ihm und legte beschwörend die Hände auf seine Schultern. »Glaub mir, er ist meinetwegen gekommen — um mich ermorden zu lassen ...«

»Skylar! Wovon redest du?«

»Ich bin mir nicht ganz sicher — aber ich glaube, Dillman hat mir diese Crow auf den Hals gehetzt ...«

»Was für ein Unsinn! Der Mann ist ein verkrüppelter US-Senator aus Maryland. Soviel ich weiß, hat er einen

Unfall erlitten, und jetzt sitzt er immer noch im Rollstuhl. Er kann dir nichts anhaben.«

»Da irrst du dich. Du wolltest doch immer die Wahrheit hören. Nun, soeben habe ich sie dir erzählt. Aber ich wußte ja, du würdest mir nicht glauben.«

»Warum sollte Senator Dillman deinen Tod wünschen?«

»Er hat meinen Vater ermordet.«

»Nun mal langsam ...«

»Sabrina!« unterbrach sie ihn. »Oh, mein Gott, wenn er sie in seine Gewalt gebracht hat ... Nein, sonst wäre er nicht hier. Er weiß, daß sie zu mir kommen würde ...«

»Was soll das? Senator Dillman besucht mich wegen der Black Hills.«

»Nein!« rief sie, schob ihn zur Seite und eilte zur Tür. »Ich muß herausfinden, ob sie schon in Gold Town eingetroffen ist — ob Henry von ihr gehört hat ...«

»Skylar ...«

»Um Himmels willen, du ahnst nicht, wozu er fähig ist!« Ehe sie die Bibliothek verließ, warf sie ihrem Mann einen kurzen Blick zu. »Er ist das schlimmste aller Ungeheuer — weil man's ihm nicht ansieht.«

»Warte doch, Skylar! Du mußt mir das alles erklären ...«

Aber sie wandte sich ab, stürmte davon, die Stufen hinab. Ehe sie das Haus verließ, warf sie einen Blick durch die offene Speisezimmertür. Hawk folgte ihr wütend. Als er den Fuß der Treppe erreichte, traf er Dillman an, der seinen Rollstuhl in die Halle gelenkt hatte. »Also haben Sie mein Mädchen geheiratet, Lord Douglas.«

»Wie, bitte?«

»Hat Sie Ihnen nichts erzählt? Meine Stieftochter ist weggelaufen.« Seufzend schüttelte Dillman den Kopf. »Erst stieß sie mich die Treppe hinunter, denn ergriff sie die Flucht.«

»Was?« rief Hawk verblüfft.

»Seien Sie versichert — ich bedaure zutiefst, daß ich Ihnen das alles anvertrauen muß. Schon in ihrer Kindheit litt sie unter grausigen Wahnvorstellungen. Ihr Vater fiel im Krieg, ich blieb am Leben, und das konnte sie mir nicht verzeihen — obwohl ich weiß Gott mein Bestes für sie tat! Dann heiratete ich auch noch ihre Mutter ...«

»Wovon reden Sie?«

»Natürlich von Skylar, Lord Douglas, ihrer Frau. Nach dem Tod ihrer Mutter hat sie den Verstand verloren. Es kam zu einem heftigen Streit, und dabei stieß sie mich die Treppe hinab. Aber ich brachte es nicht übers Herz, die Polizei zu informieren. Immerhin ist sie das Fleisch und Blut meiner geliebten verstorbenen Jill. Aber ich mußte Skylar suchen, um ihr zu helfen.«

Die Arme vor der Brust verschränkt starrte Hawk den Senator an.

Dillmans Stimme klang so sanft, so überzeugend, so vernünftig. Kein Wunder, daß er ein so erfolgreicher Politiker war ... »Und warum fürchtet sich Skylar vor Ihnen?«

»Warum? Das weiß nur der Allmächtige. Verstehen Sie doch, Lord Douglas, sie ist geisteskrank.«

Das schlimmste aller Ungeheuer ... So hatte Skylar ihren Stiefvater genannt.

»Bis jetzt hatte ich keinen Grund, am Verstand meiner Frau zu zweifeln, Senator.«

»Das freut mich für Sie, Lord Douglas. Trotzdem muß ich meine Stieftochter sehen. Das können Sie mir doch nicht verweigern. Bedenken Sie doch — Sie sind sozusagen mein Stiefschwiegersohn.«

»In der Tat«, murmelte Hawk.

»Vermutlich ist ihre Schwester auf dem Weg hierher. Arme Sabrina! Natürlich weiß sie, wie dringend ihre Schwester Hilfe braucht. Sogar ihr Leben würde sie für Skylar wagen. Doch das darf ich ihr nicht erlauben. Das Kind steht immer noch unter meiner Vormundschaft. Und ich will mein Bestes für Sabrina tun, zum Gedenken an meine liebe, liebe Frau.«

Verdammt, der Mann konnte sich wirksam in Szene setzen. Plötzlich wußte Hawk, was geschehen war. Sein Vater hatte Skylar in einer verzweifelten Situation angetroffen. Die genauen Zusammenhänge mußte Hawk noch klären. Aber er begann die Wahrheit zu ahnen.

»Bitte, entschuldigen Sie mich jetzt, Senator.« Er stürmte aus dem Haus und zum Stall, wo er beinahe mit Willow zusammenstieß. »Wo ist Skylar?«

»Sie kam hierher, ignorierte mich, sattelte Nutmeg und galoppierte davon — schnell wie der Wind. Gerade wollte ich dich holen.«

»Ich muß ihr folgen. Wahrscheinlich reitet sie nach Gold Town, weil sie annimmt, ihre Schwester wäre inzwischen angekommen. Willow, geh ins Haus, sag Meggie, sie soll sich um Senator Dillman und seine Begleiter kümmern. Und du mußt unbedingt verhindern, daß er Mayfair vor meiner Rückkehr verläßt.«

»Wird gemacht.«

In aller Eile schwang sich Hawk aufs Tors Rücken. Zu spät ...

Sie erwarteten Skylar. Erst jetzt erkannte sie ihren Fehler. Wieder einmal hatte sie Dillman unterschätzt. Acht Reiter in bunter Kriegsbemalung sprengten aus dem Wäldchen, das im Westen der Mayfair-Grenze lag. Aber nicht alle waren Indianer. Das sah sie, als sie Nutmeg herumschwenkte, um nach Mayfair zurückzureiten. Dillman hatte auch Army-Soldaten angeheuert. Und vielleicht glücklose Goldsucher. Nun konnten sie Gold an sich raffen, ohne danach zu graben. Dafür mußten sie nur eine Frau ermorden — und den Eindruck erwecken, Indianer hätten sie überfallen.

Die Männer galoppierten hinter ihr her, hatten sie bald eingeholt und umzingelt. Verzweifelt lenkte sie Nutmeg nach links, doch da versperrte ihr ein Reiter mit schwarzbemaltem Gesicht den Weg.

Als sie sich nach rechts wandte, wurde sie von einem grinsenden Kerl aus dem Sattel gezerrt. Die Ungeheuer waren zurückgekehrt …

25

Fünf Minuten, nachdem Hawk Mayfair verlassen hatte, sah er eine vertraute Gestalt auf sich zureiten.

Sloan.

»Kommst du aus Gold Town?« fragte Hawk, als sie ihre Pferde nebeneinander zügelten. »Hast du Skylar getroffen?«

»Ist sie verschwunden?«

»Soeben ritt sie in die Richtung der Stadt …«

»Aber ich bin ihr nicht begegnet. Hawk, hör zu! Vorhin belauschte ich ein Gespräch im Ten Penny. Auf deine Frau wurde ein Kopfgeld ausgesetzt, zahlbar in Gold. Dieser niederträchtige Abel hat seinen Freunden davon erzählt.«

»Dillman«, murmelte Hawk. »Jetzt ist er in meinem Haus. Er versuchte mir einzureden, Skylar sei verrückt. Ihretwegen müsse er im Rollstuhl sitzen.«

»Nun, er mag ein Krüppel sein, aber er hat den ganzen Abschaum in dieser Gegend aufgehetzt, Jagd auf Skylar zu machen.«

»Hast du irgendwo Kampfspuren bemerkt?«

»Darauf habe ich nicht geachtet. Ich wollte dich so schnell wie möglich erreichen.«

»Dann schauen wir uns jetzt um, Sloan. Schnell, jede Sekunde ist kostbar!«

In halsbrecherischem Tempo galoppierten sie die Straße entlang. Aus der Richtung von Gold Town kam ihnen ein Pferdewagen entgegen. Bei seinem Anblick versetzten sie die Pferde in Trab.

»Das ist Henrys Wagen«, erklärte Hawk. »Wahrscheinlich bringt er meine Schwägerin nach Mayfair. Skylar hatte offenbar Angst, Dillman würde ihre Schwester zwischen die Finger kriegen. Deshalb ist sie Hals über Kopf losgeritten.«

»Am besten schicken wir Henry und das Mädchen in die Stadt zurück.«

»Nein, zur Jagdhütte.«

Während sie sich dem Wagen näherten, sprengten Reiter aus dem Wald an der Westseite. Schüsse krachten, und das Vehikel geriet ins Schleudern.

»Ist denn die ganze Welt verrückt geworden?« rief Hawk. Er war unbewaffnet, nur sein Messer steckte im Stiefelschaft.

Blitzschnell riß Sloan seinen Army-Colt aus der Halfter, zielte sorgfältig auf das halbe Dutzend buntbemalter Männer, die den Wagen attackierten, und schoß mehrere Kugeln ab.

Die Angreifer, nach Norden gewandt, hatten die beiden Reiter nicht gesehen.

Wie Hawk erleichtert feststellte, war Henry kein Feigling. Der Anwalt erhob sich hinter den Zügeln und feuerte mit seiner Schrotflinte. Dann bohrte sich ein Geschoß in seine Schulter, und er sank auf den Sitz zurück. Die Frau an seiner Seite beugte sich schreiend über ihn, das Gesicht unter einer breiten Hutkrempe verborgen.

Als Sloan mit seinem Freund zum Wagen galoppierte, knallte er zwei Angreifer nieder. Bald flogen ihnen Kugeln um die Ohren. Hätte Hawk nicht gelernt, im Sioux-Stil zu reiten, wäre er in die Brust getroffen worden. Doch er hing an Tors Flanke, und das tödliche Blei sauste über ihn hinweg. Sofort richtete er sich wieder auf, sprang aus dem Sattel und riß einen der verkleideten weißen Reiter vom Pferd, ehe der Mann einen Schuß abgeben konnte. Nachdem er sein Messer aus dem Stiefelschaft gezogen hatte, durchschnitt er die Kehle seines Gegners und stahl ihm die Pistole. Es war zwar eine antiquierte Waffe, aber immerhin steckten noch drei Kugeln darin. Plötzlich hörte er Schritte hinter sich, fuhr herum und erschoß einen weiteren Pseudo-Indianer.

Inzwischen war Sloan abgestiegen und hatte noch einen Feind getötet. Nun stand er auf dem Trittbrett des Wagens, um dem letzten Angreifer, der am Arm der kreischenden Frau zerrte, einen Nackenschlag zu versetzen. Lautlos fiel der Mann zu Boden, mit gebrochenem Genick.

»Seien Sie still!« herrschte er die Frau an, die immer noch wie am Spieß schrie, packte sie an den Schultern und drehte sie zu seinem Freund herum. »Hawk, das ist nicht ...«

»Hawk! Du bist Hawk! Um Himmels willen, rette mich vor diesem Schurken ...«

»Sabrina?« fragte Hawk und starrte sie an. Wild zerzaustes kastanienbraunes Haar umrahmte ein schönes Gesicht, das Skylars Zügen ähnelte.

»Hör mal, Hawk, diese Person ...«, begann Sloan.

»Hawk, dieser Mann ...«

»Glaub mir, Hawk, das ist nicht Sabrina ...«

»Ich bin Sabrina Connor«, zischte sie. »Und wer zum Teufel ist dieser elende Bastard?«

Verwundert hob Hawk die Brauen. »Ein sehr guter Freund. Darf ich vorstellen? Major Sloan Trelawny — meine Schwägerin Sabrina Connor.«

Offensichtlich besaß sie den gleichen Kampfgeist wie ihre Schwester, denn sie trat mit aller Kraft gegen Sloans Stiefel. »Würden Sie mich bitte loslassen, Major?«

»Ich glaube noch immer nicht ...«

»Hört zu streiten auf!« unterbrach Hawk seinen Freund. »Da kommen Reiter, aus südlicher Richtung. Sabrina, schau nach, ob Henry noch atmet — Sloan, gib mir seine Waffe!«

Hastig duckte er sich und zielte auf die Schar, die auf

den Wagen zukam — fünf Mann. Sloan sprang vom Trittbrett, den Colt gezückt.

In vorderster Front näherten sich die beiden Adjutanten des Senators, gefolgt von zwei Weißen, die wie professionelle Revolverschwinger aussahen. Und dahinter ritt Dillman. Skylar saß vor ihm im Sattel.

Für einen Krüppel konnte er verdammt gut reiten. »Schießen Sie lieber nicht, Lord Douglas!« rief er. »Ehe Sie mich treffen könnten, würde ich Ihre Frau töten.«

Hawk richtete sich auf und ließ die Pistole sinken. Etwa fünfundzwanzig Schritte von ihm entfernt, hielt die Gruppe an. Er begegnete Skylars Blick, las Angst und Verzweiflung darin. Und Liebe.

»O Gott, Hawk, es tut mir so leid ...«

»Beinahe mußte ich sie umbringen, Douglas«, fiel Dillman ihr ins Wort. »Oder soll ich Sie Hawk nennen, den Herrn der Prärie? Würde diese Gegend nicht von Idioten wimmeln, wären Sie jetzt ein trauernder Witwer. Und wenn Sie mir zugestimmt hätten, als ich Skylar für verrückt erklärte, würde ich sie nach Osten mitnehmen, und Sie wären ein freier Mann ... Ah, Sabrina! Freut mich, dich wiederzusehen! Schade, daß du zu dumm warst, um deine wunderbaren Zukunftsaussichten in Baltimore zu erkennen!«

»Ich hätte vielmehr merken müssen, was für ein mieser Lügner du bist, Brad. Erstaunlich, wie gut du trotz deines Gebrechens reitest!«

»Ja, in der Tat. Weil ich einen eisernen Willen besitze, mein Mädchen. Und natürlich durfte ich — zumindest bis vor kurzem — deine liebevolle Pflege genießen, die erheblich zu meiner Genesung beitrug. Ist der Fahrer tot?«

»Nein, aber er braucht dringend ärztliche Hilfe.«

»Vermutlich haben ihn diese bemalten Narren angeschossen, die sich von zwei Halbindianern umbringen ließen.«

»Glauben Sie im Ernst, Sie werden mit Ihren Lügengeschichten davonkommen, Dillman?« fragte Hawk.

»Das ist *Lord Douglas*», betonte Sloan. »Und ich bin Major bei der US-Army, kein trunksüchtiger Goldsucher und auch keine verzweifelte Rothaut, die für Geld alles tut.«

Lächelnd zeigte Dillman auf das Messer, das er zwischen Skylars Rippen drückte. Blut tropfte von der Klinge. Fast hätte Hawk wieder die Pistole gehoben, doch er besann sich eines Besseren. Der Schurke wollte ihn herausfordern, zu unbedachten Handlungen verleiten.

»Was immer mir zustoßen mag, Hawk — erschieß den Bastard!« flehte Skylar. »Er darf Sabrina und Sloan und dich nicht ermorden ...« Gequält schrie sie auf, und ihr Mann trat einen Schritt vor.

»Wenn wir den richtigen Augenblick abwarten, können wir sie alle erledigen«, flüsterte Sloan in der Sioux-Sprache.

Darauf hoffte auch Hawk. »Was wollen Sie, Dillman?«

»Soviel ich weiß, besitzen Sie eine Jagdhütte im Wald. Reiten wir hin. Natürlich werden Sie entwaffnet, Gentlemen. Steigen Sie bitte auf Ihre Pferde. Und halten Sie Abstand voneinander. Diese großen, starken Burschen da heißen George und Macy. Gemeinsam haben Sie schon über hundert Leute getötet. Und sie werden vielerorts wegen Mordes gesucht, aber dieses Problem werde ich für die beiden lösen.« Plötzlich hielt Dillman das Messer an Skylars Kehle. »Wollen wir aufbrechen, Gentlemen?«

Der Mann namens Macy stieg ab, um Hawk und Sloan die Waffen abzunehmen. Das Messer in Hawks Stiefelschaft übersah er.

»Sabrina, meine Liebe, du reitest mit Macy«, bestimmte Dillman.

»Dann müßte er Gewalt anwenden!« fauchte seine jüngere Stieftochter.

»Oh, das läßt sich gewiß arrangieren.«

Sloan half ihr vom Wagen. »Nun steigen Sie schon auf das verdammte Pferd!« herrschte er sie an.

Da ihr nichts anderes übrigblieb, gehorchte sie. Mühelos konnte der große, starke Macy mit einer Hand ihren Arm umklammern und mit der anderen die Waffen festhalten.

Sloan und Hawk schwangen sich in ihre Sättel, während Dillman seinen Helfershelfern befahl, die Leichen auf ihre Pferde zu hieven und an den Zügeln mit sich zu führen. Offenbar sollten sie an einem versteckten Ort begraben werden. Nichts durfte darauf hinweisen, daß der Wagen des Anwalts nicht von Indianern, sondern von Weißen überfallen worden war.

Inzwischen hatte der verletzte Henry das Bewußtsein wiedererlangt. Hilflos mußte er zurückbleiben.

Als Hawk an Skylar vorbeiritt, versprach er leise: »Ich töte alle Ungeheuer.«

»Was?« fragte Dillman.

»Ich sagte, Sie wären ein verdammtes Ungeheuer.«

»Ein verdammt schlaues Ungeheuer«, meinte der Senator grinsend.

Vor einiger Zeit hatte Willow zwei Männer ins Haus gehen sehen. Wenig später führten sie den Senator heraus, und sie ritten alle davon, begleitet von den beiden Assistenten. Das war vor einer Stunde geschehen. Seither wartete Willow vergeblich auf Skylars und Hawks Rückkehr, und er begann sich zu sorgen.

Gerade wollte er in den Sattel steigen, als sein Name gerufen wurde. Mehrere Männer eilten zu ihm, darunter seine Brüder, die einen Pferdewagen mit sich führten.

»Auf der Ladefläche liegt Henry Pierpont«, erklärte Ice Raven. »Eine Kugel hat seine Schulter getroffen.«

»Wahrscheinlich überlebt er«, fügte Blade hinzu. »Aber er muß sofort verarztet werden.«

»Bringen wir ihn zu Meggie ...«, begann Willow.

»Nein, die Frauen sollen ihn ins Haus holen«, widersprach Ice Raven. »Soeben fanden wir ihn, und da faselte er wirres Zeug, aber wir verstanden immerhin, daß er Skylars Schwester hierherbringen wollte und unterwegs von Indianern überfallen wurde.«

»Von Indianern?« wiederholte Willow ungläubig.

»Allem Anschein nach waren's keine richtigen Indianer. Sloan und Hawk erschossen sie alle. Dann kamen andere Männer an, die Skylar in ihrer Gewalt hatten und sie zu töten drohten. Sie nahmen ihre Schwester, Hawk und Sloan gefangen und ritten davon.«

»Wohin?«

»Zu Hawks Jagdhütte.«

»Und wie viele sind's?«

»Das weiß Henry nicht«, entgegnete Blade. »Er glaubt, ein paar sind bezahlte Killer.«

»Sobald ich den Frauen Bescheid gegeben habe, brechen wir auf«, entschied Willow. »Wir drei können genausogut einen Indianerüberfall fingieren.«

»Einverstanden«, stimmte Ice Raven zu, »wenn wir uns nicht bemalen müssen ...«

Willow lächelte grimmig. »Keine Farbe, keine Bögen und Pfeile, sondern Schußwaffen. Und wenn Dillman das alles inszeniert hat, will ich seinen Skalp.«

»Den möchte Hawk vielleicht auch haben.«

»Hawk kriegt sein Herz auf einem Silberteller.« Willow rannte zum Haus, dann blieb er stehen und drehte sich noch einmal um. »Wieso seid ihr überhaupt hier?«

»Weil Crazy Horse eine Vision hatte«, erwiderte Ice Raven. »Er selbst kann die Weißen nicht aufsuchen. Und so bat er uns, nach Hawk zu sehen.«

»Ah ...« Da Willow ein Sioux war, zweifelte er niemals an Visionen.

Dillman hielt Skylar eisern fest, und die Spitze seines Messers grub sich wieder zwischen ihre Rippen.

In ihrer Nähe ritt Sabrina, und Skylar konnte sie nicht einmal umarmen, bevor sie alle sterben würden. O Gott, warum hatte sie ihre Schwester nicht aufgefordert, unter einem anderen Namen in den Westen zu reisen? Wütend auf sich selbst, biß sie die Zähne zusammen.

Vor ihr tauchte die Jagdhütte auf, süße Erinnerungen kehrten zurück.

Vermutlich würde Dillman das kleine Haus niederbrennen, wo sie zum erstenmal in Hawks Armen gelegen hatte.

»Da wären wir, Gentlemen und Ladys«, bemerkte der Senator, und sie spürte seinen verhaßten Atem im Nacken. »Würden Sie bitte in die Hütte gehen.«

Hawk schwang sich aus dem Sattel und ging zu ihm. »Übergeben Sie mir Skylar, sofort.«

»Gehen Sie hinein, lassen Sie sich von Macy fesseln, und sie gehört Ihnen.«

»In dieser Hütte, die mein Eigentum ist, wird mich niemand fesseln. Geben Sie's doch zu, Dillman! Sie wollen den Anschein erwecken, die Sioux würden Sloan und mir wegen unserer Beziehung zu den Weißen grollen und wären hierhergekommen, um uns zu ermorden. Oder die Crow hätten einen Rachefeldzug gegen mich geführt. So oder so, Sie müssen mir mitten ins Herz schießen, und das wird Ihnen nicht gelingen. Niemand fesselt mich, bevor sich Skylar in meiner Obhut befindet. Macy mag ein guter Schütze sein. Aber er muß mich nur anschauen, um zu erkennen, daß er sich besser nicht mit mir anlegen sollte.«

Gleichmütig zuckte Dillman die Achseln. »Nun, wir werden sehen ... Sabrina, du gehst zuerst in die Hütte, zusammen mit dem Major. Dann Lord Douglas und schließlich Skylar.«

Seine Komplizen waren bereits abgestiegen, und zwei Männer öffneten große Satteltaschen, die Pfeile und Bögen enthielten.

»Sollen uns Crow oder Sioux töten, Brad?« fragte Skylar, und das Messer bohrte sich tiefer in ihre Rippen.

»Sioux«, entgegnete er tonlos. »Ist das nicht ein netter Gag?«

»Nein, da gehe ich nicht hinein«, verkündete Sabrina eigensinnig.

Skylar warf ihr einen Blick zu, dann schaute sie Hawk an, der vor ihr stand. Seine Miene verriet nichts von seinen Gedanken. Aber plötzlich lächelte er. »Erinnerst du dich noch an den Abend, wo wir zum erstenmal hierherkamen?«

Verblüfft runzelte sie die Stirn. Sie hatte ihn nie für sentimental gehalten. »Ja ...«

»Weißt du noch, unter welchen Umständen?«

»Lord Douglas«, mischte sich Dillman ein, »Sie rühren mein Herz zutiefst. Aber wenn Sie meinen Befehl nicht endlich befolgen, sehen Sie Skylars Blut fließen.«

»Geh voraus, Sabrina«, sagte Hawk.

»Nein!« protestierte sie erbost.

Skylar ließ ihren Mann nicht aus den Augen. Unter welchen Umständen? Ein fingierter Indianerüberfall. Hawk und seine Vettern, in wilder Kriegsbemalung ...

Willow! War er irgendwo in der Nähe? Wußte Hawk Bescheid? Hatte er einen Vogelruf gehört, der nicht von einem Vogel stammte?

Offenbar verstand Sloan die Zusammenhänge besser als Skylar. Er sprang aus seinem Sattel, ging zu Sabrina und zerrte sie von Macys Pferd. »Gehen wir hinein.«

»Nein, ich ...«

»Halten Sie den Mund!« Unsanft schlang er seinen Arm um ihre Taille, zog sie mit sich und stieß die Tür mit einer Fußspitze auf.

»Sie Rüpel! Lassen Sie mich los! Skylar!«

Als hätte Skylar ihr helfen können ...

»Sogar die verdammte Army ist gegen uns, Skylar!«

Hawk ignorierte Sabrinas Geschrei und starrte Dillman

an. »Sobald ich die Tür erreiche, schicken Sie Skylar zu mir, verstanden?«

»Natürlich, ihr beide dürft in inniger Umarmung sterben«, erwiderte Dillman spöttisch.

Während Hawk zur Veranda ging, beobachtete Skylar, wie Macy und George sie mit ihren Schußwaffen bedrohten. Inzwischen zündeten Dillmans Assistenten Pfeile an, um sie auf die Hütte zu schleudern.

Unbarmherzig zerrte Sloan die kreischende Sabrina durch die Tür. Hawk blieb auf der Schwelle stehen. »Lassen Sie Skylar los!«

Dillman gab ihr einen Stoß, und sie mußte sich am Pferdehals festhalten, um nicht hinabzustürzen. Wenn sie tatsächlich noch eine Chance hatte, konnte sie keinen verstauchten Knöchel oder ein gebrochenes Handgelenk gebrauchen.

Dicht gefolgt von Macy, der ihr seinen Revolver in den Rücken drückte, eilte sie die Verandastufen hinauf und begegnete Hawks ermutigendem Blick.

Sobald sie neben ihm stand, zog er sie an sich und erweckte den Eindruck, er würde ihr zärtliche Worte zuflüstern. »Wenn ich dich loslasse, wirf dich zu Boden.«

»Aber sie werden dich erschießen ...«

»Skylar, Liebling, würdest du mir ausnahmsweise gehorchen?«

»Hawk, ich ...«

»Ich liebe dich, Skylar.«

»O Gott, und ich liebe dich noch viel mehr ...«

Plötzlich stieß er sie von sich, so kraftvoll, daß ihr gar nichts anderes übrigblieb, als hinzufallen. Im gleichen Augenblick zog er sein Messer aus dem Stiefelschaft. Es flog durch die Luft und bohrte sich in Macys Herz. Verdutzt starrte der große, kräftige Killer auf seine Brust hinab. Noch während er zusammenbrach, riß Hawk ihm die Waffe aus der schlaffen Hand, ein Repetiergewehr, und warf sich ins Gebüsch.

Schüsse krachten. In wilder Panik vergrub Skylar den Kopf unter ihren Armen, ein brennender Pfeil raste an ihr vorbei und traf einen Balken. Sloan packte ihr Handgelenk, um sie aus der Schußlinie zu zerren. Ringsum erklang wildes Gebrüll — das Kriegsgeschrei der Sioux.

»Schnell, in die Hütte!« befahl Sloan, und sie sah, daß er neben dem Herd ein Gewehr gefunden hatte. Als er sie über die Schwelle schob, stieß sie mit Sabrina zusammen. »Suchen Sie Munition, laden Sie das Schießeisen!«

»Ja, damit ich Sie endlich umbringen kann!« zischte Sabrina, ergriff die Waffe und öffnete eine Holzkassette, die Patronen enthielt.

Inzwischen hatten mehrere Pfeile die Hütte getroffen, Rauchwolken quollen durch alle Wände.

»Wir müssen hier raus!« schrie Sloan, und Skylar sprang auf.

Aber Sabrina hielt sie zurück. »Dann erschießen sie uns ...«

»Verdammt, wir müssen raus!« wiederholte Sloan, umklammerte Sabrinas Handgelenk und zog sie durch die Tür.

Entsetzt schrie Skylar auf, als sie George entdeckte, der mit seinem Gewehr auf Sloan zielte.

Wieder knallte ein Schuß. Aber nicht Sloan, sondern George sank zu Boden, und Skylar sah ihren Mann hinter dem Killer stehen. Erleichtert atmete sie auf und wollte zu ihm laufen. Doch da sah sie Dillman, der sein Gewehr hob. »Nein!« rief sie.

Blitzschnell warf sich Hawk zu Boden, und Dillmans erste Kugel traf die Hüttenwand. Dann zielte er auf Skylar. »Bastard!« kreischte sie und stürmte ihm entgegen. Im selben Moment feuerte er, und sie landeten beide im Gras. Sie spürte keinen Schmerz, und Dillman stieß einen gellenden Schrei aus.

Von wirbelnden Rauchwolken umgeben, rang sie nach Atem. Erst jetzt erkannte sie, daß Dillmans Gewehr fehlgezündet hatte. Sie lebte, und er brüllte vor Schmerzen, weil Hawks Messer in seiner Brust steckte.

Mit glasigen Augen starrte er sie an. »Damals hätte ich dich auch töten sollen. Nicht nur deinen Vater ...« Mit dem letzten Atemzug quoll Blut aus seinem Mund.

Plötzlich wurde sie von starken Armen hochgehoben, und Hawk trug sie die Verandastufen hinab. Einige Schritte entfernt saßen Willow, Ice Raven und Blade auf ihren Pferden und beobachteten das Feuer. Vor ihnen lagen die Leichen der beiden Assistenten. Keuchend kniete Sabrina im Gras, das Gesicht voller Rußflecken, und Sloan stand neben ihr, mit leicht verkohltem Haar.

»Danke«, sagte Hawk zu seinen Vettern.

»Wir wollten mal wieder mit dir Indianer spielen«, erklärte Willow.

»Aber wieso ...«

»Crazy Horse hatte eine Vision«, verkündete Ice Raven.

»Und Henry Pierpont hat uns erzählt, wo wir dich finden würden«, ergänzte Blade.

»Aha!« Lächelnd wandte sich Hawk zu seiner Frau. »Reiten wir nach Hause.«

»Ja, jetzt sind alle Ungeheuer tot«, flüsterte sie und schmiegte sich glücklich an ihn.

Vielleicht war es der schrecklichste Tag ihres Lebens gewesen — aber auch der schönste. Sie hatte Ice Raven und Blade überredet, auf Mayfair zu übernachten. Trotz allem, was sie durchgemacht hatte, wurde sie von einer erstaunlichen Energie erfüllt, sobald sie das Haus betrat. Gemeinsam mit Meggie, Sandra und den anderen Dienstmädchen richtete sie Gästezimmer her und bereitete das Abendessen vor.

Glücklicherweise befand sich Henry bereits auf dem Weg der Besserung. Die Wunde, ein glatter Durchschuß, war gereinigt und verbunden worden. Ein paar Tage mußte er noch im Bett bleiben, aber er war sehr stolz auf seine Heldentaten und ließ sich nur zu gern von Sandra pflegen.

Und Sandra versicherte jedem, der ihr zuhörte, Anwälte seien ganz einfach wunderbare Männer.

Am Abend versammelten sie sich alle am Eßtisch. Sloan hatte die Army verständigt und erwartete demnächst einen Offizier, der die Wahrheit über Senator Dillman erfahren sollte. Endlich war der Mord an Skylars Vater gerächt. Diese Gewißheit nahm ihr eine schwere Last von der Seele.

Später, als sie neben Hawk im Bett lag, fragte er besorgt: »Bist du auch wirklich nicht verletzt? Dillmans Messer ...«

»Oh, ich habe nur ein paar kleine Kratzer abbekommen. Was anderes ist viel wichtiger. Wir müssen die Jagdhütte wieder aufbauen.«

»Ich dachte, du hättest sie gehaßt.«

»Keineswegs, ich habe sie geliebt.«

»Und jetzt ist sie verbrannt.«

»Zusammen mit meiner Vergangenheit.« Zärtlich preßte sie ihre Lippen auf seine nackte Brust. »Wie oft habe ich von dieser Hütte geträumt und mir gewünscht, du würdest mich noch einmal auf dieser Pelzdecke lieben ...«

»Dann will ich sie so schnell wie möglich wiederaufbauen«, versprach er lächelnd.

Eine Zeitlang schwiegen sie, dann meinte Skylar: »Seltsam ... Sabrina und Sloan scheinen sich nicht besonders gut zu verstehen.«

»Vielleicht hatten sie noch keine Gelegenheit, einander kennenzulernen.«

»Mag sein ... Was wird jetzt geschehen, Hawk?«

»Ich werde deinen ganzen Körper küssen, bis du dich in wilder Ekstase windest und dann ...«

»Nein, ich meine — die Sioux ...«

Seufzend zuckte er die Achseln. »Das weiß ich nicht. Uns allen steht eine leidvolle Zukunft bevor. Wirst du trotzdem hierbleiben — und das alles gemeinsam mit mir durchstehen?«

»Natürlich.«

»Auch wenn ich nicht Lord Douglas bin?«

»Was?« fragte sie erschrocken und hob den Kopf. »Bist du denn nicht Andrew Douglas? Sind wir nicht verheiratet?«

»Doch«, erwiderte er und drückte sie zärtlich an sich. »Aber vielleicht sind wir nicht Lord und Lady Douglas. Darum bete ich sogar.«

Verständnislos starrte sie ihn an. »Hawk ...«

»Vor einigen Jahren starb mein Bruder in Schottland. Zumindest dachten wir das. Aber neulich erhielt ich eine Nachricht, die bedeuten könnte, daß er vielleicht doch noch lebt.«

»Neulich?«

»In Henrys Büro, als wir nach Gold Town ritten.«

»Oh! Damals dachte ich, er hätte die Wahrheit über mich herausgefunden und dir alles erzählt.«

Lächelnd schüttelte Hawk den Kopf. »Nein, Liebling, diese Informationen mußte ich auf die harte Tour sammeln.«

»Inzwischen habe ich's bitter bereut ...« Skylar runzelte besorgt die Stirn. »Glaubst du wirklich, dein Bruder wäre noch am Leben? Wenn dich jemand in eine Falle locken will ...«

»Kurz bevor wir Henry an jenem Tag aufsuchten, war ein merkwürdiger Mann in seiner Kanzlei erschienen. Er übergab ihm ein Familienerbstück — einen Ring, den mein Bruder David stets getragen hatte, und ließ mir ausrichten, ich solle jemanden auf dem Douglas-Landsitz in Schottland treffen. Sicher, es könnte eine Falle sein. Aber ich muß mich trotzdem vergewissern, weil ich meinen Bruder liebte.«

»*Wir* müssen uns vergewissern.«

»Nachdem ich dich bereits ins Sioux-Gebiet geschleppt habe ...«

»Trotzdem lasse ich mich sehr gern nach Schottland schleppen.«

»Auch wenn du deinen Adelstitel aufgeben müßtest?«

»Ich bin *Hawks* Frau«, flüsterte Skylar an seinen Lippen. »Alles andere interessiert mich nicht.«

Voller Leidenschaft küßte er sie. »Nach meiner ersten Ehe wollte ich nicht mehr heiraten. Und jetzt bin ich meinem Vater unendlich dankbar. Skylar, ich liebe dich, und ich kann mich nicht mehr erinnern, wie das Leben ohne dich war, und ich will auch nicht mehr ohne dich leben.«

»Und ich liebe dich — von ganzem Herzen«, gestand sie, von ihren Gefühlen überwältigt. »Ich folge dir überallhin, zu den Sioux, übers Meer, in die Hölle ...«

»Wenn wir nach Schottland reisen, könnten sich Sloan und Sabrina um Mayfair kümmern.«

»Über solche Einzelheiten reden wir später«, erwiderte sie ungeduldig. »Heute nacht will ich einfach nur mein Glück genießen ... Was sagtest du vorhin, bevor wir von der *unmittelbaren* Zukunft abgelenkt wurden?«

»Also, ich sagte ... Nein, damit wollen wir uns nicht aufhalten. Es ist wohl besser, wenn ich's dir einfach zeige.«

Nur zu gern überließ sie sich seinen Küssen, die ihren ganzen Körper bedeckten. Was auch auf sie zukam, sie würden es zusammen meistern, weil sie einander glaubten und sich liebten.